독서는
어떻게
삶의 무기가
되는가

독서를 통해 새로운 인생을 만나는 실전 독서법

독서는 어떻게 삶의 무기가 되는가

초판인쇄	2021년 2월 16일
초판발행	2021년 2월 22일
지은이	허필선
발행인	조현수
펴낸곳	도서출판 프로방스
기획	조용재
마케팅	최관호 백소영
편집	권 표
디자인	토 닥
주소	경기도 고양시 일산동구 백석2동 1301-2
	넥스빌오피스텔 704호
전화	031-925-5366~7
팩스	031-925-5368
이메일	provence70@naver.com
등록번호	제2016-000126호
등록	2016년 06월 23일

정가 15,000원
ISBN 979-11-6480-108-4 03810

독서를 통해 새로운 인생을 만나는 실전 독서법

독서는 어떻게
삶의 무기가 되는가

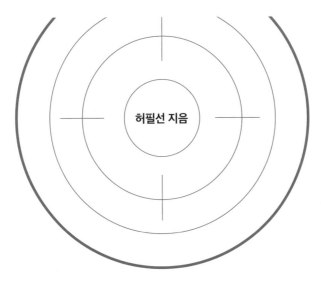

허필선 지음

프로방스

천 권의 독서, 그리고 5년

지금 내가 마주하고 있는 것이다. 정말 5년간 천 권의 책을 읽었다. 처음에는 무엇을 해야 할지 몰라서 책이라도 읽어보자는 생각이었다. 그렇게 손에 든 책 한 권이 나를 변화시켰다. 10년 넘게 직장생활을 하고 직장을 벗어나서는 다른 생각을 해 본 적이 없던 사람이 이제는 여러 가지 일을 하는 N잡러가 되었고, 다른 사람들에게 영향을 끼치는 사람이 되었다.

필자가 책을 처음 읽기 시작할 때는 책은 단순히 수많은 지식이 들어 있는 것으로 생각했었다. 하지만 읽은 책이 100권 다시 100권을 넘어가며 책은 단순히 지식이 들어 있는 것이 아니었다. 책 속에는 하나의 세상이 들어있었다. 모든 책은 저마다의 세상을 품고 있었다. 독서를 한다는 것은 책 속의 세상을 하나씩 만나보는 과정이다. 책 속의 다른 세상을 만나면서 내가 살고있는 세상을 바라보는 힘도 생긴다. 그리고 언젠가는 내가 살아가고자 하는 세상을 선택할 수 있다는 사실도 알게 된다. 내가 현재의 세상에 머무르는 이유는 다른 세상이 존재한다는 사실을 몰랐기 때문이고, 내가 그 세상으로 넘어갈 수 있다는 사실을 모르기 때문이다.

독서라는 것은 나를 바라보는 시간을 가지는 것이다. 내가 처음부터 가지고 있었던 것을 바라보는 시간이고, 경험을 통해서 얻은 것들을 바라보는 시간이다. 독서는 내가 이미 가지고 있는 기억들, 경험의 파편들을 연결해준다. 각각의 점들이 선으로 연결되고 다시 면으로 만들어진다. 이런 면들이 모여 나의 힘이 되고 삶의 무기가 된다.

『독서는 어떻게 삶의 무기가 되는가』는 독서를 통해 다른 세상으로 건너갈 방법을 이야기하는 책이다. 1장과 2장에서는 현재 시대에 대한 이해와 독서를 처음 시작하는 분들에게 도움이 되는 내용이다. 3장과 4장에서는 다독의 비결과 어떻게 독서를 나의 삶으로 들어오게 할 것인가에 대해 담았다. 5장과 6장에서는 행동을 만드는 독서와 변화를 만들어가는 독서 방법에 대한 이야기이다. 그리고 마지막 7장에서는 인생을 바꾸는 독서 방법을 제시하고 있다.

지금 내가 무엇을 해야 할지 모르겠다면 책을 읽어보자. 독서는 사람의 인생을 변화시킨다. 워런 버핏의 말처럼 그 누구도 책보다 빠른 길은 찾을 수 없을 것이다.

차례

제 3 장

삶으로 들어온 독서

제 4 장

다독의 비결

제 5 장

행동하기 위한 독서

제 6 장

리본(Reborn) 독서법

제 7 장

독서로 인생 재탄생

제 **1** 장

읽지 않는 시대가
도래한다

01 다른 답을 내놓아야 할 때

질문하지 않는 사람들

2010년 11월 G20 폐막식. 서울에서 개최된 이 행사의 마지막 날, 버락 오바마 전 대통령은 연설을 마친 뒤 기자들에게 질문 기회를 주었다.

"한국 기자들에게 질문 기회를 드리고 싶군요. 정말 훌륭한 개최국 역할을 해주셨습니다. 질문 없나요?"

순간, 기자회견장에 정적이 흘렀다. 오바마 전 대통령이 다시 권했다.

"한국어로 질문하면 아마도 통역이 필요할 겁니다. 사실 통역이 꼭 필요할 겁니다."

청중이 웃음을 터뜨리는 가운데 한 기자가 손을 들었다.

"실망을 드려서 죄송하지만 저는 중국 기자입니다. 제가 아시아를 대표해서 질문을 던져도 될까요?"

오바마는 그의 말을 자르고, "저는 한국 기자에게 질문을 요청했습니다."라며 다시 한국 기자에게 기회를 주었다. 오랜 시간 정적이 흘렀다. 결국, 아무도 손을 들지 않았고, 질문 기회는 중국 기자에게 넘어갔다.

이 장면을 보면서 너무 부끄러웠다. 한강의 기적에 이어, 다양한 분야에서 뛰어난 성과를 내고 있는 한국, 반면, 창의적인 것을 만들어 내지 못하고, 주어진 프레임 안에서 일등만을 고집하는 나라가 내 조국 대한민국이기도 하다. 이렇게 두 가지의 양면성을 가지고 있는 것이 우리들의 모습이다. 무엇이 우리를 그 좋은 기회에서 질문도 못 하는 사람으로 만들었을까? 질문하지 못하는 문화는 비단 이 G20의 자리에서만은 아니다. 질문은, 오랜 기간 우리의 교육 현장에서 금기시되어 왔다. 우리 모두가 토론이 아닌 암기 위주의 피동적인 교육을 받았다.

다양성보다는 정답 맞추기

그렇다면, 우리는 왜 질문을 하지 않게 된 것일까? 우리의 교육현장에 그 답이 있다. 학교라는 교육기관을 처음 접한 초등학교 1학년 때만해도 선생님이 학생들에게 많은 질문을 한다. 선생님이 질문하고 "대답할 사람 손드세요."라고 하면, 대부분의 아이들이 "저요!" "저요!" 하면서 서로 대답을 하겠다고 손을 들고 외친다. 하지만 학년이 높아질수록 질문을 하는 선생님도, 대답하는 아이들도 줄어든다. 정해진 시간 내에 교과 진도를 진행하려면, 질문하고 대답할 시간이 부족하다. 질문과 대답, 토론보다는 교과서 내용을 외우고 사지선다형 문제 풀이를 하는 데에 대부분의 시간을 소비한다. 시험지의 답을 찾기 위해서는 나의 생각보다는 다른 사람의 생각을 읽는 것이 더욱 중요해진다. 문제를 낸 사람이 원하는 답이 무엇인지를 아는 것이 가장 중요하다. 여기에서 내 생각은 중요하지 않다. 다른 사람의 생각에 나를 맞추는 것이 더 중요하다. 나의 생각을 표현할 기회조차 없는 교육을 계속 받아오면서, 우리는 점차 질문하는 방법을 잊고 만다.

과연 이런 교육은 정말 올바른 것일까? 이런 모습이 잘못되었을지라도 그 상황 속에서 십 년 넘게 교육을 받으면 사람이 변한다. 그리고 내 주위의 모든 사람은 동일한 교육환경 속에서 살아왔다. 나와 별반 다르지 않은, 질문을 못 하는 사람들 사이에서 살아왔고 그렇게 살고 있다. 질문해야 하는 상황, 나에게 질문할 기회가 주어지면 우리 역시 G20 폐막식의 기자들과 별반 다르지 않을 것이다. 어떤 질문을 해야 하는지도 모르고, 질문 거리가 있다고 해도 질문을 잘못하면 어떡하지 하는 두려움과 부끄러움이 앞서게 되어 망설이고 만다. 우리에게 이제 사람이 많은 곳에서 질문하는 것이 두려움이 되어 버렸다. 질문하고 글을 쓰는 것이 일인 기자들 또한 이와 별반 다르지 않다. 항상 정답만 말해야 하는 사회, 틀린 답을 내놓으면 안 되는 사회 속에서는 다른 사람과 다른 답을 가지는 것이 마치 잘못된 것처럼 여겨지곤 한다. 그래서 사람들은 다른 사람이 인정하는 답이 있을 때만 자기 생각을 말하고, 그렇지 않은 답은 숨겨버린다.

유대인의 다양성

유대인은 무엇보다 다양성을 존중한다. 유대 격언에 '100명의 유대인이 있다면 100개의 의견이 있다.'라는 말이 있다. 모든 사람이 다른 존재라는 의미다. 유대인들은 다른 것은 틀린 것이 아니라는 인식을 확고히 갖고 있다. 사람마다 가지고 있는 달란트가 다르다는 것을 인정한다. 그래서 유대인은 성적과 같은 획일적 잣대로 아이를 평가하지 않는다.

우리 사회는 어떠한가? 주어진 선택지 중에 답을 찾는 것에만 익숙해져 있지는 않은가? EBS의 다큐멘터리에서 이런 모습에 대한 실험이 있었다. 초등학생의 시험 문제를 제시하여 보기 중에서 옳은 정답을 찾는 것이었다. 문제는 이런 것이었다. '문제가 잘 해결되지 않을 때는 어떻게 해야 하는가?'. 답은 '될 때까지 지속해서 노력한다.'였다. 이 문제를 접한 우리나라 대학생들 대부분은 답을 골랐다. 하지만 다른 나라 사람들에게 같은 질문지와 선택지를 보여주자, '문제가 잘못되었다.' '선택할 수 없다.'라는 대답이 나왔다. 같은 질문지를 김경일 교수와 최진석 교수에게 보여줬을 때도, 자신은 다른 답이 있으며, 객관식 선택을 하는 것은 잘못되었다는 답이 돌아왔다. 우리는 살면서 많은 질문을 접하지만, 그 질문에 대한 답이 단 하나밖에 없는 경우는 그리 많지 않다. 하지만 우리는 하나를 골라야 하는 문화에 너무 익숙해져 있다. 사람들은 자신의 답을 찾는 것이 아니라, 대다수의 사람이 답이라고 하는 것을 찾는 데 혈안이 되어 있다. 그리고 그것을 찾으면 그 말이 마치 유일무이한 정답인 것처럼 칭송한다. 사회가 원하는 답, 다른 사람이 바르다고 하는 답에 부응하려 애쓰며, 나만의 답을 찾으려 하지 않는다.

나는 문제가 잘 해결되지 않으면, 될 때까지 노력하는 사람이 되지 않으련다. 잠시 주저앉아 쉬어가거나 다른 방법으로 시도하는 사람이 되고자 한다.

틀린 답 찾기

2020년 한해는 코로나로 인해서 모든 것이 변했다. 많은 학자들은 변화의 속도가 최소 5년은 빨라졌다고 말한다. 아이들은 학교에 가지 않고 집에서 수업을 듣고 있으며, 어른들에게는 직장의 정해진 사무실이 아닌 컴퓨터가 있는 곳 그 어느 곳이든 사무실이 되어버렸다. 집에서 일하며, 화상으로 회의를 하고 업무를 본다. 필요한 생필품은 스마트폰을 통해서 주문하고, 택배 배달하는 사람은 문 앞에 택배물을 놓고 사진을 찍어 문자로 보낸다. 택시를 타면 말을 하지 않아도 애플리케이션을 통해 지정된 목적지로 가고 결재 또한 자연히 이루어진다.

이제는 우리가 당연하다고 생각하던 것이 당연하지 않고, 불가능하다고 생각한 것이 가능해지고 있다. 정해진 공간과 시간의 개념이 무너지고 있다. 우리는 현재 변화의 중심에 서 있다. 기존과는 완전히 달라진 환경 속에서, 우리는 이 변화를 어떻게 받아들여야 하는지에 대한 선택의 갈림길에 있다.

이제는 다른 사람이 만들어 놓은 옳은 답 찾기에서 벗어나 자신의 답을 찾아야 할 때가 된 것이다. 아무도 답을 모르는 지금 상황에서는 누구에게 물어보기보다 나만의 답을 찾아야 한다. 기존에는 틀렸다고 생각했던 답들을 다시 돌아봐야 한다. 사무실에 대한 개념, 일에 대한 개념, 학교에 대한 개념, 학습에 대한 개념, 구매에 대한 개념, 생활에 대한 개념 등, 내가 가지고 있는 모든 개념을 다시 정립해 나가야 하는 시기가 되었다.

아무도 살아본 적이 없는 새로운 시대에서는 그 누구도 답을 알고 있지는 않다. 다른 사람에게 물어보기보다는 내가 답을 찾아 나서야 하고, 나만의 답에 의한 삶을 살아야 한다. 앞으로 다가올 사회는 더욱 그렇게 될 것이다. 기존의 사회와는 완전히 다른 형태가 될 것이다. 지금 필요한 것은 질문하는 힘, 나만의 답을 가지는 힘을 가지는 것이다. 다른 사람에게서 벗어나야 하며, 다른 사람의 평가가 아닌 나의 평가로 살아가야 한다.

나를 찾는 공부

그 답을 찾기 위해서는 이제 다시 책으로 돌아가야 한다. 이제 다시 공부를 시작해야 한다. 지금까지의 공부가 다른 사람이 만들어 놓은 답을 찾기 위한 공부였다면, 이제는 나만의 답을 찾기 위한 공부로 돌아가야 한다. 책을 읽는 방식도 변해야 한다. 책이라는 것은 저자가 자기 생각을 글로 적어 놓은 것에 불과하다. 책을 읽는다는 것은, 그 책 저자의 생각을 엿보는 것이다. 책을 읽고 생각을 하지 않는다면, 아직도 다른 사람의 생각에 갇혀 있는 것과 같다. 세상이 옳다고 말하는 답을 찾고 있는 것에 불과하다. 책을 읽고 나면, 저자의 생각만 그대로 따를 것이 아니라, 그 생각이 옳은지, 다른 답은 없는지 생각해 보아야 한다.

저자의 생각과 내 생각을 비교할 수 있어야 하고, 내 생각을 확장해 나의 답을 찾고 만들어 세상에 내놓을 수 있는 책 읽기가 되어야 한다. 그렇게 우리는 생존을 위해 새로운 독서를 다시 시작해야 한다. 변화는 이제 더 찾아올 미래가 아니다. 이미 우리는 변화의 소용돌이 속에 들어와 있다.

02 읽지 않는 세상

독서는 학습이다

내 주위에 책을 읽는 사람이 얼마나 있을까? 내가 몇 년간 책을 읽으면서 느낀 점은, 책을 읽는 사람이 정말 얼마 되지 않는다는 점이다. 몇 번의 이직을 통해 많은 사람을 만났지만, 그 사람들 중에서 책을 주기적으로 읽는 사람은 정말 손가락으로 꼽을 정도였다. 문제는, 책을 읽지 않는 것 그 자체만이 아니다. 책을 읽고 해석하는 것을 통해 이해력과 추론력 등 많은 능력이 길러지는데, 책을 읽지 않으면 이런 능력들이 성장하지 못한다. 최근 코로나로 인해 온라인 수업이 일반화되고, 카카오톡에는 수많은 단톡방이 생겨나고 있다. 그 단톡방의 대화에서 자주 등장하는 말은, '아까 한 말 무슨 뜻이에요? 제가 잘 이해를 못 해서요.'라는 말이다. 책을 읽는 것은 본능이 아니다. 유전적으로 물려받은 것이 아니라, 학습에 의해서 우리가 얻는 것이다. 그래서 독서를 하지 않으면, 문자에 대한 해석력인 문해력이 떨어진다. 문해력이 떨어지면, 문자에 대한 이해력이 떨어질 뿐만 아니라, 사람들이 하는 이야기에 대한 해독력과 추론력도 떨어진다.

한국 학생들의 문해력 경고

한국 학생들의 문해력이 점차 낮아지고 있다. 경제협력개발기구(OECD)가 '국제 학업성취도 평가(PISA) 2018' 결과를 발표했다. PISA는 전 세계 79개국(OECD 회원국 37개국, 비회원국 42개국)의 만 15세 학생 약 71만 명을 대상으로 읽기·수학·과학 소양의 성취와 추이를 비교·분석한 평가 지표다. 읽기 영역에서 한국은 2006년 기준 세계 1위를 차지했는데, 2015년 이후에는 9위까지 떨어졌다. 읽기 영역 기초학력 미달 학생 비율은 10년 전인 2009년의 5.8%와 비교해 2018년에는 15.1%로 증가했다. 직전 평가 때인 2015년(13.6%)과 비교해도 1.5%포인트나 늘었다.[1]

특히 최근 발표된 결과를 보면, 교과서를 이해할 수 없을 정도로 독해력 수준이 낮은 학생들이 전체의 32.9%에 이르렀다. 의약품 설명서를 이해하지 못하는 '문해가 매우 취약한 수준'의 비율 역시 미국이 23.7%, 핀란드 12.6%, 스웨덴 6.2%인 데 반해, 한국은 38%로 경제협력개발기구(OECD) 국가 가운데 하위권을 차지했다. 엄훈 교수(청주교대 문해력지원센터장)에 따르면, 현재 초등학교 입학생을 기준으로 전체의 20%가 '문해력 낮음'에 해당한다. OECD는 문해력을 이렇게 정의한다.

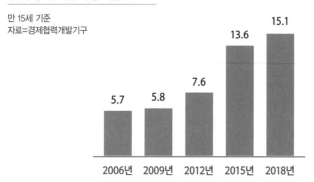

'읽기 능력' 미달 학생 비율(단위=%)

만 15세 기준
자료=경제협력개발기구

2006년	2009년	2012년	2015년	2018년
5.7	5.8	7.6	13.6	15.1

"문해력은 텍스트를 이해하고 평가한 뒤 이를 활용할 수 있는 능력이다. 문해력은 단순히 단어와 문장을 해독하는 것을 넘어, 복잡한 텍스트를 읽고 해석하고 평가하는 능력까지 모두 아우른다."

즉 문해력이란 글을 읽고 이해하는 능력이다.[2]

한국 어른들의 독서

그렇다면 어른의 경우는 어떨까? 문화체육관광부는 2018년 10월부터 지난해 9월까지 독서 실태를 내용으로 '2019년 국민 독서실태 조사'를 실시했다. 그 결과, 성인의 연평균 종이책 독서량이 6.1권으로 2017년보다 2.2권이나 줄었다. 또한 10명 중 4명 이상은 책을 1권도 읽지 않은 것으로 파악됐다. 평균 6.1권이라고 해서 모든 사람이 6권 정도를 읽는다는 것은 아니다. 평균적으로 그렇다는 것이다. 독서량이 많은 사람은 50권에서 100권 이상 읽기도 한다. 그렇기에 실재 평균 독서량은 6권보다 훨씬 낮다. 게다가 업무 또는 전공으로 보는 책을 제외한다면, 한국인의 평균 독서량은 더 낮아질 것이다.

콘텐츠의 역습

그렇다면 책을 읽지 않는 이유는 무엇일까? '책 이외의 다른 콘텐츠 이용'이 29.1%로 가장 큰 이유였다. '시간이 없어서'는 27.7%로 나왔다.[3] 다른 콘텐츠를 이용에 대해 생각해보자. 다른 콘텐츠는 짧은 글, 동영상, 사진 등으로 생각할 수 있다. 블로그, 페이스북의 짧은 글, 유튜브의 동영상, 인스타그램의 사진 등이 우리가 가장 많이 책을 대체하는 것들이다.

이런 다른 콘텐츠 이용만으로 과연 책이 주는 깊은 사고를 얻을 수 있을까? 책과 다른 매체와의 차별성 중의 하나는 숙고의 시간이다. 요즘은 유튜브를 통해 많은 정보와 지식을 얻기도 하지만, 그 정보의 깊이에는 한계가 있다. 동영상의 특성상 계속된 수정을 가하기가 힘들고, 명확히 정리된 정보를 만들어 내는 데 한계가 있다. 또한 시간의 한계성도 있다. 유튜브 시청 시간의 한계는 10~15분을 넘지 못한다. 그래서 유튜버들은 자율 광고의 최소 시간인 7분은 넘기면서도 15분은 넘지 않는 동영상을 제작, 배포한다.

문제는, 15분으로는 하나의 주제에 대해 깊이 있는 지식을 전달할 수 없다는 점이다. 책은 하나의 주제를 설명하고 이해시키기 위해 약

300페이지에 달하는 엄청난 분량의 이야기를 전개한다. 하지만 유튜브는 같은 지식을 설명하면서도 단 15분에 끝내야 한다. 물론 1시간에 달하는 동영상도 있지만, 그런 동영상을 끝까지 시청하는 사람도 얼마 없을뿐더러, 그 시간도 책이 주는 정보의 양에 비하면 한없이 부족한 양이다. 이 외에도 다른 콘텐츠가 책의 깊이를 쫓아올 수 없는 수많은 이유가 있다. 하지만 우리는 재미와 얕은 지식을 위해 깊이 있는 지식의 책을 밀어내고 있다.

스압 주의

사람들은 이제 더 긴 글을 읽지 않기 시작했다. 5줄 이상 넘어가는 글도 힘들어 한다. 블로그에 장문의 글을 쓰면 '많은 내용 주의'의 경고를 달아야 한다. 글 끝에는 '장문의 글을 읽어 주셔서 감사합니다.'라는 문구를 넣어야 한다. 박경리의 대하소설 『토지』 전권을 읽는 사람들은, 그 책을 읽는다는 것만으로도 대단한 사람으로 인정된다.

무언가 잘못된 방향으로 흘러가고 있다. 하지만 그 사실을 알고 있는 사람조차 얼마 되지 않는다. 왜 독서를 해야 하는지를 아는 사람도 얼마 되지 않는다. 어떤 사람은 책을 읽지 않는 대신, 책을 요약해 주는 어플리케이션을 이용한다고 한다. 그래서 책을 읽을 필요가 없다고 한다. 오히려 나에게 왜 책 요약본을 보지, 무엇 하러 전체를 다 읽느냐면서 책을 다 읽는 것은 시간 낭비라고도 했다.

또 어떤 사람들은 독서대신 필요한 정보를 접하기 쉬운 다른 매체를 통해 얻을 수 있다고 말한다. 책 요약본을 보는 것, 책에 대해 설명을 하는 유튜브를 보는 것만으로 얼마든지 독서를 대체할 수 있다고 믿는 사람들이 점차 많아지고 있다. 그리고 이제는 시대가 바뀌었다고 말한다. 책을 읽지 않는 시대가 되었다고 말이다. 이런 얘기를 하는 사람들이 간과하는 것은 책만이 줄 수 있는 깊이이다. 책 전체를 읽는 것은 작가의 생각의 흐름을 따라가며 작가의 생각과 조우하는 시간을 가지는 것이며, 내 생각을 정리하는 것이고, 사색하는 시간을 가지는 것이다. 이런 과정을 통해 자연스럽게 얻어지는 것이 문해력이다.

글을 읽어도 해석을 잘 못 하는 이유는 문해력이 낮아서이다. 책의 깊이 있는 생각의 흐름을 따라갈 사고의 힘이 약하기 때문이다. 그래서 표면적인 글과 생각에만 머무르게 된다. 책을 읽는다는 것은, 지식을 쌓는 동시에 다른 사람이 생각하지 못하는 깊이의 생각을 한다는 것이다. 표면 아래의 사고를 읽을 수 있고, 행동과 생각의 원인을 좇는 힘을 기르는 것이다. 비대면 사회로 급속히 변화하고 있는 지금, 이런 문해력의 중요성은 더욱 중요해질 것이다. 문해력이 떨어진 사회에서, 다른 사람보다 높은 문해력을 가지고 있다는 것 자체만으로도 나의 경쟁력이 될 것이다.

03 독서는 능력이다

코로나 시대의 브랜딩

2020년 중국 우한에서 시작된 코로나바이러스는 전 세계를 강타했다. 1년이 지난 현재까지 우리 삶 전반을 새로운 변화 속에 놓이게 했다. 코로나가 발생하기 이전, 우리는 4차 산업 시대에 대비하기 위해 새로운 것들을 개발해야 한다는 말을 줄기차게 들었다. 다른 사람과는 달라야 한다. 창의성이 있어야 한다. 나의 브랜드를 만들고 SNS를 이용해 나를 홍보해야 한다. 글을 잘 쓰거나 말을 잘해서 나를 표현할 수 있어야 한다 등등. 긴가민가했던 이런 말들이 코로나로 인해 그 중요성이 더욱더 커지고 있다. 이전에는 사람을 만나 자신을 알릴 기회와 감정을 나누고 자신을 소개할 기회가 있었지만, 코로나 이후 사람들과의 만남 자체가 금지되었다. 우리는 현재 앞으로 다가올 사회가 어떻게 변해갈 것인지, 그리고 우리는 어떻게 대응해야 할지에 대해 학습하고 있다. 대면이 안 되는 사회에서 자신을 알릴 방법은 기존과 달라야 한다. 직접 만나지 않으면서도 나를 알릴 수 있는 능력을 갖춰야 한다. 비대면으로 나를 표현할 방법, 인터넷의 온라인 공간을 통해 자신의 가치를 표현하고 알리는 방식에 익숙해져야 한다. 지금의 코로나 사태가 언젠가는 끝나겠지만, 이런 변화가 이미 사람들에게 익숙한 방식이 되어 있고, 그런 현상은 앞으로도 더욱 가속화될 것이기 때문이다.

독서라는 SNS의 토양

비대면 사회가 되면서 사람들은 더욱 더 빠르게 SNS를 통해 자신을 알리기 시작했다. 어떤 이는 블로그나 페이스북에 글을 쓰고, 유튜브로 동영상을 만들며, 인스타로 사진을 올린다. SNS에서 가장 중요한 것은 무엇일까? 물론 콘텐츠다. 아무리 좋은 디자인 능력과 마케팅 능력이 좋다고 해도, 콘텐츠가 별로라면 의미가 없다. 모든 SNS의 기반은 말과 글을 기반으로 하고 있다. 이런 SNS에서 차별화하기 위해서는 자신만의 생각과 철학, 그 생각과 철학을 잘 풀어낼 수 있는지가 중요하다. 같은 내용이라고 해도 다른 사람과 차이가 있어야 눈길이 한 번 더 간다. 다른 곳에서는 듣거나 볼 수 없었던 것이어야 구독과 '좋아요'가 늘어난다. 글은 작가들만 쓰는 것이 아니다. 자신을 알리고 자기 브랜딩을 하려고 한다면, 글을 읽고 생각을 하고 나만의 것을 쓰는 능력을 길러야만 한다. 아무리 많은 유튜브 강좌를 듣고 블로그 강좌를 들어도, 글 읽는 능력이 약하고 글 쓰는 능력이 약하면 얼마 지나지 않아 한계에 도달한다. 나의 한계를 내가 알기도 전에 독자가 먼저 알아챈다. 생각의 힘과 글의 힘을 기르는 방법 중 가장 효과적인 방법은 독서이다. 독서는 모든 것의 기초가 된다.

독서하는 뇌

독서를 단순히 눈으로 책을 보는 것으로 생각하기 쉽다. 하지만 책을 읽고 그 의미를 해석하는 것은 결코 간단한 과정이 아니다. 우리가 눈으로 글자를 보는 그 순간, 뇌 속에서는 수많은 일이 일어난다. 그 복잡한 과정을 통해야만, 눈으로 들어온 글을 뇌 속에서 의미를 부여하고, 내용을 이해하여 분류하고 저장한다. 이 과정은 뇌의 특정 한 부분에서 실행되는 것이 아니라, 뇌의 전 부분을 써야 한다. 글자를 이해하는 과정이 지속해서 반복되면, 뇌의 여러 부분이 동시에 발달해 더 효율적인 경로로 정보를 처리한다. 인지력뿐아니라 이해력, 말하기 능력까지 동시에 개발된다. 사고 또한 깊어진다.

독서를 통해 발달하는 뇌의 기능을 보면 두정엽에서 언어·연산·공간 지각 기능, 측두엽의 베르니케 영역의 텍스트 이해·해석 기능, 측두엽 각회 영역(우뇌)의 시각으로 받아들인 문자의 개념을 융합해 전달하는 기능, 후두엽과 측두엽 영역에서 속독과 관련된 지각 기능 우측 소뇌의 감정 조절과 언어 인지 기능, 전두엽의 브로카 영역에서 말하기, 텍스트의 의미를 추론하고 이해하는 기능을 동시에 사용한다.

반면에 독서를 하지 않으면, 뇌의 신호처리 효율이 떨어져서 정보

처리 속도가 늦어지게 된다. 책을 많이 읽은 사람이 말도 잘하는 이유가 있다. 지식이 많아서가 아니라, 뇌의 많은 부분을 동시에 사용하면서 텍스트를 해석하고 생각하고 표현하는 능력이 전반적으로 발달하였기 때문이다.

문자를 읽고, 말하고, 쓰기

말을 잘하기 위해서는 잘 들어야 하고, 글을 잘 쓰기 위해서는 잘 읽어야 한다. 다른 사람의 말과 글을 듣고, 보고 해석해서 저장하는 것이 우선이다. 그리고 그것을 바탕으로 내 생각과 비교하며 자기 생각을 성장시켜야 한다. 언어라는 것은 인류가 오랜 시간을 통해 만들어낸 것이다. 결코 본능적으로 익힐 수 없는 것이다. 그리고 이 고차원적인 능력을 잘 발휘하기 위해서는 오랜 기간의 학습이 필요하다. 독서를 해야 하는 이유가 여기에 있다. 자연적으로 이루어지지 않는 언어능력을 성장시키기 위해서는 독서 능력을 향상해야 한다. 어려운 글이나 긴 글도 읽고 이해할 수 있고, 내 생각으로 만들 수 있는 능력이 되어야 한다.

글이라는 것은 자신을 표현하기 위한 토양 같은 것이다. 아무리 물을 많이 주고 강렬한 태양 빛이 있어도, 그 토양이 척박하다면 뿌리가 잘 자랄 수 없다. 이내 시들거나 심지어 죽고 만다. 자신의 토양을 비옥하게 하기 위해서는 책을 읽어야 한다. 독서를 통해 강력한 언어의 힘을 가진 뇌를 만들어야 한다.

04 인생을 바꾸는 독서

독서는 왜 어려울까?

독서의 필요성은 우리 모두 알고 있다. 신년 초에 올해 계획을 세우면서 가장 많이 언급되는 것 중에서 '독서'와 '다이어트'이다. 하지만 막상 하려고 하면, 그 어떤 것보다도 실천이 잘 안 되는 것이 독서이다. 독서 습관을 길들이는 이유는, 원래 독서는 어려운 것이기 때문이다. 어려운 것을 쉽게 하려고 하니 매번 실패할 수밖에 없다.

독서는 어렵지만, 글은 우리에게 너무나도 익숙하다. 우리나라 성인의 평균 스마트폰 사용 시간은 4시간이며, 대부분은 글자를 읽는 것과 관련이 있다. 신문 기사나 블로그를 읽으면서 글자를 소비하고, 유튜브에서도 자연스레 자막을 보게 된다. 독서가 어려운 이유가 글자를 읽는 것이 힘들기 때문은 아니라는 뜻이다. 독서가 힘든 이유는 호흡의 길이에 있다. 대략 책 한 권을 읽는데 소요되는 시간은 6~7시간 정도이다. 지금같이 빠른 속도 속에서 살아가는 현대인에게 한 가지에 6~7시간을 소요하기에는 너무 긴 호흡이 필요한 셈이다. 또한 책이라는 매체의 특성상 흥미와 재미를 유발할 수 있는 무언가를 배치하기도 쉽지 않다. 책 외에도 접할 수 있는 매체가 많다. 게다가 대부분의 매체는 호흡이 책보다는 훨씬 짧다. 하지만 책에는 주제를 설명하기 위해서 때로는 재미없는 내용도 있고, 이해하기 어려운 내용이 들어갈 수도 있다. 우리 현대인들은 이미 짧은 호흡과 재미 위주의 가벼운 매체에 익숙해져 있다. 그래서 호흡이 길고 재미도 크게 없는 책을 읽는 것이 힘들 수밖에 없다. 지속적인 독서를 위해서는 우선 책 읽기가 힘들다는 것을 인정해야 한다. 그리고 그 힘든 행동을 하겠다는 의지를 보여야 한다. 그렇다면 왜 그 힘든 독서를 해야 할까?

왜 독서여야 하는가?

책에는 그 어떤 매체도 제공해 줄 수 없는 깊이 있는 지식이 들어있기 때문이다. 자신이 표현하고자 하는 대부분을 글을 통해 직접적으로 표현할 수 있다. 다른 매체보다 호흡이 길기 때문에, 길이의 제약에서 벗어나 작가가 전달하고자 하는 생각을 깊이 있게 다룰 수 있다. 또한 타 매체와 달리 책은 1인 창작물이다. 작가의 의도와 주제가 타인의 검열로 인한 수정도 없이 자신만의 관점을 유지할 수 있다는 장점이 있다. 제작비가 저렴하여 다양한 관점과 생각들을 담은 책이 사장되지 않고 시장에 나올 수도 있다. 더불어 시대를 초월해서 존재할 수 있고,

누구나 쉽게 접할 수 있다는 장점이 있다.

부자들의 독서 습관

부자들은 얼마나 책을 읽을까? 부자들을 연구하는 작가 토머스 골리Thomas Gorley는 부자와 가난한 사람의 독서 습관을 5년에 걸쳐 조사했다. 그는 자산이 36억 원 이상인 사람을 '부자'로 정의했다. 그들 중 88퍼센트가 하루 30분 이상 독서를 하며, 주로 전문서와 비소설, 위대한 인물의 전기를 읽는다. 가난한 사람들은 훨씬 적게 책을 읽는데, 주로 머리를 식히기 위해 책을 읽는다. 부자가 책을 읽는 이유는, 책을 읽어야만 한다는 사실을 알기 때문이다. 가난한 사람들이 책을 읽지 않는 이유는, 책을 읽어야 한다는 사실을 모르기 때문이다. 부자는 부자가 되고 부를 유지하기 위해서는 책을 읽어야 한다. 그것은 부자의 88퍼센트가 알고 있는 사실이다.

세계 최고의 부자인 워런 버핏Warren Buffett은 여가의 80퍼센트를 독서로 보낸다고 한다. 그는 학생들에게 자기계발서, 경영서, 투자 관련 책을 주로 읽으라고 권한다. 그리고 책대로 따라 하라고 권한다.

"이런 책들을 매일 500쪽씩 읽으십시오. 지식은 그렇게 복리이자처럼 쌓입니다. 여러분 모두는 그럴 가능성을 가졌습니다. 하지만 장담하건대 여러분 중 극히 일부만이 그 가능성을 이용할 것입니다."

매일 500쪽은 책 2권에 해당하는 분량이다. 워런 버핏은 부자가 되기 위해서만 책을 읽은 것이 아니다. 그는 평생을 그렇게 매일 책을 읽는다. 부자는 이 말을 듣고 공감하고, 가난한 사람은 이 말을 무시한다. 분명 내 앞에 부의 원리가 놓여 있더라도, 가난한 사람은 그 기회를 너무 쉽게 놓쳐 버리는 것이다. 가난한 사람이 가난한 사람으로 남는 이유는, 자신 앞에 놓은 수많은 시그널과 기회를 그냥 흘려보내기 때문이다.

독서 강국의 역사

우리나라는 역사적으로 독서 강국이었다. 고구려에서는 태학이라는 고등교육기관을 두어 경학(經學, 사서오경을 연구하는 학문)과 문학 방면의 책을 강독하게 하였다. 신라 시대에는 관리를 등용할 때, 그 사람의 독서 범위와 수준을 헤아려 인재를 등용하는 독서삼품과를 설치하고 독서를 권장했다. 고려 시대에는 이미 우수한 종이를 만들고, 구텐베르크(Johannes Gutenberg)보다 먼저 세계 최초로 금속활자를 만들었다. 인쇄술의 발달로 '직지'와 '자치통감' 등 많은 책을 간행하였다. 성종 때는 수서원(修書院, 학교와 도서관을 겸한 기관)을 창설하여, 역사책을 등사하고 소장하게 하여 열람하도록 했다. 조선 시대에는 역대의 임금들이 학문을 장려하였고, 궁 안의 모든 일은 글로 남겨 500년의 실록을 만들었으며, 중국으로부터 많은 서적이 수입되고, 국가적인 도서 편찬 사업이 활발히 추진되어 많은 책이 출판됐다. 민간인에서도 수많은 문집과 사서들이 간행되었다. 또한 집현전·홍문관·규장각 같은 일종의 도서관 시설이 설치되어, 수많은 문헌을 수집, 정리, 보관

하였다. 이처럼 우리는 역사적으로 독서 강국이었고, 독서를 바탕으로 찬란한 문화를 꽃피웠다.

하지만 근대화로의 전환 과정에서, 안타깝게도 우리의 독서 문화는 지속되지 않고 사라져 버리고 말았다. 수천 년간 우리나라를 지탱해온 독서의 문화가 사라진 것이다. 우리에게 독서는 단순히 책을 읽는 것이 아니었다. 독서는 우리에게 힘이었다. 우리의 철학을 만들고 유지할 수 있었고, 우리의 가치를 세우고 우리의 문화를 만드는 힘이었다.

자신의 한계를 넘게 하는 독서

우리나라는 현재 상당히 중요한 시점에 놓여있다. 한강의 기적이라 불리는 경제 발전으로 중진국의 최상단에 포진하고 있다. 독서를 잃은 대신, 우리는 경험과 기술이라는 즉각적이고도 실리적인 목표 하에 사회를 발전시켜왔다. 하지만 이제는 기술과 경험을 통해 얻을 수 있는 사회적 발전이 한계점에 도달해 있다. 앞으로 더 나아가기 위해서는 기술과 경험을 넘어선 그 무엇이 필요하다. 지금까지가 다른 사람이 만들어 놓은 프레임 안에서 일등이 되는 것의 역사였다면, 이제 우리가 가야 할 곳은 아무도 만들지 않은 프레임을 만드는 역사로 넘어가야 한다. 프레임을 만드는 것은 철학이고, 이념이며, 사상이요, 가치이다. 작게는 개인의 철학을 만들고 가치를 찾는 것이고, 크게는 국가의 이념과 사상 그리고 철학을 만들어 내는 것이다. 이것을 가능하게 하는 가장 좋은 방법은 독서이다. 독서를 통해 우리는 자신에 대해 알 수 있다. 우리의 한계를 인식할 수 있고, 보다 나은 미래를 상상할 수 있다. 지금과는 다른 세상을 추구하며 현재의 한계를 극복할 수 있고, 지금까지 경험하지 못한 세계로 넘어갈 수 있다. 독서는 우리가 지금까지 찾던 그것이다. 그래서 그 무엇보다 중요시해야 한다.

05 독서가로 다시 태어나라

독서가 만든 천재들

아이작 뉴턴은 초등학교 전교 꼴찌를 하고, 부진아 반에 들어간 경력이 있다. 윈스턴 처칠은 열세 살에 해로우Harrow 스쿨에 꼴찌로 입학한 것도 모자라, 재학기간 내내 거의 전교 꼴찌를 도맡아 했다. 토머스 에디슨은 초등학교에 입학한 지 3개월 만에 퇴학당했다. 연암 박지원은 열다섯 살이 되도록 문맹이었다. 그런데 이들은 모두 훌륭한 사람이 되었다. 어디서 많이 들어본 이야기 아닌가? 많은 자기계발서에서는 어릴 적에는 책도 읽지 않고 문제가 있었던 사람들이 갑자기 엄청난 양의 책을 읽고 위대한 사람이 된 것으로 나오곤 한다. 하지만 그런 말을 듣는다고 해서 갑자기 책을 읽게 되지는 않는다. 오히려 책을 읽는다고 해서 내가 과연 변할까? 하는 의문이 먼저 든다. 어떤 사람들은 이런 생각도 한다. '꽤 책을 읽는 편인데 나는 왜 변하지 않을까?'

독서는 사람을 변하게 한다

분명히 독서는 사람을 변하게 한다. 우리가 오해하고 있는 것은, 내가 읽은 양보다 더 변할 수 있다고 착각하는 것이다. 하지만 단 몇 권을 읽었다고 해서 사람이 변하는 것은 아니다. 단 몇 권의 책을 읽고 엄청난 변화가 오기를 바라는 것은 지나친 욕심이다. 주식을 하나도 모르면서 주식으로 돈을 벌려고 하는 것과 같다. 요리를 못하면서 식당을 차려 돈을 벌겠다는 것과 같다. 욕심이고 모순이다.

10권을 읽었다면 딱 10권만큼만 변할 수 있다. 100권을 읽으면 딱 100권만큼만 변할 수 있고 1,000권을 읽으면 딱 1,000권만큼 변할 수 있다. 깊이 있게 읽으면 조금 더 변한다. 이렇게 너무나 당연한 진리를 인식하지 않으면 안 된다. 내 변화의 목표가 크다면 책도 그만큼 많이 읽어야 한다.

목표에 맞게 독서의 양을 잡고 계획적으로 독서를 한다면, 누구라도 자신이 원하는 목표를 이룰 수 있다. 독서에 문제가 있는 것이 아니라, 독서 양에 비해 너무 많은 것을 바라는 자신이 문제이다. 단 10권, 100권만 읽어 놓고도 완전히 다른 사람이 되기를 바라는 것은 망상이다. 많이 변하고 싶다면 그만큼 많이 읽어야 한다. 조금 읽었다면 많은 변화를 바라지 말아야 한다. 자신의 독서에 솔직해져야 한다.

나는 지난 5년간 약 천여 권의 책을 읽었고, 지금 돌아보면 딱 그 정도만 변했다. 100권을 읽었더니 남들보다 지식이 많아진 것 같았다. 200권을 읽었더니 글을 쓰고 싶어졌다. 블로그에 글을 썼더니 사람들이 글을 잘 쓴다고 했다. 300권을 읽었더니 강사가 되고 작가가 되고 싶었다. 500여 권을 읽고 강사가 되었고, 첫 책의 초안을 완성했다. 600권을 읽고 난 후 첫 책이 나왔고, 1,000권을 읽고 나서 이 책이 나왔다. 중요한 점은 독서의 양과 질 그리고 독서시간이었다. 얼마나 많은 책을 읽었고, 얼마나 깊이 읽었으며, 얼마나 많은 시간을 독서에 투자했는지가 중요하다.

독서를 꼭 해야 할까?

독서를 꼭 해야 하는 것은 아니다. 지인 중에 자신은 다른 사람보다 머리 회전이 빨라서 굳이 책을 읽지 않아도 된다고 하는 사람이 있었다. 그 긴 글을 오랜 시간을 투자해서 다 읽느니 유튜브 등에서 요약본을 단 몇 분 만에 읽는 것이 효과적이라고 했다. 그리고 독서에 투자하는 시간에 좀 더 생산적인 것을 하는 것이 낫다고 말하곤 했다.

그 사람이 그렇게 말하는 것에 대해 충분히 이해는 간다. 나도 책을 읽지 않고 40여 년 동안 잘 살아왔었다. 책을 읽지 않았다고 사는 데 큰 문제가 있는 것도 아니었다. 그 사람이 모르는 것, 그리고 나도 몰랐던 것은 책을 통해 다른 세상을 볼 수 있는 힘이 생긴다는 것이다. 책은 내가 알고 상상할 수 있는 세계의 한계에서 벗어날 힘을 주고, 다른 관점, 다른 세상에서 문제를 바라볼 수 있는 시각을 준다. 책은 다른 세상의 문을 열어주는 열쇠이다. 보이지도 않던 다른 세상을 찾게 해주고, 그 문을 열어준다.

당신이 배우고 싶은 것이 있는가?

아이와 집에서 할 놀이를 배우고 싶다면, 한두 권의 책을 읽고 따라 하면 된다. 종이컵으로 하는 놀이, 신문지로 하는 놀이, 책으로 하는 놀이 등 놀이 관련 책 한두 권을 읽거나 유튜브 동영상 몇 개를 보는 것만으로도 정말 많은 놀이를 배울 수 있다. 사진 관련 책을 3~4권 연속으로 보고, 유튜브 동영상 몇 개, 사진작가들의 인스타그램 몇 개를 팔로우하고 그대로 따라 하다 보면 좋은 사진도 찍을 수 있다. 부동산 경매를 잘하고 싶다면, 10여 권의 책을 읽고, 유료 강의를 몇 달간 듣고 경매를 진행해 보면 기본적인 것은 알 수 있다. 작가가 되고 싶다면, 글쓰기 책 3~5권, 경쟁 도서 30권, 관련 분야의 책 100권을 읽으면 된다. 배우고 싶은 것이 있다면, 목표를 세우고 책과 동영상, 강좌를 듣고 실행하면 된다. 쉬운 것은 적은 노력으로 이룰 수 있고, 어려운 것은 좀 더 큰 노력을 들이면 이룰 수 있다. 세상의 모든 성공의 원리는 기본적으로 같다. 자신이 성취하고자 하는 것을 명확히 하고, 계획을 세우고, 반복적인 실천을 통해서 자신의 임계점을 돌파하는 것이다. 누구나 알고 있는 사실이지만, 누구나 실천하고 있지는 않다. 그래서 성공은 항상 어렵다.

당신이 원하는 직업이 있는가?

최근 알게 된 만난 분 중에서 작가가 되는 게 꿈이거나, 강사가 되는 게 꿈이라고 하는 분들이 많이 있다. 하지만 꿈으로만 가지고 있는 분들이 대부분이다. 내가 도와드린다고 해도, 지금은 아니라고 한다. 다음에 기회가 되면 하겠다고 한다. 자신의 꿈을 너무 막연하고 어렵게만 보는 것 같아 안타깝기도 하다.

　작가라는 것, 강사라는 것은 누구나 할 수 있는 일이다. 작가와 강사라는 자격증이 필요한 것도 아니고, 자신의 배경이 문제가 되는 것도 아니다. 누구나 글을 써서 출판하면 작가가 되는 것이고, 강의를 하면 강사가 되는 것이다. 누구나 할 수 있는 직업이 작가이고, 강사이다. 하지만 누구나 할 수 있지만 아무나 할 수는 없다. 독서량이 부족하면 이룰 수 없다. 누구든 책을 많이 읽고, 글을 많이 쓴다면 작가가 될 수 있다. 책을 읽다가 자신도 모르는 사이에 작가가 되어 있는 경우가 정말 많다. 강사가 되고 싶다면, 책을 읽고 나만의 이야기로 강의를 만들어 풀어내면 된다. 그렇게 강사가 된 사람들도 정말 많다. 문제는 얼마나 읽을 수 있는가와 얼마나 깊이 읽을 수 있는가에 달려 있다. 일정 부분 독서의 양과 질이 채워진다면, 작가가 되고 강사가 되는 일은 그리 어려운 일이 아니다. 오히려 자연스러운 일이다. 독서가 정해진 임계점을 넘어서게 되면 자연스럽게 지식이 넘쳐나고, 그 넘침이 작가를 만들고 강사를 만든다.

　필자의 경우, 스피치 멘토인 정무늬 강사에게 2년 넘게 스피치 수업을 듣고 있다. 정무늬 강사는 강사를 코칭 하는 강사이다. 그래서 일반인보다는 현재 강의를 하는 사람 또는 예비 강사들을 자주 만나는 분이기도 하다. 얼마 전 정무늬 강사에게 이런 말을 들었다. 내가 강의를 시작하기 훨씬 전부터 조금만 지나면 훌륭한 강의가 되리라는 것을 이미 알고 있었다는 것이었다. 그 이유를 물어보니, 생각이 자연스럽게 말로 잘 표현되고 있었고, 그 생각들이 이미 명확하게 자리 잡고 있는 것이 보였기 때문이라고 했다. 그리고 자신이 생각하는 좋은 강사가 되기 위한 기본 자질 중 중요한 것 한 가지는 독서량이라고 조언했다.

독서는 분명 삶의 무기가 될 수 있다. 내가 다른 사람보다 특별한 무기가 없다면, 독서를 무기로 선택하라. 독서는 그 어떤 무기보다 강력한 삶의 무기가 될 것이다.

06 만원으로 인생을 바꿀 수 있다면

효율적인 삶을 살고 있는가?

하루를 돌아보면서, '오늘은 정말 한 것이 아무것도 없는 것 같다.' '시간이 어떻게 흘러갔는지 모르겠다.'라는 생각이 든다면, 정말 한 것이 아무것도 없는 것이다. 정확하게 말하자면, 시간이 어떻게 흘러갔는지 모르는 것이 아니라, 시간이 사라진 것이다. 누구에게나 평등하게 하루 24시간이 주어지는 것이 아니라, 누구에게나 평등하게 시간이 부족한 시대가 되었다. 이제는 잠잘 시간마저 아깝다고 생각하는 사람들도 있다. 그렇지만 과연 정말 효율적으로 시간을 사용하고 있는 사람은 얼마나 될까?

효율적으로 산다는 것은, 동일한 시간에 다른 사람들보다 더 많은 경험을 하고, 더 많은 것을 배우고, 더 많은 결과물을 만드는 것이다. 효율적으로 살기 위한 첫 번째 방법은 비효율적인 일을 다른 사람에게

위임하는 것이다. 그리고 자신은 좀 더 효율적인 일, 나만이 할 수 있는 일에 집중하는 것이다. 요즘 크몽, 오투잡 등의 사이트에서 다방면으로 재능이 있는 프리랜서들을 많이 볼 수 있다. 이런 사람들에게 나의 일을 맡기고 나는 꼭 필요한 일만 하면, 일의 속도와 효율성을 높일 수 있다.

두 번째는, 다른 사람의 경험을 사는 것이다. 유튜브 강의, 여러 사이트의 강의, 책 등이 이에 속한다. 필자는 클래스 101 사이트와 탈잉 사이트를 주로 이용하며, 주기적으로 몇 개의 강좌를 듣는다. 돈을 주고 이런 강의를 듣는 것은, 강사가 몇 년간 쌓은 노하우를 단기간에 배우는 것이다. 혼자 한다면 몇 년이 걸릴 수 있는 일, 몇 번의 실패를 경험해야 하는 것을 이런 강좌를 통해서 단기간에 배울 수 있는 것이다. 금액은 10만 원에서부터 수십만 원에 달하지만, 몇 년간의 노력을 줄일 수 있다면 충분히 지불할 수 있는 금액이라고 생각한다. 시간은 항상 가장 중요한 재화였고, 모든 거래에 있어 기본이 된다. 시간의 단축은 단 몇 십만 원의 금액 이상의 가치를 가지고 있다. 그리고 이런 강좌를 유용하게 사용하면 그 이상의 돈을 벌 수도 있다. 투자 대비 그 이상의 돈을 벌 수 있다면, 그 금액은 아깝지 않다. 좋은 예가 있다. 필자는 pdf 전자책으로 돈을 버는 법을 가르쳐주는 강의를 9만 원을 지불하고 들었다. 강의를 듣고 난 후 2개의 전자책을 발행했으며, 그 수익은 60만 원이 넘었다. 즉, 50여만 원의 수익을 창출한 것이다. pdf 전자책 강의를 듣지 않았다면, 결코 이런 수익을 만들 수 없었을 것이다. 그리고 그 수익은 계속 증가할 것이다.

20년의 경험을 만원에 살 수 있다면

한 번 가정해보자. 누군가가, 그것도 학식으로 검증된 사람이 나에게 자신이 20년간 연구 조사한 결과를 단돈 만원에 팔겠다고 한다면, 당신은 어떻게 하겠는가? 나라면, 내용이 어떤 것이든 사겠다고 할 것이다. 20년간 하나의 주제만 놓고 연구했다면, 그 결과물은 당연히 가벼운 것이 아닐 것이다. 내가 미처 알고 있지 못하는 내용일 것이니, 만원이면 아주 저렴한 금액이다.

무엇이기에 그리 싸게 판단 말인가? 바로 책이다. 모든 책이 다 그런 것은 아니지만, 『코스모스』, 『1만 시간의 재발견』, 『사피엔스』, 『정리하는 뇌』 같은 책은 저자의 수십 년에 걸친 연구 결과가 집대성된 것들이다.

책은 이런 연구 결과를 단 돈 1만원에서 2만원이면 살 수 있는 매체이다. 세계 석학들이 수십 년의 시간을 들여 완성한 결과물을 단 돈 만원에 살 수 있고, 6~7시간 만에 배울 수 있다면, 그것은 축복 아니겠는가? 좋은 책을 사고 읽는다는 것은, 이 세상 그 어떤 일보다 효율적으로 시간을 사용하는 방법이다.

어떤 사람들은 이렇게 바쁘고 정보가 넘쳐나는 시대와는 독서가 맞지 않는 일이라고 말하거나, 독서가 필요하지만 정보를 얻기에는 너무 느린 길이라고 한다. 그렇다면 과연 그 사람들은 얼마나 효율적으로 시간을 사용하고 있을까? 부자의 88%가 하고 있는 독서 외에 그들이 시간을 효율적으로 사용하는 방법은 무엇일까? 아무리 찾아봐도 독서보다 효율적이고 빠른 길을 찾을 수 없다. 최단 시간에 나를 성장시키고, 삶에 대한 깊은 통찰력을 만들어 주는 최선의 방법으로 독서를 뛰어넘는 것은 없다.

결국 무언가는 포기해야 한다

새로운 것을 하기 위해서는 반드시 무언가를 포기해야 한다. 새로운 것을 한다고 해서 시간이 늘어나지는 않기 때문이다. 책을 읽으려면 하루 24시간 중 무언가를 포기해야 한다. 아무것도 포기할 시간이 없다면, 잠자는 시간이라도 포기해야 한다. 하지만 잠을 포기해야 할 정도로 바쁘게 사는 사람을 본 적이 없다. 우리의 시간 사용 내역을 잘 들여다보면, 분명 하루 1~2시간 정도는 만들어 낼 수 있다. 내가 헛되이 보내는 시간, TV나 모바일을 앞에 두고 멍하게 보내는 시간만 잘 모아도 최소 1시간은 만들어 낼 수 있다.

책을 읽을 시간이 없다고 하시는 분에게 운전하는 동안 오디오북을 들으라고 추천해 드린 적이 있다. 그런데 오디오북은 불편해서 싫다고 했다. 새로운 것을 실행하기 위해서, 독서를 하기 위해서 가장 먼저 포기해야 하는 것이 그런 편안함이다. 책을 읽으려면 과감히 편안함을 포기하고 불편함을 선택해야 된다. 불편함만 참으면 누구나 충분히 1시간 정도는 만들 수 있다. 어떤 분은 도저히 책 읽을 시간이 없어서 출퇴근 버스 안에서 독서를 했다고 한다. 흔들리는 버스 안에서 책을 읽다보니 두통이 생겼지만, 꾹 참고 약을 먹으면서 계속 책을 읽었다고 한다. 그렇게 하여 그분은 작가가 되었다.

독서는 수단이다

독서는 이해력을 높이고, 강력한 행동을 만들며, 글과 말을 잘하는 사람으로 만들어준다. 아무리 책을 읽어도 그렇게 되지 않는다면, 책을 읽는 방법에 문제가 있는 것이 아닐까 하고 의심해 보아야 한다. 독서는 목적을 달성하기 위한 최고의 수단이다. 단순히 읽는 것에서 벗어나야 한다. 책을 읽기만 하는 것은, 달을 가리키는데 달은 보지 않고 손가락만 쳐다보고 있는 것처럼, 수단에 매몰되어 목적을 잊어버리는 것과 같다. 독서를 통해 자신이 무엇을 할 것인가에 대해 생각을 하고, 그것을 실천하는 독서를 해야 한다. 그런 생각과 실천을 통해 수단으로서의 독서가 목적을 달성할 때, 그제야 제대로 된 독서를 했다고 할 수 있다.

다른 세상으로의 초대

독서를 하는 이유는 차별성을 위해서다. 다른 이야기를 듣기 위해서 소설을 읽고, 다른 방법으로 살기 위해서 자기계발서를 읽는다. 다른 시간을 보기 위해서 고전을 읽고, 다른 나라를 알기 위해서 여행서를 읽는다. 책은 내가 있는 세상과는 다른 세상을 만나는 시간이다. 그렇게 책은 나를 다른 세상으로 안내해준다. 내가 할 일은, 지금의 세상과 또 다른 세상 중에서 어느 세상에 살 것인지 결정하는 것뿐이다. 독서는 가장 값싸게 향유할 수 있는 취미이지만, 가장 값진 취미이다.

07 변화는 하루아침에 이루어진다

매년 요리 여행을 떠나는 중국집 사장님

우리 동네에 아주 작은 중국집이 있다. 그 집에는 자장면도 짬뽕도 팔지 않는다. 제대로 된 메뉴판도 없다. 심지어 소주도 팔지 않는다. 테이블은 단 세 개뿐이다. 하지만 그 집에서 음식을 먹으려면, 며칠 전에 예약해야 한다. 예약하지 않고서는 그 집 요리를 먹을 수 없다. 이 집에서는 메뉴를 알 필요가 없다. 주인에게 대충 이런 저런 요리가 먹고 싶다고 요청하면, 알아서 만들어 준다.

이 집에서는 그 어떤 요리가 나와도 맛있다. 여느 중국집에서도 맛볼 수 없는 맛이다. 고기완자나 조개 볶음 같은 요리가 평범해 보이지만, 맛은 절대 평범하지 않다. 다른 중국집의 경영방식과는 너무 다르다. 이 중국집이 장사가 잘되는 이유가 있다. 주인의 요리에 대한 학구열 때문이다. 이 집 주인은 매년 가을이 되면, 한 달 간 문을 닫고 해외로 나간다. 새로운 음식을 맛보고 다른 요리 방법을 배우기 위함이라고 한다. 그의 여행은 오로지 독특하고 차별성을 찾아나서는 여행이다. 지금까지의 나와 다른 것을 찾아 나서는 순례길이다. 그렇게 그는 차별을 통해서 자신을 만들어 가는 시간을 가지고 있다.

다른 사람을 만나라

지금보다 나은 삶을 살기 위해서는 자신이 속해 있는 환경부터 바꿔야 한다. 만나는 사람들을 바꾸고, 살아가는 장소를 바꾸고, 하는 일을 바꾸며, 보고 듣고 느끼고 생각하는 것을 바꿔야 한다. 나와 비슷한 사람들 속에서 살아가면, 꿈꿀 수 있는 것도 딱 거기까지 뿐이다. 하지만 나와 다른 사람들을 만나고, 그들의 모습을 보고, 그들의 이야기를 들으면, 지금까지 내가 살아오던 삶과 다른 삶이 있다는 것, 내가 사는 이 세상과는 다른 세상이 있다는 것을 알 수 있다.

환경을 바꾸는 것은 그렇게 쉬운 일이 아니다. 갑자기 이사를 하는 것도, 갑자기 일을 바꾸는 것도 쉽지 않다. 하지만 지금 당장 할 수 있는 일이 있다. 그것은 만나는 사람을 바꾸는 것이다. 실제 인물을 말하는 것은 아니다. 책 속의 인물들은 만나라는 것이다. 책 속에는 자신이 닮고 싶은 수많은 멘토가 존재한다. 우리는 책을 통해서 그들의 이야기를 들을 수 있다. 그리고 작가에게 메일을 보낼 수도 있다. 그들의 블로그, 페이스북, 인스타그램을 팔로우하여 그들에게 말을 걸 수 있다. 작가들이 운영하는 프로그램에 참여할 수 있고, 작가들이 운영하는 단톡방에 들어가 그들의 이야기를 직접 들을 수 있다. 이 만 원도 안 되는 적은 돈으로 책을 구입하여 그들이 평생에 걸쳐 익힌 지식을 단 몇 시간에 배울 수 있다. 한 달에 몇 만 원의 비용으로 그들과 직접 얘기하는 기회를 가질 수 있다. 오프라인 모임을 통해 작가를 직접 만나고, 그들에게서 삶의 조언을 구할 수도 있다.

책을 읽어야 하는 이유는 명확하다. 당신이 지금의 삶을 바꾸고 싶다면 책을 읽어라. 당신이 바꿀 수 있는 환경 중에서 지금 당장 바꿀 수 있는 것이 바로 책을 통해 환경을 바꾸는 것이다. 솔로몬 왕은 "지혜로운 사람과 함께 다니면 지혜를 얻지만, 미련한 사람과 사귀면 해를 입는다."고 했다. 책을 통해 저자들의 지혜를 훔쳐라. 그리고 그들을 따라 하라. 작가들은 이미 그들이 쌓은 지식을 삶에 적용해 지혜를 얻은 사람들이다.

하루 독서 30분

하루를 3구역 4시간씩 나눠보자. 아침 8시부터 12시, 점심 12시부터 4시, 저녁 4시부터 8시, 이렇게 3개의 구역으로 나누고, 다시 1시간씩 나눠서 내가 하는 일들을 정리해 보자. 불필요하게 낭비되는 시간이 있는지 찾아보고, 그 시간을 이용하여 새로운 일을 하는 습관을 들이자. 독서는 하루에 최소 30분의 시간을 배정하자. 30분은 정말 최소의 시간이다. 가능하다면 1~2시간 정도의 독서 시간을 만들자.

독서 환경을 만들라. 책을 통해 다른 사람을 만나고, 다른 장소에 살

고, 다른 일을 하고, 다른 생각을 하라. 그렇게 시작된 환경의 변화는
분명 당신의 삶을 바꿀 것이다.

제 2 장

독서를 시작하고자
하는 분들에게

독서 좀 해볼까?

많은 사람들이 책을 읽고자 하지만, 막상 시작하면 결코 쉽지 않다는 것을 알게 된다. 그렇다면 어떻게 시작해야 해야 할까? 우선 처음부터 너무 큰 목표와 기대를 하지 않는 것이 좋다. 새로 시작한다는 것은 지금까지 익숙한 것에서 벗어난다는 것이다. 불편함이 따른다는 말이다. 불편함의 다른 말은 불안전이다. 우리는 본능적으로 안전함을 쫓도록 설계되어 있다. 안전함이란, 생존을 위해 수만 년의 진화를 통해 얻은 우리의 생존 본능이다. 불편한 일, 익숙하지 않은 일을 하는 것은 위협으로 여겨진다. 그래서 거부감이 들고 시작이 어렵다. 이런 거부감을 없애기 위해서는 진입장벽을 낮추는 것이 도움이 된다. 아주 작은 변화부터 시작하는 것이다. 뇌가 인지하지 못할 정도의 작은 변화로부터 시작하면 불편함을 낮추는 데 도움이 된다. 그렇게 작은 변화를 지속하다보면, 어느새 익숙해져 편안함을 느낄 수 있다. 이런 지속적인 행위를 통해서 만들어지는 것이 습관이다. 습관을 관장하는 것은 의식이 아닌 무의식이다. 일정한 상황이 되면, 무의식의 부분에서 자연스럽게 나오는 행동이다. 독서뿐만이 아닌 모든 새로운 습관의 형성은 무의식이 자연적으로 실행할 때까지 충분한 시간이 필요하다.

어떤 책부터 시작할까?

어떤 책부터 시작할까에 대해서 많이 생각할 필요는 없다. 그냥 딱 한 권으로 시작하면 된다. 처음엔 집에 있는 가장 편하게 읽을 수 있는 책이면 된다. 그림이 많이 들어있다면 금상첨화이다. 가장 얇고, 쉽게 읽을 수 있고, 단시간 안에 끝낼 수 있는 책이 좋다. 큰 계획을 세우지 말고, 목표도 세우지 말고, 그냥 읽기 시작하자. 첫 책을 읽으면서 우선 긴 호흡에 익숙해지는 것이 중요하다. 스마트폰으로 보는 글씨가 아닌, 책이라는 매체에 익숙해지는 것이다. 처음부터 어려운 책으로 시작하면, 오히려 독서 습관을 들이는데 방해가 될 수 있다. 150페이지 전후의 얇은 두께, 짧은 글들이 단편으로 엮인 책이 좋다. 하루에 읽을 수 있는 분량이면 더욱 좋다.

편하고 쉬운 책을 통해 한 권을 읽어냈다는 성공의 경험을 맛보자.

단편으로 이루어진 책의 좋은 점은, 처음부터 끝까지 다 읽지 않아도 된다는 것이다. 아무 데나 열어서 읽어나가기 시작해도 되고, 앞뒤 내용의 연결을 신경 쓰지 않아도 된다. 아니면 선택한 목차만 다 읽고, 다음 책으로 넘어가도 된다. 책 한 권을 처음부터 끝까지 다 읽어야 한 권을 읽었다고 할 필요는 없다. 반 만 읽어도, 읽고 싶은 부분만 골라 읽어도, 읽은 것이다. 본인이 그렇게 하기로 마음먹었다면 그만이다. 다른 사람과 경쟁을 하기 위해 책을 읽는 것이 아니다. 독서에 대한 모든 방법은 내가 정한 규칙이다. 중요한 것은 한 권을 읽었다는 성공 경험이다.

작은 성공의 경험이 축적되고 불편함이 익숙해짐으로 변하면, 우리는 그 경험과 익숙함을 토대로 다음 단계로 넘어갈 수 있다. 하지만 불편함이 사라지지 않는 채 다음 단계로 넘어간다면, 어느 순간에 그 불편함이 우리를 독서라는 마당에서 끌어내릴 수도 있다.

모든 건 규칙으로 이루어진다

듀크 대학의 연구 결과에 따르면, 우리 행동 중 45%는 결정이 아니라 습관에 의한 것이라고 한다. 우리가 아침에 일어나서 하는 행동을 생각해 보자. 침대에서 일어나서 화장실에 가고, 샤워를 한다. 옷을 갈아입고 아침을 먹는다. 이런 행동들을 생각하고 하는가? 또는 다음에 무엇을 해야 하는지를 생각하고 움직이는가? 이런 일련의 행동들은 규칙적이고 무의식적으로 일어난다. 우리는 이렇게 매일의 삶 속에서 규칙과 습관의 지배를 받고 있다. 나도 모르는 사이에 특정한 조건이 주어지면, 매번 동일한 행동을 하게 된다. 무언가를 시작하는 데 필요한 것은 이런 습관에 익숙해지는 것이다. 물론 처음에는 습관을 만든다는 것이 힘들고 어렵다. 하지만 한 번 습관이 되어 궤도에 오르면 큰 힘을 들이지 않아도 된다. 수레를 끌 때 처음에는 많은 에너지가 들어가지만, 바퀴가 구르기 시작하고 나면 작은 힘으로 수레를 굴릴 수 있는 것처럼 말이다.

습관의 성패는 지속성에 달려있다

새로운 습관 만들기에 실패하는 가장 큰 이유는 지속성이다. 한 번에 많이 하고 자주 안 하는 것보다 매일 조금씩 성공 경험을 하는 것이 훨씬 효과적이다. 그래서 목표는 최소한으로 낮추는 것이 낫다. 하루에 읽을 분량을 정하고 조금씩 읽어나가자. 하루 50페이지만 읽기로 마음먹는다고 하면, 4일이면 200페이지가 된다. 처음 책을 접할 때 '이 두꺼운 책을 어떻게 읽지?'라는 두려움이 생긴다면, 손으로 50페이지만 잡아보자. 그리고 다시 한 번 생각해보자. '하루 50페이지 정도는 읽을 수 있겠지?' 하고 말이다. 목표는 2주로 잡고 천천히 읽자. 매일 50페이지씩 4일이면 충분히 읽을 수 있는 양이다. 2주를 목표를 정한다면 14일 중 10일을 못 읽어도 성공하기에 충분하다. 지속성을 유지하기 위해서 지치지 않을 정도, 지겹지 않을 정도의 아주 작은 목표를 정하고 그것을 실천하자.

시간과 장소를 정하라

언제, 어디서 책을 읽을 것인가도 상당히 중요하다. 우리의 행동에 가장 큰 영향을 끼치는 것은 환경이다. 우리가 컨트롤할 수 있는 시간과 장소를 정하자. 예를 들어, '아침 일어나자마자 30분은 독서를 한다.', '점심 먹고 나면 30분은 독서를 한다.', '잠들기 전 30분은 독서를 한다.'라는 식으로 시간을 정한다. 그리고 나서 장소를 정한다. 아침에 독서를 하기로 정했다면 식탁에서, 점심에 하기로 했다면 책상에서, 저녁에 하기로 했다면 잠자리에 누워서 하는 등 구체적인 장소를 정해놓는 것이 좋다. 그리고 독서하는 곳에 독서대와 책을 준비해놓자. 정해진 시간에 알림이 울리면, 자동으로 그 장소로 가서 이미 준비되어 있는 책을 펼치자. 그 시작점만 익숙해지면, 책 읽는 것은 자동으로 된다. 그렇게 10분이 20분이 되고, 다시 30분, 1시간으로 확대된다. 중요한 것은 정해진 시간에 알림이 울리면, 정해진 장소에 가서 앉는 것이다. 책을 읽지 않더라도 정해진 시간 동안에는 그 자리에서 엉덩이를 떼지 않아야 한다. 그러면 결국 책을 읽게 된다. 마음을 먹었다면, 지진이 나더라도 정해진 시간 동안은 엉덩이를 떼지 마라.

가장 중요한 것은 실천이다

이 모든 것을 알고 있어도 실천하지 않는다면 아무런 의미가 없다. 방법을 찾았다면 반드시 실행에 옮겨야 한다. 머릿속에만 존재하는 생각은 언젠가 잊게 마련이다. 우리가 알게 된 것, 알고 있는 것을 실행으로 행동할 때, 그것은 비로소 힘을 가지게 된다. 그리고 다시 나를 만들어나간다. 우선 눈앞에 보이는 책을 손에 들어야 한다. 그리고 무조건 읽기 시작해야 한다. 처음에 필요한 것은 그것뿐이다. 매일 조금이라도 독서라는 행동에 나를 익숙하게 만드는 것이다. 독서에 거부감이 없도록 하고, 불편함을 익숙함으로 바꾸는 과정이 필요하다. 그렇게 한 번 독서에 익숙해지고 나면, 그때부터는 속도를 낼 수 있다. 나를 바꾸고 세상을 바꾸는 독서를 몸에 익힐 수 있다.

02 도서관이라는 행복 놀이터

도서관이 내 집 옆에 있었나?

요즘 곳곳에 도서관이 정말 많이 있다. 책과 친해지기 전에는 주위에 이렇게나 많은 도서관이 있는지 몰랐다. 내가 사는 곳 주위에 도서관을 검색해 보길 바란다. 전국적으로 수많은 도서관이 있고, 대부분의 도서관에서는 관외 대출을 시행하고 있다. 독서를 하고자 하는 마음만 있다면, 굳이 책을 사지 않아도 된다. 꼭 도서관에 앉아서 읽을 필요도 없다. 책을 빌려와 집이나 커피숍 같은 내가 원하는 장소에서 책을 읽을 수 있다.

도서관이라는 즐거운 놀이터

집에 있는 책으로 책과 친해졌다면 도서관 나들이를 해보자. 도서관에 우선 어떤 종류의 책들이 있는지 살펴보는 것도 좋다. 꼭 읽지 않더라도 이곳저곳을 돌아다니면서 어떤 책들이 있는지 살펴보는 것도 즐거운 일이다. 생각도 못 해본 분야의 책들도 있을 것이고, 평소에 궁금해 하던 분야의 책들도 다양하게 준비되어 있을 것이다. 먼저 이런저런 책들을 만나면서 책과의 거리감을 줄이자. 다양한 책들을 훑다 보면 조금씩 책에 대한 관심이 높아진다. 필자의 경우, 도서관에 가면 관심 있는 분야 코너부터 간다. 그곳에서 우선 한 두 권의 책을 선택한다. 그리고는 낯선 분야의 책들이 있는 곳으로 간다. 한참 동안 여러 책을 둘러본 다음, 한두 권을 선택한다.

그렇게 하여 보통 대여섯 권의 책을 선택한다. 관심 있는 분야의 책은 집에 가서 읽을 것이고, 낯선 분야의 책들은 도서관 내에서 읽어보기 위해서 뽑아 온다. 자리를 잡고 앉아 낯선 분야의 책들을 훑어보기 시작한다. 대부분의 경우, 몇 페이지 읽다가 덮어버리고 만다. 하지만 가끔은 그런 책 중에 큰 울림을 주는 책을 만나기도 한다.

그렇게 익숙한 곳과 낯선 곳을 돌아다니다 보면, 어느새 한두 시간은 훌쩍 지나간다. 몇 권의 양서는 집으로 데려온다. 필자에게 도서관은 즐거운 놀이터이다. 그 즐거운 놀이터에는 수천 년의 지식이 필자의 선택을 기다리고 있고, 역사 속 수많은 위인들이 필자와 대화하기 위해 기다리고 있다. 그리고 그 모든 것은 내 선택을 받아야 한다. 입장료도 없다. 엄청난 지식과 위인들을 집으로 모시고 오는 데도 돈 한 푼 들지 않는다. 처음에는 도서관이 조금 낯설 수도 있다. 하지만 조금만 익숙해지면, 그 어느 곳보다 즐거운 놀이터가 된다.

왜 도서관이 먼저일까?

필자는 독서 수준이 일정 궤도에 오르기 전까지는 도서관 이용을 추천한다. 그 이유는 몇 가지가 있다.

첫째, 도서관에는 다양한 분야의 여러 도서가 비치되어 있다.
둘째, 도서관에 있는 모든 책을 읽어볼 수 있다.
셋째, 책을 읽을 수 있는 책상과 소파 등이 잘 구비되어 있다.
넷째, 조용하고, 책을 읽을 수 있는 환경이 잘 조성되어 있다.
다섯째, 모든 사람이 책을 읽고 있다.

인간은 환경의 지배를 받는 동물이다. 어디에 있느냐에 따라서 그 사람의 행동이 영향을 받는다. 도서관은 책을 읽기 위해서 만들어진 시설인 만큼, 독서를 위한 최상의 환경이 조성되어 있다. 온종일 영화관에 있으면 영화를 보게 되고, 집에 있으면 눕게 되거나 TV를 보게 되는 것처럼 온종일 도서관에 있으면 책을 읽게 된다. 주위의 모든 사람들이 책을 읽고 있는데, 나만 다른 것을 하기도 쉽지 않다. 나도 모르게 다른 사람들처럼 책을 읽게 된다. 책 읽기가 정 힘들다면 그럴 수밖에 없는 환경 속에 몰아넣는 것도 하나의 방법이다. 휴일에는 무조건 도서관으로 출근해 보자. 그리고 온종일 도서관에 틀어박혀 있어 보자. 책 읽는 것이 너무 힘들다면, 이렇게라도 강제적으로 읽어보자. 그리고 몇 개월간 반복해 보자. 환경은 당신이 생각하는 것보다 강력하고, 당신은 생각보다 나약하다.

잠을 자더라도 도서관에서 자자

이상하게도 책만 펴면 졸음이 몰려온다. 마치 누군가가 책을 못 읽게 하려고 책에 수면제를 발라놓은 것처럼. 도서관에서는 더욱더 그렇다. 그럴 때는 그냥 자면 된다. 더 이상 잠이 안 올 때까지 푹 자면 된다. 그렇게 한참을 자고 나면 몸이 아주 가뿐해진다. 책을 읽다가 책상에 엎드려서 자고 나면 그렇게 개운할 수가 없다. 책은 최고의 수면제다. 도서관에서 억지로 졸음을 이기려고 하기보다는 그냥 잠을 자는 것도 좋다.

그렇게 한참을 자고 일어나서는 다시 책을 읽기 시작하면 된다. 잠을 자고 나면 머리가 맑아져서 책 읽기에 최적의 상태가 된다. 내용도 눈에 잘 들어오고, 졸릴 때 읽는 것보다 이해력도 훨씬 좋아진다. 도서관에 갈 때는 여유시간을 두고 가는 것이 좋다. 책을 읽다가 졸리면 자고, 배고프면 매점에서 음식을 사 먹으면서 도서관에서 일단 오래 있어 보자. 하루 종일 있어 보자. 그러면 나도 모르게 책과 친해지고 있을 것이다. 지금까지는 그렇게 힘들게 느껴지던 독서가 조금씩 익숙해질 것이다. 도서관은 책을 가깝게 해주는 마법을 가지고 있다.

도서관으로 퇴근하자

퇴근 후 집에 가면 보통 어떤 일들을 하는가? 집에 가서 정말 꼭 해야 하는 일이 있지 않다면, 퇴근길에 도서관에 들러보자. 집에 가면 대부분은 크게 중요하지 않은 일을 하면서 시간을 소비하고 있는 경우가

많다. 바로 잠자리에 들 시간이 아니라면, 정말 중요한 일이 있는 것이
아니라면, 퇴근길에 도서관에 가는 습관을 만들어 보자.

매일 퇴근 후 도서관에서 한두 시간씩 있는 것으로 계획을 세우면,
매일 조금이라도 책을 읽게 된다. 그리고 그렇게 매일 책을 읽는 것이
일과가 되면, 어느새 독서량이 상당해지게 된다. 한 달에 한 권 읽기
힘든 사람도, 책 사는 것만 좋아하고 읽지 않던 사람도, 매일 도서관으
로 퇴근하기 시작하면 1주일에 한 권은 충분히 읽을 수 있다. 1주일에
한 권씩 읽으면, 1년에 50여 권이다. 책 읽기가 습관이 되면 1년에 백
권을 읽는 것도 쉽게 해낸다. 집에서 시간을 낭비하는 대신 도서관에
서 책을 읽는 것을 생활 규칙으로 만들어보자. 도서관이 나의 삶을 변
하게 하는 최적의 장소가 될 것이다.

03　출판사도 알려주지 않는 진실

제목에 속지 말자

제목만 보고 재미있을 것 같아서 책을 골랐는데, 막상 읽어보니 재미도 없고 감동도 없어서 '내가 왜 이 책을 골랐을까? 하고 후회할 때가 더러 있다. 그럴 때면 우리는 보통 이렇게 말한다.

"책 표지에 속았어.",

"책 제목에 속았어."

그리고 얼마 지나지 않아 다시 또 속는 일을 반복한다. 속지 않고 나에게 꼭 맞는 책을 고르는 방법은 없을까? 나에게 꼭 맞는 책을 고르는 방법을 알기 위해선, 우선 내가 책을 고르면 실패하는 이유를 알아야 한다. 앞에서 이야기한 것과 같이 우리는 표지에 속고, 책 제목에 속는다. 즉 구매의 가장 큰 영향을 주는 것은 표지와 제목이라는 말이다. 하지만 책의 표지와 제목이 책의 완성도를 말해주는 것은 아니다.

책의 완성도를 알 수 있는 여러 가지 방법이 있다. 조금만 더 깊이 들여다보면, 후회 없이 본인이 원하는 책을 찾을 방법이 있다.

책에 대한 경험이 적다

우선, 책을 대하는 방법부터 바꿔야 한다. 책을 선택할 때는 대부분 어려움을 겪지만, 영화를 선택할 때는 그리 어려움을 겪지 않는다. 보통 영화 선택을 하기 전에 SNS를 통해서 후기를 검색하여 감상평을 확인한다. 포털사이트의 평점과 영화를 본 친구들의 의견을 듣고 영화를 선택한다. 인터넷 검색 몇 번과 친구 몇 명과의 대화만으로도 손쉽게 좋은 영화를 판가름할 수 있다. 하지만 책은 그렇지 않다.

영화보다 책 선택이 어려운 가장 큰 이유는 우리가 책과 그리 친하지 않다는 것이다. 영화는 우리에게 친숙하다. 이미 우리는 영화에 대한 많은 기본 지식을 가지고 있다. 그래서 조금의 정보만 유입이 되어도, 그 정보를 기존에 가지고 있던 정보와 조합하여 재미있는 영화인지 아닌지를 쉽게 판단할 수 있다. 하지만 일 년에 몇 권도 읽지 않는 사람은 책에 대한 기존 정보가 많지 않다. 그래서 새로운 정보가 들어왔을 때 내가 가지고 있던 기존의 정보와 조합하기가 쉽지 않다. 책을 잘 고르기 위해서는 우선 책과 친해져야 한다. 책을 많이 읽은 사람은 조금의 정보가 유입되어도 기존의 경험과 정보들을 조합하여 올바른 선택을 할 수 있게 된다.

출판도 비즈니스다

우리는 영화, 드라마 등의 광고를 100퍼센트 믿지 않는다. 흥행을 위해서 재미있게 포장하고 실제보다 과하게 포장하는 것을 당연하게 여긴다. 그래서 우선 의심의 눈을 가지고 바라보게 된다. 하지만 책 광고에는 후한 점수를 준다. 책 소개는 판매를 위한 광고로 보지 않고, 진실만 가득한 것으로 여기기 때문이다.

우리가 알고 있어야 하는 것은, 출판 역시 수익 창출을 위한 비즈니스라는 점이다. 책을 만드는 출판사에게는 책 판매가 목적이다. 출판사는 다른 산업과 마찬가지로 최선을 다해서 책을 포장하여 광고할 수밖에 없다. 그래서 우리가 접하는 대부분의 책 소개 글은 책을 판매하기 위한 선전이고 광고이다. 그럼에도 불구하고 사람들은 유독 책 광고만큼은 의심하지 않는다. 책의 광고에 해당하는 부분이 표지와 제목이다. 출판사는 그 책을 마케팅을 위해 내용과 관계없이 독자들이 혹할 정도로 멋지고 세련되게 디자인한다.

그래서 책을 선택할 때는 표지 디자인이나 제목이 아니라, 내가 원하는 내용이 맞는지를 확인해야 한다. 가장 좋은 방법은 책을 펼쳐서 머리말과 목차 등을 읽고 확인하는 것이다.

대형 출판사는 팔리는 책을 만든다

영화는 메이저 영화와 독립영화로 구분된다. 메이저 영화사의 영화가 대부분 재미있는 이유는 우선 제작 규모에 있다. 최근 10년간 사람들의 입에 가장 많이 거론된 영화사는 '마블'과 '디즈니'일 것이다. 마블의 히어로 영화가 품질이 좋을 수밖에 없는 이유는 대형 자본을 투자해 제작하기 때문이다. 기대 수익이 워낙 높으니 많은 자본을 투자할 수 있고, 현실에서는 불가능한 장면을 자본을 통해 만들어 낼 수도 있다. 그래서 영화 한 장면, 한 장면의 퀄리티가 높다. 이런 영화는 소형 영화사에는 꿈도 꿀 수 없다.

출판도 이와 크게 다르지 않다. 대형 출판사는 소형 출판사보다 많은 자본을 투입할 수 있기 때문에 잘 알려지고 검증된 작가의 원고로 잘 팔리는 책을 만들 수 있다. 반면에 소형 출판사는 대형 출판사보다는 좀 더 다양한 시선의 책과 특정계층을 위한 책을 만드는 특징이 있다. 그래서 책을 고르는 시선이 명확하지 않다면, 대형 출판사의 책을 선택하는 것도 하나의 방법이다. 마치 마블의 히어로 영화는 내용을 모르고 봐도 기본은 하는 것처럼 말이다.

진주는 항상 숨어 있다

책을 선택할 때 사람들은 논리적이기보다는 감성적으로 접근한다. 하지만 그 감성이 항상 성공을 보장하지는 않는다. 진주조개 속의 진주 크기는 열어보기 전까지는 가늠할 수 없다는 데 있다. 내가 잘못 고른 책이 나의 소중한 시간을 낭비하는 결과를 낳아서는 안 된다.

책을 살 때는 표지보다 책 속의 진주 크기를 들여다봐야 한다. 책의 제목, 머리말, 목차, 출판사 서평 등 책의 질을 알 수 있는 최대한 많은

내용을 찾아봐야 한다. 오프라인에서 책을 고를 때도 온라인에서 책
소개와 서평을 봐야 한다. 그렇게 책을 고르는 데 시간이 걸려도 좋다.
책을 고르는데 들어간 30분이 나의 소중한 6시간을 지킬 수 있기 때문
이다.

04 실패하지 않는 책 선택법

책의 표지에는 힌트가 보인다

책 표지에 있는 글을 다 읽어본 적이 있는가? 책의 앞뒤 표지에는 상당히 많은 글이 표기되어 있다. 책의 제목에 현혹되지 않는 첫 번째 방법은, 앞뒤 표지에 있는 모든 글을 읽는 것이다. 그 글을 읽어보면 반복되는 단어들이 나오는데, 그 단어들이 출판사가 이 책에서 어떤 부분을 중요시하고 강조하고 있는지를 나타내준다.

자주 반복되는 단어가 있다면, 그 단어가 책의 핵심이면서 책 속에서도 많이 거론되는 것이다. 그리고 그 단어들을 모아 보면, 이 책이 추구하고자 하는 바가 어떤 것인지 알 수 있게 된다. 한 줄 평을 쓰는 것처럼 표지의 주요 단어들을 연결해서 문장으로 만들어 보면, 책의 기본 내용과 주제를 알 수 있게 된다. 이렇게 표지를 잘 살펴보는 것만으로도 기본적인 책의 정보를 획득할 수 있다. 표지의 주요 단어들을 머릿속에 넣어두면, 책을 읽을 때 큰 그림을 그리면서 읽을 수 있게 된다.

출판사 서평은 책의 예고편이다

블로그의 후기 몇 개만 읽어도 그 영화에 대해서 쉽게 판단할 수 있지만, 책은 후기를 읽어도 선택해야 할지, 말지에 대한 판단을 하기가 쉽지 않다. 필자도 참 많은 서평을 봤지만, 책 선택을 위한 판단의 기준이 되는 서평을 찾기가 쉽지 않다. 그나마 제일 좋은 서평은 출판사 서평이다. 책 내용 소개도 잘 되어 있고, 어떤 내용을 담고 있으며, 작가가 이야기하고자 하는 메시지는 어떤 것인지 다른 서평보다 잘 표현된 것이 출판사 서평이다. 출판사 서평만 잘 읽어봐도 책의 느낌을 대충 파악할 수 있다. 맘에 드는 책이 있다면, 구매하기 전에 우선 출판사 서평부터 보길 바란다.

포털 사이트의 출판사 서평 보는 방법

포털사이트에서 책을 검색하고, '책 정보'란 중 책 소개를 통해 책이 어떤 내용을 담고 있는지 확인을 한다. 저자 소개란을 통해 저자가 이 분야에 얼마나 학식이 있는지 확인한다. 목차를 통해 주제와 구성을 확인하고 이 책이 얼마나 주제를 적절한 논거를 가지고 있으며, 완성도가 있는지를 확인한다. 출판사 서평을 통해 책 내용이 얼마나 잘 표현되었는지 확인한다. 이렇게만 확인해도 책의 내용이 대충 보인다.

그 다음에는 독자가 쓴 서평을 본다. 필자의 경우, 책을 선택할 때 보통 10개에서 20개 정도의 서평을 보면서 재확인을 한다. 문제는, 선택에 도움이 될 만한 서평을 찾기는 힘들다는 점이다. 그래서 좋은 서평을 찾기 위해 10개에서 20개 정도의 서평을 읽게 된다.

마지막으로 '예스24' 등에서 제공하는 '책 미리 보기' 서비스를 통해 다시 검토하기도 한다.

책 속 힌트 3요소

책 선택에서 가장 중요한 것은 책 내부를 들여다보는 것이다. 서점에서는 언제든 책 내부를 볼 수 있다. 책의 내부를 들쳐보지 않는 것은 영화관에서 영화를 안 보고 포스터만 보는 것과 같다. 책 속 힌트 3가지는 다음과 같다.

1. 저자 소개를 읽어라.
2. 머리말을 읽어라.
3. 목차를 읽어라.

첫 번째, 저자 소개로 저자가 어떤 이력과 경험을 가지고 있는지 알 수 있다. 자기계발서 같은 경우, 컨설턴트가 쓴 책은 실제 경험에 대한 이야기들이 많이 나오고, 대학교수가 쓴 책들은 논문과 같이 인용문과 이론적인 뒷받침들이 많이 나온다. 전문가가 쓴 책에서는 이론과 경험이 모두 나오는 경우가 많다.

저자가 그 분야에서 10년 이상 연구했다거나 동 분야에 경험이 있다는 내용이 나온다면, 책이 제시하는 근거들이 상당히 신뢰성 있다. 공감 가능성도 크다. 집필한 책이 많이 있는 저자의 책은 좀 더 이해하기 쉽게 설명하고 있는 경우가 많다. 하지만 저서가 얼마 되지 않은 사람의 책의 경우, 내용은 좋아도 독자에게 설명하고 공감을 이끌어 내는 데는 다소 부족한 부분이 있다. 글은 경험에 의존하기 때문에 집필한 책이 많은 사람의 책을 선택하는 것이 좋다. 대체로 읽기 편하고 이해하기 쉽기 때문이다.

저자의 전문성과 경험을 우선 파악하는 것은 책의 질과 수준을 파악할 수 있는 좋은 힌트이기 때문에 저자 소개를 꼭 읽어보는 것이 좋다.

두 번째, 머리말을 꼭 읽어봐야 한다. 머리말은 곧 책을 쓰게 된 계기와 책의 내용에 대한 설명이다. 저자가 이 책을 왜 쓰게 되었으며, 어떠한 이야기를 하고 싶은지 등 저자의 생각을 쉽게 파악할 수 있는 것이 머리말이다. 또한 머리말에서 각 장의 내용을 설명해 주기도 한다. 책의 구성이 어떻게 되어 있고, 각 장은 어떤 흐름으로 연결되는지 알 수 있도록 해준다. 목차를 통해 각 장의 주요 내용을 파악한 상태에서 머리말의 설명을 읽으면, 좀 더 확실히 책의 주요 내용을 파악할 수 있게 된다.

세 번째, 목차는 자세히, 몇 번에 걸쳐 반복해서 읽어보아야 한다. 목차는 곧 책의 요약본이며, 책이 말하고자 하는 핵심과 주제를 드러낸다. 각 장은 하나의 작은 주제를 담고 있다. 우선 각 장의 제목을 읽어보면서, 어떤 흐름으로 책이 흘러가는지 봐야 한다. 그리고 저자가 이야기하고 싶은 주된 내용이 몇 장에 들어 있는지 찾아야 한다. 보통 책의 초반부인 1장과 2장은 도입부로서 주제의 배경과 근거들이 들어 있다. 저자가 말하고자 하는 내용은 보통 책의 절반이 넘은 부분에 나오는 경우가 많다. 끝부분에서는 책의 전반의 내용을 요약하거나 앞으로 어떻게 해야 한다는 내용이 나오는 경우가 많다.

이런 흐름을 읽으면서 각 장의 제목을 유심히 살펴보면, 책이 나아가고자 하는 방향을 알 수 있다. 그런 다음에 각 장의 꼭지들을 하나씩 읽어본다. 그리고 저자가 어떤 것들을 말하려고 하며, 그것들이 나에게 도움이 될 내용인지 살펴볼 필요가 있다.

수차례 반복해서 목차를 관찰하면, 머릿속에서 책의 흐름과 주제, 그리고 그 근거들을 대략 파악된다. 책을 읽지 않아도 한 권을 본 듯한 기분마저 들 때도 있다. 이렇게 목차를 자세히 훑어보면 책을 읽어야 할지, 말지에 대한 판단에 상당한 도움이 된다. 또한 책을 선택 후 읽을 때도 이미 책의 흐름을 알고 있기 때문에 책의 내용 파악과 기억에 상당한 도움을 준다.

이렇게 표지 글을 읽고, 저자 소개와 머리말, 목차를 읽으면, 책의 주요 내용이 파악되고 저자가 말하고자 하는 바를 전반적으로 알게 된다. 추가로 출판사 서평까지 읽으면, 책을 선택해야 할지 말아야 할지를 결정할 수 있다.

책 3/4 지점의 두 꼭지를 읽어라

그렇게 해도 책을 선택하기 힘들다면, 책의 3/4 부분을 편다. 그리고 거기에서부터 두세 꼭지를 읽어본다. 대부분 책의 주요 내용은 3/4 부분에 저자의 주장이 나온다. 그 부분의 두세 꼭지를 읽어보면, 책의 문체와 책의 주요 내용을 파악할 수 있다. 두세 꼭지를 읽는 데 시간이 오래 걸린다는 이유로 망설여질 수도 있다. 하지만 10분을 투자해서 양서를 가려낼 수 있다면, 충분히 투자할 필요가 있는 시간이다. 또한 어차피 읽어야 하는 책이라면, 미리 주요 부분을 읽어보는 것도 여러모로 도움이 된다.

책 속에서 책을 찾는다

꼬리에 꼬리를 문다는 말처럼, 책을 읽다 보면 책 안에서 읽고 싶은 다른 책들을 만나게 되고, 그러면서 독서가 익숙해지고 재미있어지게 된다. 현재 읽고 있는 책에 깊이 공감이 된다면, 책 속에서 인용되는 책 또한 독자와 잘 맞는 경우가 많다. 가끔은 저자가 직접 책을 추천할 때도 있는데, 이런 책들은 메모해 놓았다가 이어서 읽어보는 것도 좋다. 분명 두 책은 연결점이 있을 것이며, 저자가 그 책을 인용한 이유가 있을 것이기 때문이다.

책을 추천 받으라

책을 많이 읽는 사람에게 책을 추천받는 방법도 좋은 방법이다. 어떤 일이든 거인의 어깨에 올라타면 시간을 줄일 수 있다. 책 추천을 요청할 때 주의해야 할 점이 있다. 자신이 읽고 싶은 책에 대한 정보를 최대한 많이 줘야 한다. 필자도 종종 책 추천 요청을 많이 받곤 하는데, 이렇게 막연한 정보로 요청하는 분들이 있다.

"저는 자기계발서 위주로 읽는데, 좋은 책 있으면 추천해 주세요."

"요즘 읽을 만한 책 하나 추천해 봐."

이럴 때면 참 난감하다. 어떤 책을 읽어야겠다는 생각이 없는 분들이기 때문이다. 자기계발서라는 카테고리 안에서도 무수히 많은 장르가 있다. 상중하의 난이도가 있으며, 말하고자 하는 주제도 서로 다르다. 그래서 몇 번에 걸쳐 그 사람이 어떤 책을 원하는지 상세하게 물어보고 나서야 추천해 주곤 한다. 책 추천 요청을 할 때는 어떤 분야 중에서 내가 지금 읽고 싶거나 관심이 가는 내용은 무엇인지, 자기가 읽어 본 책과 비슷한 책 또는 궁금한 점 등을 상세하게 말해주어야 잘 맞는 책을 추천받을 가능성이 높다.

05 어떤 책부터 읽어야 할까?

모든 책이 나와 맞지는 않는다

어떤 사람이 추천한 책을 읽어 보면 좋은 책도 있지만, 때로는 나와 맞지 않는 책도 있다. 개인적 취향 때문이다. 다른 이유도 있다. 책의 난이도가 나와 같지 않은 경우가 그러하다. 중학생에게 고등학교 수학 문제를 풀라고 하면 못 푸는 것이 당연하다.

아무리 좋은 책이라 할지라도 이해할 수 있는 수준이 아니라면, 그 책의 진가를 알아볼 수 없다. 중요한 것은 내가 관련 분야의 기초지식을 얼마나 가지고 있는가 하는 점이다. 기초지식이 없는 상태에서 처음부터 너무 어려운 책에 도전하면, 다 못 읽을 가능성이 높다. 다 읽었다고 해도 이해를 못 할 가능성이 높다. 난이도란 결국 이해 가능 여부에 따라 정해진다.

쉬운 책으로 기초지식을 쌓아야 한다

자신의 수준을 모를 때는 도전 목표를 너무 높게 잡는 경우가 많다. 이는 독서에 대한 경험치가 낮은 바람에 메타 인지가 작동하지 않아서 벌어지는 현상이다. 어떤 일이든 처음 경험하거나 경험치가 낮은 상태에서는 실수가 잦고, 사소한 일도 하기 쉽지 않다. 독서 또한 그렇다.

처음에는 너무 많은 욕심을 내지 않는 것이 오래 가는 독서를 할 수 있는 길이다. 누구든 자신이 일 년에 몇 권의 책을 읽는지 알고 있을 것이다. 우선은 긴 호흡의 글을 읽는 것부터 익숙해지자. 일 년에 열 권 미만의 책을 읽는 분이라면 쉬운 책부터 시작하는 것이 좋다.

『어린 왕자』를 읽어본 적이 있는가? 이 얇은 책도 만만히 볼 책이 아니다. 이렇게 처음에는 얇지만, 깊이가 있고 쉽게 읽히는데다가 가능하면 사진이나 삽화가 있는 책부터 시작하는 것이 좋다.

우선 글자를 읽는 것에 익숙해져야 한다. 책을 읽지 않던 사람이 처음부터 10권짜리 『삼국지』를 읽기란 결코 쉬운 일이 아니다. 처음에는 『만화 삼국지』처럼 길이가 짧고 읽기 쉬운 책을 통해 인물들과 사건에 대한 이해도 즉 기초지식을 쌓는 과정을 거치는 것이 좋다. 그렇게 기본적인 이해도가 높아진 다음에 10권짜리 『삼국지』를 읽는다면, 처음부터 바로 읽기 시작하는 것보다 훨씬 이해도도 높아지고 책을 읽는 재미도 있을 것이다.

어떻게 책을 고를 것인가

얇은 책부터 시작하자. 100페이지의 책을 읽든 500페이지의 책을 읽든, 한 권의 책을 읽은 것은 마찬가지다. 그리고 아무리 얇은 책이라 할지라도, 저자가 말하고자 하는 주제는 있다. 얇고도 좋은 양서들이 얼마든지 있다.

독서를 시작하는 단계에서 자기계발서를 고를 때는 이론에 치우친 책보다는 실제 경험이 많이 들어가 있는 책이 좋다. 저자 소개로 경험 여부를 알 수 있는데, '교수' 또는 '연구가'가 쓴 책보다는 실제 삶을 적용해본 사람들이 쓴 경험담과 사례 위주의 책을 읽는 것이 좋다. 전문적이고 읽기 어려운 책은 독서 습관이 잡히고 충분한 기본지식이 쌓인 후 읽어도 늦지 않다.

소설도 마찬가지다. 처음부터 『파우스트』나 『죄와 벌』을 읽는다면, 끝까지 다 못 읽을 가능성이 크다. 다 읽었다고 할지라도 무슨 내용인지 이해하기가 쉽지 않다.

처음에는 리처드 바크의 『갈매기의 꿈』 헤르만 헤세의 『데미안』처럼 비교적 얇으면서도 깊이가 있는 소설책부터 시작해서 좀 더 어려운 책으로 나가는 것이 좋다. 또는 헤르만 헤세, 베르나르 베르베르 등 유명작가의 단편집으로 시작하는 것도 좋다. 이런 책들은 얇기는 해도 깊이가 충분히 깊이가 있고 생각할 점이 많다. 읽고 나서도 큰 여운을 남길 것이다.

동일한 주제의 책을 여러 권 읽어라

물론 처음부터 책의 난이도를 판별하기란 쉽지 않다. 가능하면 한 번에 한 가지 주제를 정하고, 관련 주제를 다루고 있는 여러 권을 읽는 것이 좋다. 읽다가 이해가 잘 가지 않는다면, 우선 덮어놓고 다른 책을 읽기 시작한다.

이해가 쉬운 책이 있으면 그 책부터 읽고 나서 이해가 가지 않았던 책을 다시 읽는 것이 좋다. 쉬운 책을 통해 기초지식을 쌓고 나면 이전보다 읽기가 수월해질 것이다.

이론서로 나아가자

실천서와 사례 중심의 책들로 개념을 제대로 이해하기 시작했다면, 이론서를 반드시 읽어볼 것을 추천한다. 이론서를 읽고 나면, 막연히 '그렇게 해야 하는구나.'에서 '왜 그렇게 해야 하는지'에 대한 원리를 알게 되어 이해도를 높일 수 있다.

내가 '왜'라는 의문을 가지면, 원인, 이유, 원리를 알려고 노력한다. 원리를 알고 행하는 것과 원리를 모르고 행하는 데에는 큰 차이가 있다. 창의성 즉 새로운 것을 만들어 내는 능력은 그 분야에 대해 깊이 있는 이해로부터 출발한다. 원리를 모르고 행하는 것에는 한계가 있다. 원리를 알고 행하면 이미 존재하는 것의 단점을 개선하는 변형을 만들어 낼 수 있다. 어느 분야에서든 깊은 이해가 뒷받침되어야 한계를 넘어선 무언가를 창조해 낼 수 있다.

고전으로 나아가자

어느 분야에서나 '고전'으로 꼽히는 책들이 있다. 이론서를 읽어보고 이해에 문제가 없다면, 고전으로 진출해도 좋다. 고전으로 불리는 이유는 오랜 시간에 걸쳐 여러 사람으로부터 검증을 받았다는 뜻이다. 고전을 읽어야 하는 이유에는 크게 두 가지가 있다.

첫째, 이미 가치가 인증된 책으로서 깊이가 있기 때문이다. 고전으로 불리는 까닭이 있다. 많은 사람에게 도움이 되었기에 현재까지 전해진 것이며, 고전 속에는 시간을 초월해 교훈이 되는 내용이 들어있기 때문이다.

둘째, 오랜 기간 동안 인류에게 큰 영향을 미친 책이기 때문이다. '하늘 아래 새로운 것은 없다(전도서 1:9~10)'는 격언이 지금까지 회자되는 것처럼, 고전은 여러 시대를 거치면서 많은 이들에게 영향을 주었다. 고전을 읽고 이해한다는 것은, 현재 존재하는 것들이 어떻게 만들어졌는지에 대해 이해를 하는 것이다. 철학. 미술, 음악, 역사, 소설 등 고전을 읽는 것은 역사를 이해하는 동시에 현재를 이해하는 것이다.

물론 고전은 현재와는 다른 환경에서 쓴 책이기에 문체나 사상이 낯설고, 난이도가 높아서 읽기 힘들다. 하지만 분명한 것은, 고전은 읽고 이해하면 생각이 깊어지고, 상황 판단을 하는 시각을 넓혀 준다는 점이다. 입에 쓴 약이 몸에 좋다는 말처럼, 읽기 어려운 책이 사고의 성장에는 좋다.

06 결과를 만드는 시간의 마술

단 한 권이 사람을 바꿀 수 있을까?

책 한 권이 사람을 바꾸어 놓을 수 있을까? 한 권의 책이 인생을 바꾼다는 말이 있다. 하지만 그 책이 변화의 시발점이 되었다는 뜻이지, 한 권만 읽는다고 해서 인생이 갑작스럽게 바뀌지는 않는다. 변화라는 것은 점진적이다. 지속적이고 반복적인 노력을 통해 일정의 한계점을 넘어섰을 때 변화는 한꺼번에 찾아온다. 변화를 감지하는 시점은 순간이지만, 그 변화를 맞이하기 위해서 우리는 무척이나 오랜 시간을 투자해야 한다. 단시간에 성공한 사람은 단시간에 망한다.

제대로 된 한 권만 읽는다는 생각에서는 벗어나야 한다. 지속해서 독서를 해야만 자기 생각을 무너뜨리는 책과 마주할 수 있게 된다. 그를 계기로 변화의 물꼬가 터지고, 조금씩 변해가게 된다. 그렇게 지속하다 보면 두 번째 변화를 맞이하고, 다시 세 번 네 번으로 이어지는 것이다. 처음부터 대단한 책을 읽어야겠다는 욕심은 버리자. 어떻게 하면 지속적으로 독서할 수 있을 것인지에 더 집중해야 한다. 그런 생각으로 책을 대하면, 자연히 좋은 책들을 자주 만나게 된다.

읽어야 하는 명분을 주지시켜라

일 년 동안 무언가 한 가지를 꾸준히 해본 적이 있는가? 그 결과, 성공을 맛본 적이 있는가? 아무리 간단하고 사소한 일이라고 해도, 일 년 내내 매일 반복한다는 것은 결코 쉬운 일이 아니다. 독서는 더욱더 그러하다. 독서는 장기프로젝트가 되어야 하며, 평생의 동반자가 되어야 한다. 좋은 책 한 권을 찾아내겠다는 생각보다는 어떻게 하면 지치지 않고 매일 독서를 할 수 있을까에 집중해야 한다. 매일 독서를 하다 보면, 자연스레 많은 책을 읽게 되고 그중에서 몇 권의 양서를 만나게 되며, 그 책들이 나의 인생의 변화를 가져오게 한다. 또한 선순환을 통해 지속적인 변화와 발전을 이루어 갈 수 있게 된다.

지치지 않는 독서를 위해서는 단순히 책을 읽어야겠다는 생각이 아니라, 명확한 이유를 찾아 그 명분을 자신에게 인식시켜야 한다. 명분은 누가 만들어 줄 수 있는 것이 아니다. 다른 사람이 만들어 준 명분은 힘이 없다. 자기 생각을 통해서 꼭 그렇게 해야 하는 이유 있는 명분만이 자신에게 동기부여가 된다. 독서를 하다 보면, 누구나 슬럼프를 겪게 되고 포기하고 싶어질 때가 있다. 그럴 때 자신이 독서를 해야 하는 이유를 다시 한 번 상기하면, 다시 나아갈 수 있는 동력을 얻는

다. 책을 읽어야 하는 명확한 이유는 수없이 많다. 어떤 것이어도 상관 없다.

책을 통해 인생을 바꾸고 싶다는 생각도 좋다.
한 분야의 전문가가 되고자 하여도 좋다.
성공 방법을 알고자 해도 좋다.
마음을 안정시키고자 하여도 좋다.
힘든 하루가 끝난 후의 스트레스 해소용이어도 좋다.
꾸준한 힘을 기르고 싶어도 좋다.
아이들에게 모범이 되고자 하여도 좋다.
단순히 지적 호기심이어도 좋다.

그 어떤 이유에서도 좋다. 자신이 진정으로 공감하는 이유면 된다. 다른 사람이 말하는 것이 아닌, 자신의 생각에서 나온 이유, 그 이유가 자신에게 명확한 동기부여가 된다면 그것으로 충분하다.

모든 것은 한 번에 이루어지지 않는다

아무리 급하다고 해도 만리장성을 하루아침에 쌓을 수 있겠는가? 당장 위대한 사람이 되고 싶다고 해서 바로 그렇게 될 수 있을까? 모든 일에는 그 일에 걸맞은 시간이 필요하다. 숙성의 시간이 필요하고, 양이 채워지는 시간이 필요하다. 우리가 실패하는 가장 큰 이유는, 근거 도 없이 하고자 하는 일이 빨리 이루어질 것이라는 막연한 자신감 때문이다. 그 일에 충분한 시간을 주지 않는 것이다. 실패하지 않기 위해서는 빨리 결과를 만들겠다는 욕심을 줄이고 충분한 시간을 주어야 한다. 그렇게 충분한 시간이 흐르고 나면 일이 자연스럽게 이루어진다.

왜 굳이 돌아가려 하는가?

삶에서 벌어지는 일들의 대부분은 시간이 충분하면 이룰 수 있는 것들이다. 다만, 그 성취까지 가는 길에 걸림돌이 있을 것이고, 때론 그 걸림돌이 너무 크게 느껴지기도 한다. 그런 걸림돌은 목적지에 도달하는 과정에서 필수 불가결한 것들이다. 돌에 걸려 넘어지더라도 툭툭 털고 일어나서 다시 앞으로 나아가면 그만이다. 그 자리에 주저앉아 앞으로 나아가기를 포기하지 마라. 굳이 지금까지 힘들게 온 길을 되돌아갈 이유가 있는가? 인생이라는 달리기에서는 등수가 중요한 게 아니다. 중요한 것은 완주뿐이다. 사람들은 결코 완주자에게 몇 등 했는지 물어보지 않는다. 오히려 사람들이 궁금해 하는 것은 넘어진 후에 어떻게 다시 나아갈 수 있었는가 하는 것이다. 그때, 사람들에게 나의 이야기를 들려주자. 나는 굳이 되돌아가야 하는 이유를 몰랐다고. 그래서 계속 나아갔고, 누구나 그렇게 하는 줄 알았다고……. 당신의 멋진 성공 스토리를 만들어 보자.

제**3**장

삶으로 들어온
독서

스트레스를 낮추는 단 7분의 독서

독서가 병을 막아준다면 믿겠는가? 믿기 어렵겠지만 사실이다. 병의 근본적인 원인은 스트레스로부터 시작되는 경우가 많다. 연구 결과를 보면, 책을 7분 이상 읽는 것만으로 스트레스 지수는 30% 가량 떨어진다고 한다. 책을 읽는 행위는 집중이 필요하다. 책을 읽으며 글자에 집중하면 자연히 스트레스 지수가 떨어진다. 그렇다면 왜 독서에 집중력이 필요할까?

시각과 청각으로 인지하는 행위는 본능이다. 학습도 필요 없다. 누가 가르쳐 주지 않아도 자연히 알게 되는 행위이다. 하지만 글자를 읽는 것은 다르다. 글은 학습을 통해서만 배울 수 있다. 인류가 탄생하고 현재까지 수십만 년의 세월 중에서, 인류가 글과 말을 사용한 시간은 정말 얼마 안 된다. 말과 글은 본능이 아닌 학습을 통해 습득된다. 자연적인 것이 아니라, 집중하고, 노력해야 사용할 수 있는 어려운 기술이다. 아직도 우리는 말을 하거나 글을 쓰기 위해서는 상당한 집중이 필요하다. 그래서 독서에 집중하는 시간 동안 다른 것을 잊게 해준다. 그래서 독서는 스트레스를 낮춰주는 데 효과적이다.

스마트폰 vs 책

우리는 정보가 넘쳐나는 시대에 살고 있으며, 끊임없이 정보를 유입하고 있다. 특히 스마트폰을 통해서 가장 많은 정보를 얻고 있다. 와이즈앱·와이즈리테일이 2019년 11월에 실시한 조사에 따르면, 대한민국 성인이 스마트폰을 보는 시간은 평균 3시간 48분이라고 한다. 하지만 안타깝게도 문화체육관광부의 '2019년 국민 독서실태 조사' 결과에 따르면, 성년의 연평균 독서량은 6권에 불과하다. 매일 4시간 스마트폰을 볼 시간은 있으면서 책을 볼 시간이 없다는 것은 핑계에 지나지 않는다. 책을 펼칠 시간이 없다면 스마트폰으로 이북을 볼 수도 있고, 운전을 하면서 노래를 듣는 대신에 오디오북을 들을 수도 있다. 시간이 없어서 책을 읽을 수 없다는 말은 자기 합리화이다. 독서를 해야 한다는 것을 인정하면서 행동으로는 핸드폰을 보고 있는 자신을 합리화하기 위해 뇌가 만들어 낸 작용일 뿐이다.

스마트폰으로 유튜브를 보고 SNS를 하는 것과 책을 읽는 것 중, 어떤 것이 더 즐거움을 주고 가치 있는 일일까? 우선 가치적인 측면에서 책을 읽는 것이 더 크다는 사실은 그 누구도 부인할 수 없다. 즐거움 측면에서 보자면, 두 가지 다 즐거움을 주지만 그 즐거움의 가치에는 차이가 있다. SNS를 통해서 얻는 즐거움은 즉각적인 즐거움인 데 반해, 독서를 통해 얻을 수 있는 즐거움의 대부분은 장기적인 경우가 많다. 누구나 책의 효용과 가치에 대해서 알고 있지만, 즉각적이고 강한 자극에 익숙해진 우리의 뇌는 장기적인 즐거움을 주는 독서를 하기 힘든 것으로 여긴다.

스마트폰의 문제점

스마트폰으로 인한 문제점은 계속 보고되고 있다. 미 국립보건원(NIH)이 9~10세 사이의 현지 아동 1만1천 명을 대상으로 한 연구에서는, 매일 2시간 이상 스크린에 시간을 소비한 아이들의 인지 능력이 그렇지 않은 아이들에 비해 다소 떨어지는 것으로 나타났다. 진 트웬지가 주도한 다른 연구에서는, 소셜 미디어를 비롯한 인터넷, 문자 메시지와 게임을 하며 스크린에 더 많은 시간을 보낸 청소년 중 48%는, 하루에 오직 1시간만 스크린을 본 아이들의 28%보다 더 위험한 정신건강 문제를 겪은 것으로 나타났다.[1]

2011년 6월 CNN 방송이, 전자기기의 멀티태스킹에만 익숙해지면 우리의 뇌가 현실 세계에 적응하지 못하는 방향으로 바뀌는 팝콘처럼 곧바로 튀어 오르는 즉각적인 현상에만 반응하는 '팝콘 브레인'이 된다고 보도했다. 실제 장시간 디지털 기기를 이용한 사람의 뇌는 생각 중추를 담당하는 회백질의 크기가 줄어드는 것으로 조사되었다. 아이의 경우, 빠르고 강한 정보에만 반응하고 느리고 약한 자극에는 반응하지 않는 뇌를 가지게 된다.[2]

스마트폰의 장점을 위해 우리의 뇌를 '팝콘 브레인'으로 만들 것인가? 이제 스마트폰을 손에서 내려놓고 책을 손에 드는 연습을 해야 한다. 그것은 우리 자신을 위함이기도 하고 우리 아이들을 위함이기도 한다.

독서가 취미입니다

불과 20여 년 전, 독서가 취미라고 말하면 취미가 없는 것으로 간주하거나, 필요 없는 짓을 하는 것으로 치부했다. 먹고사는 문제가 급급했던 시기였기에, 지금 당장 돈이 되는 기술을 배우는 것이 더 좋은 취미생활로 취급되었다. 그렇게 독서 인구는 점점 줄어들었다. 먹고살만 해지니 이젠 독서 말고도 자투리 시간에 할 수 있는 것들이 너무 많아졌다. 독서가 발붙일 자리가 더 없어졌다.

그러나 이제 독서의 위상이 점차 높아지고 있다. 독서가 오히려 경쟁력이 되고 있다. 대한민국은 이제 개발도상국을 넘어 선진국의 초입에 와 있다. 이 시점에서 필요한 것이 인문학적 사고와 철학이 탑재된 기술이다. 개발도상국 시기에는 정해진 프레임 속에서 1등을 하는 것으로 충분했다. 기술만이 중요한 시대였고, 주어진 문제에 대한 답을 잘하는 사람이 필요했다. 선진국으로 넘어가기 위해서는 기존의 프레임에서 일등을 하는 것으로는 부족하다. 이제 일등을 넘어 일류가 되어야 한다. 일류라는 것은 다른 사람이 만들어 놓은 틀을 벗어나는 것이다. 나만의 프레임을 만들어 경쟁자를 넘어서는 것이 일류이다.

선진국으로의 도약과 그리고 4차 산업시대에 경쟁력을 찾아야 한다. 다른 사람은 생각하지 못한 것을 내가 먼저 생각하고 그 시장을 선점하는 것이 우리가 선진국이 되기 위해, 그리고 일류가 되기 위해서 해야 할 일이다. 창의성이 필요한 이유가 여기에 있다. 기존의 프레임을 벗어나는 생각은 현재 문제점의 인식과 그 문제점에 대한 질문에서 시작한다. 인문학이 이를 담당한다. 인문학의 원천인 질문은 우리를 지금껏 경험해보지 못한 새로운 땅으로 안내한다.

4차 산업시대, 독서가 경쟁력이다

4차 산업시대의 화두는 '창의성'이다. 깊이 있는 사고를 하고, 본질과 핵심을 파악하고 새로운 사고를 가진 사람이 필요해지고 있다. 창의성 훈련에 가장 좋은 방법은 독서이다. 독서는 긴 흐름의 글을 읽는 것, 그 안에서 저자의 의도와 주요 골자를 파악하여 요약하고 정리하기, 본질을 볼 수 있는 혜안, 자신에게 던지는 질문, 나만의 생각으로 만들어진 답, 현실에 응용하여 적용하는 일련의 과정이 복합적으로 이루어진다. 제대로 된 독서를 한다는 것은 저자의 생각을 읽고 좋은 점을 받아들여서 변화를 이끌어나가는 끊임없는 훈련이다.

02 하루 무조건 30분은 읽는다

독서도 습관이다

독서가 어려운 이유는 재미를 주지 않는 고정적인 행동을 장시간 지속해야 한다는 데에 있다. 그래서 독서도 습관화해서 매일 할 수 있도록 해야 한다. 일정 기간이 지나고 독서가 습관이 되면, 그 어디에서도 맛볼 수 없는 희열을 맛볼 수 있다.

습관이 된다는 것은 무의식적으로 행동한다는 뜻이다. 독서를 무의식적으로 하기 위해서는 아주 작은 목표부터 설정하는 것이 좋다. 매일 독서 목표를 1페이지로 잡아 보자. 그리고 정해진 시간, 정해진 장소에서 목표인 1페이지를 읽어보자. 그러나 막상 책을 읽기 시작하면 딱 1페이지만 읽고 그만두는 사람은 거의 없다. 읽다 보면 10분이 되고 30분이 된다. 어차피 30분 읽을 거라면 왜 1페이지를 목표로 잡아야 하느냐고 반문하는 사람도 있을 것이다.

『습관의 완성』의 저자 이범용 작가는 100% 매일 성공하는 습관이 지속적인 습관 유지를 하는 데에 가장 중요한 부분이라고 했다. 1페이지를 목표로 잡아야 하는 이유는, 매일 내가 목표를 이루었다는 성공을 경험하기 위해서이다. 처음부터 30분을 목표로 잡으면, 뇌에서 불편하다는 생각이 먼저 들어 저항이 일어날 수 있다. 익숙하지 않은 것에 대한 저항감을 낮추기 위해 하루 1페이지라는 아주 쉬운 목표를 잡는 것이다.

새로운 습관 기르기는 무조건 쉬워야 한다. 조삼모사의 일화처럼 자신마저도 속여야 한다. 1페이지를 목표로 잡고 독서를 하면, 누구나 쉽게 매일 성공을 경험할 수 있다. 쉬운 목표를 통해서 100%의 성공을 경험하면서 자신감을 끌어올리고, 새로운 습관에 익숙해지는 것이다. 그리고 그런 성공의 경험들이 쌓이면, 나에 대한 믿음이 생긴다. 지속적인 성공의 경험을 통해 자신감이 붙으면, 더욱 하고 싶다는 마음이 생긴다. 목표를 작게 잡음으로서 저항감을 줄이고, 자신감을 키우는 것이 좋다. 그렇게 매일 독서가 습관화 되면, 하루 30분 이상의 독서도 힘들지 않게 된다. 독서가 습관이 되고 어느 정도의 궤도에 오르면 가속도가 붙는다.

자신의 생활 패턴을 다시 살펴보자

최소한 하루에 30분의 독서 시간을 만드는 것이 좋다. 하루에 적어도 30분은 책을 읽어야 일주일에 4시간 정도의 독서 시간을 만들 수 있다. 보통 책 한 권을 읽는 데 걸리는 시간은 6시간 정도이다. 하루에 30분씩만 책을 읽어도 일주일에 한 권의 책은 읽을 수 있다. 이렇게 매주 1권의 책을 읽으면 1년에 50여 권의 책을 읽을 수 있다. 하지만 막상 실천해보면 이런저런 이유로 매일 독서하기가 힘들 것이다. 그렇다면 어떻게 하루 30분을 만들 것인가?

우선 자신의 생활 패턴을 분석해야 한다. 나의 생활 패턴을 분석한다는 것은 나의 시간이 나의 의지대로 사용되고 있는 것인지를 확인하는 것이다. 낭비되는 시간, 버려지는 시간은 나의 의지가 담겨있지 않은 시간이다. 시간을 효율적으로 관리한다는 뜻은 나의 의지대로 행동하는 시간을 늘리는 것이다. 하루를 한 시간 단위로 나누고, 각 시간대에 내가 무엇을 하는지 적어보자. 그리고 그 행동에 나의 의지가 포함되어 있는지 없는지를 판단해보자. 나의 의지가 포함되지 않는 시간이 있다면, 그 시간을 의지가 담긴 행동으로 전환시키자. 그렇게 찾아낸 의미 없는 시간 중에서 최소 30분 이상이라도 독서에 투자해보자.

하루의 시간을 구분하기 쉽지 않다면, 딱 일주일간만이라도 시간을 체크해보자. 일주일 동안 매 시간마다 알림을 설정하자. 그리고 알림이 울리면 지금 하고 있는 행동을 다이어리에 적는다. 그렇게 일주일 동안 매시간 하고 있는 일을 파악해 보면 나의 패턴을 알 수 있다.

나의 하루가 어떻게 흘러가는지 모른다는 것은 시간에 대한 주도권을 내가 가지고 있지 못한다는 의미이다. 주도권을 놓아버린 시간은 더 이상 나의 시간이 아니다. 그렇게 되면, 살아가는 것이 아닌 살아지는 것이 된다.

언제 읽을 것인가?

아침에 독서하기로 정했다면, 딱 30분만 일찍 일어나는 것도 하나의 방법이다. 아침에 독서로 하루를 연다면 졸린 상태로 하루를 시작하는 것과는 다른 하루를 보낼 수 있다. 출근 시간에 책을 본다거나, 오디오북을 듣는 것도 좋은 방법이다. 대중교통을 이용하면 보통 스마트폰을 보게 되는데, 집에서 나가면서부터 손에 책을 드는 작은 습관을 만들어 보자. 이런 작은 습관을 만드는 것은 분명히 도움이 된다. 손에 책을 들고 있으면 틀림없이 읽게 될 것이다.

점심에 독서하기로 했다면, 식당으로 가기 위해 자리에서 일어나는 순간 책을 들자. 식당에서 음식을 기다리는 시간은 5분내지 20분쯤 걸린다. 이 시간을 이용하여 독서하는 것도 하나의 방법이다. 그리고 점심식사 후 동료들과 잡담을 하거나 스마트폰을 보는 시간에 책을 읽는다면 점심시간에도 충분히 30분은 확보할 수 있다. 필자의 경우, 오전 중 읽는데 시간이 걸리는 보고서나 자료를 우선 프린트 해둔다. 그리고 점심시간에 식당에서 음식을 기다리는 동안 그 보고서나 자료를 읽는다. 그리고 논의해야 할 사항이 있으면, 점심식사 중에 논의하는 등 시간을 절약하기도 한다.

저녁에 독서하기로 했다면, 근무가 끝난 후 그 자리에 앉아서30분 정도 독서하고 퇴근하자. 집에서는 30분 독서시간을 만들기는 어렵지만, 근무가 끝나고 자리에 30분 더 앉아 있는 것은 그리 어려운 일이 아니다. 집에 와서 가장 먼저 하는 게 리모컨으로 TV를 켜는 것이라면, 30분 독서를 한 다음에야 TV 리모컨에 손을 댈 수 있다는 규칙을 정하

라. 이런 작은 규칙이 좋은 습관의 출발이 된다.

잠자기 전에 독서를 하는 것도 좋은 습관이다. 보통은 잠자기 전 스마트폰을 보며 잠을 청한다. 익히 알려진 바와 같이 스마트폰에서 나오는 블루라이트는 수면 유도 호르몬 생성을 방해한다. 스마트폰을 보는 것만으로 수면 방해가 두 시간 이상 지속된다. 두 시간 전에 스마트폰을 본 것만으로도 쉽게 잠자리에 들기 어렵다는 뜻이다. 잠들기 전 스마트 폰 대신 책을 보는 습관을 만들면 수면 건강에도 도움이 된다. 이렇게 아침, 점심, 저녁마다 짬을 내어 독서한다면 하루 2시간도 만들 수 있다.

규칙을 정하라. 아침이든, 점심이든, 저녁이든 상관없다. 나에게 맞는 시간으로 규칙을 정하라. 그리고 그 규칙을 위반하지 마라. 지켜야 할 습관은 그것뿐이다.

하루에 두 번은 읽어야 한다

책 읽는 시간을 하루에 최소 두 번 이상으로 정하는 것이 좋다. 그렇게 하면 첫 번째 정한 시간에 책을 못 읽을 경우, 두 번째 정한 시간에 책을 읽을 수 있다. 하루에 두 번 책을 읽는다는 기준이 정해지면, 그 시간에 알람을 설정해 놓는 것이 좋다. 잊어버리고 지나치는 것을 방지할 수도 있지만, 더 큰 목적은 조건 반사로 습관을 만들어내기 위함이다.

알림이 울리면, 하는 일을 멈추고 정해진 장소에서 책을 손에 드는

것에 익숙해져야 한다. 그렇게 무의식적인 동작이 자연스레 나오기 전
에는 습관이 되었다고 할 수 없다.

알람을 설정했다면 독서할 장소를 정하자. 무의식적인 습관을 만들
기 위해서는 항상 동일한 장소를 이용하는 것이 좋다. 습관은 시간, 조
건, 장소 세 가지가 복합적으로 작용하면 더욱 효과가 있다. 알람이 울
리면 무조건 정해진 장소에 가서 책을 읽자. 아침에 기상알람이 울리
면 자리에서 일어나는 것처럼, 알람이 울리면 당연하게 책을 읽는 습
관을 만들어보자.

입안에 가시가 돋는다

아무리 좋은 독서 계획을 잡았다고 해도 작심삼일로 끝난다면 변화
는 일어나지 않는다. 변화에는 필요한 시간과 숙련이 필요하다. 시작
이 반이란 말처럼 시작 역시 중요한 요소이기는 하지만, 꾸준한 실천
없이는 그 어떤 것도 자신의 것이 되었다고 할 수 없다. '하루라도 책
을 읽지 않으면 입에 가시가 돋는다.'는 안중근 의사의 뜻을 아는가?
하루라도 책을 읽지 않으면 입에 가시가 돋쳐서 상대방에게 좋지 않은
말을 하게 된다는 뜻이다.

책을 읽는다는 것은 자신을 의심하고 경계하는 것이다. 자만심으로
가득 차 배우고자 하는 의지가 없는 사람에게는 더 이상의 성장은 없
다. 스스로 부족함을 깨닫고 배우고자 하는 겸손함이 있다면, 그 사람
은 반드시 성장하게 된다.

03 e북과 오디오북은 또 다른 선택지이다

책을 볼 환경이 안 된다면

회사에서 자투리 시간에 책을 볼 수 있는 방법은 없을까? 사람이 하루 종일 일만 하는 것은 아니다. 휴식시간 또는 대기시간 같은 자투리 시간이 있기 마련이다. 그런 시간을 이용하면 독서시간을 따로 정하지 않아도 계획한 독서분량을 채울 수 있다. 하지만 직장에서 종이책을 펼치기는 쉽지 않다. 운전 중에도 마찬가지다. 이럴 때 e북과 오디오북이 대안이 될 수 있다. 스마트폰으로 e북을 볼 수 있는 앱이 많다. 자투리 시간에 스마트폰으로 독서 앱을 이용하면 충분히 독서량을 늘릴 수 있다. 특히 교보문고 전자도서관 앱은 전국의 주요도서관, 학교, 공기업, 대기업 등과 연동이 잘 되어 있으니 활용하기 바란다.

오디오북이 시중에 상당히 많이 나와 있다. 윌라를 비롯한 좋은 서

비스가 계속 출시되고 있으며, 성우, 배우들이 녹음한 오디오북도 많이 있다. e북을 구매한 경우, 스마트폰에 기본적으로 텍스트를 음성으로 변환해주는 기능이 탑재되어 있다. 그래서 추가 요금 없이 오디오북으로 변환하여 들을 수 있다.

물론 시인성이나 이해도가 e북이나 오디오북이 종이책보다 떨어지지만, 자투리 시간을 활용하는 데는 충분히 유용하다. 필자의 경우, 전자책과 종이책을 병행해서 본다. 앉아서 책을 볼 수 있는 환경이 되면 종이책을 보고, 자투리 시간에는 전자책을 본다. 전자책을 많이 보는 날도 있고, 종이책을 많이 보는 날도 있다.

전자책의 장점

전자책도 나름대로 장점이 있다. 빛의 밝기에 구애받지 않으며, 자투리 시간에 스마트폰을 이용해서 쉽게 읽을 수 있다. 가방을 가볍게 한다는 점, 기분에 따라 책을 쉽게 골라 읽을 수 있다는 점, 책을 읽으면서 동시에 검색이 가능하다는 점, 저장이 쉽고 나중에 쉽게 찾아볼 수 있다는 장점이 있다. 캡처나 본문 저장도 쉽다.

기억하고 싶은 것이 있으면, 그때그때 바로 캡처를 하거나 본문 저장을 하여 나중에 마치 요약본처럼 다시 볼 수 있다. 물론 재독이 간편하다.

전자책의 단점

전자책의 가장 큰 문제는 독해력이 떨어진다는 점이다. 미국 닐슨 노먼 그룹에서 실시한 전자책과 종이책의 비교 실험 결과를 보면, 독서 속도는 종이책이 100, 전자책 94로 종이책이 전자책보다 가독성이 6퍼센트 더 높았다.

두 번째, 오답률을 측정하는 실험에서는 종이책의 오답률이 7과 16이었던 반면, 전자책의 경우 오답률은 21과 24였다. 종이책이 전자책보다 오답률이 낮게 나타난 것이다.

세 번째, 전자책과 종이책을 읽을 때의 뇌파를 비교했을 때, 종이책은 집중할 때 나오는 베타파가 나왔고, 전자책은 긴장할 때 나오는 하이베타파가 나왔다.

이에 대해서 밸런스 브레인 센터의 변기원 원장은, 전자책을 읽으면 마치 게임을 할 때와 비슷한 하이베타파가 나와서 극도로 긴장된 상태가 되어 집중에 방해가 된다고 했다. 특히 스마트폰으로 전자책을 볼 경우, 좌우 넓이가 종이책에 비해 좁다 보니 눈의 움직임이 계속 끊겨서 이해도가 낮아지는 문제가 있다. 한 줄에 보이는 글자의 수가 적다 보니, 몇 글자만 읽고 다음 줄로 넘어가야 하기 때문에 흐름이 자주 끊기기도 한다. 지속적인 훈련을 통해서 어느 정도 회복되기는 하지만, 독서량이 그렇게 많지 않고, 읽는 속도가 느린 사람에게는 추천할 방법은 아니다. 원하는 부분으로 빠르게 돌아가서 읽기도 불편하고, 책의 내용을 대략적으로 훑어보기도 힘들다. 필자의 경우, 아날로그의 감성이 나지 않는다는 점이 전자책에 손이 잘 가지 않는다.

그래도 종이책이다

독서를 하는 사람들에게 책장을 넘기는 소리 같은 감성도 중요한 부분이다. 손에 닿는 특유의 감촉, 책장을 넘길 때 나는 소리, 새 책의 잉크 냄새, 메모하고 찾아보는 즐거움, 책장에 꽂힌 책들을 보며 느끼는 뿌듯함 등 종이책만이 주는 감성을 전자책은 절대 따라올 수 없다. 전자책보다 가능하면 종이책을 찾을 수밖에 없는 이유다.

전자책 구입을 고려하고 있다면, 바로 구매하기보다는 먼저 장단점을 아는 것이 좋다. 구매하기 전, 꼭 사용해 보기를 권한다. 이런 검토도 없이, 편리하겠다는 막연한 생각으로 구매했다가는 한 번도 쓰지 않을 수 있다.

1달에 책 읽는 수가 5권 미만이라면, 전자책을 볼 필요는 없다. 가방에 책 한 권 넣고 다니는 것도 소소한 즐거움이다. 카페에 앉아 커피 한 잔과 함께 종이책을 보는 것도 매력적이다. 아무리 디지털 매체가 편리하다고 해도, 아날로그만이 주는 감성을 쫓아올 수는 없다. 전자책이 종이책만이 줄 수 있는 즐거움을 대체할 수는 없다.

전자책의 장점

1. 어두운 곳에서도 볼 수 있다.
2. 스마트폰으로 볼 수 있다.
3. 부피를 차지하지 않는다.
4. 다른 사람의 눈에 띄지 않는다.
5. 가볍다.

6. 저장과 검색이 용이하다.

7. 읽은 모든 책을 다시 찾아볼 수 있다.

전자책의 단점

1. 시인성이 떨어져 읽는 속도가 느리다.

2. 독해력이 떨어진다.

3. 종이책의 소리와 감성을 쫓아가지 못한다.

4. 메모를 하기 어렵다.

5. 빠르게 훑어보기가 어렵다.

6. 가끔 오류가 나기도 한다.

오디오북도 또 다른 선택지이다

직장을 옮기고 나서 출근하는 데만 1시간 이상이 걸린 적이 있다. 운전에만 쓰는 시간이 너무 아까웠다. 라디오를 듣거나 하루일과를 계획하기도 했지만, 책을 읽을 수 없어서 매우 아쉬웠다. 나중에 도서관 앱에 오디오 지원이 된다는 것을 알았다. 그때부터 운전할 때는 오디오북을 들었다. 필자가 쓰던 앱 외에도 보통 전자책 앱은 기본적으로 오디오를 제공한다. 사람이 직접 녹음을 한 것은 아니라, 문자 인식으로 음성 변환이 되는 기계적 음성이기는 하지만 크게 불편하지는 않다. 이후 계속 운전 중에는 오디오북을 들었다. 처음에는 1.8배로 듣다가 나중에는 3.4배의 속도로 들을 수 있었다. 요즘은 밀리의 서재로 들기도 하는데, 2.2배 속도로 듣는다. 보통 3~4시간 정도면 1권을 들을 수 있다. 하루에 운전 시간이 많은 사람에게는 오디오북을 추천한다. 그냥 듣기만 하면 된다. 3~4시간에 책 한 권을 읽는 것은 쉽지 않다. 오디오북을 이용하면 하루에 그 정도의 독서량은 충족할 수 있다.

오디오북의 단점

오디오북의 단점도 분명히 있다. 우선 책에 대한 이해도가 떨어진다. 운전 중에는 오로지 음성의 흐름을 쫓아 듣기만 해야 한다. 필자는 책을 읽다가 마음에 와 닿는 문장을 발견하면, 잠시 책을 덮고 그 문장을 음미하곤 한다. 더러는 그 문장이 꼬리를 물고 필자를 다른 생각으로 빠져들게 하기도 한다. 이런 과정을 거쳐야 책을 깊이 이해할 수 있으며, 내 생각도 풍부해진다. 오디오북은 다르다. 운전대를 놓을 때까지 계속 들어야 한다. 듣는 중간에 잠시 생각에 잠겼다가는 다음 글을 놓치게 된다.

청각은 시각보다 이해도가 떨어진다. 대체로 사람들은 청각보다 시각을 통해 글을 접했을 때 이해와 기억도가 높게 나타난다. 오디오북을 들을 때는, 어느 정도 이해도가 떨어진다는 점을 감안해야 한다. 그리고 또 하나의 단점은 집중이 쉽지 않다는 점이다. 시각으로 책을 볼 때는 오직 책에만 집중할 수 있지만, 오디오로 책을 들을 때는 시각이 무언가 다른 정보를 계속해서 입력하게 된다. 이해도가 낮은 청각의 기능에다가 시각마저 집중되지 않으면 이해도가 더 낮아질 수밖에 없다. 이런 단점에도 불구하고, 오디오북을 듣는 것은 운전 중에도 독서가 가능하다는 장점이 있다. 책 읽을 시간이 없다고 하는 사람은, 시간이 아니라 책을 읽을 생각이 없는 사람이다.

다른 사람에 의해 책을 고르고 있지는 않는가?

보통 우리는 서점 신간 코너나 베스트셀러 코너에서 책을 직접 보고 고른다. 인터넷, 신문, 잡지 등에서 자주 등장하는 책을 선택하기도한다. 책도 재화이고 상품이다. 하지만 나의 계획과 독서 커리큘럼에따른 선택이 아닌, 출판사의 마케팅에 따라 선택한 책만을 읽는 것이과연 큰 도움이 될까? 물론 도움이 된다. 하지만 공부에도 효율적인 방법이 있듯이, 독서에도 효율적인 방법이 있다. 자신이 정한 커리큘럼에 따라 읽는다면 단시간 내에 큰 효과를 볼 수 있다.

커리큘럼은 퍼즐을 맞추는 것과 같다

500 피스 또는 1,000 피스의 퍼즐을 완성하면 큰 희열이 있다. 처음

에는 막막하기만 하다가 첫 퍼즐을 맞추고 다시 두 번째 퍼즐을 맞추게 되면, 막막함이 할 수 있겠다는 기대감으로 바뀐다. 시간 가는 줄 모르고 퍼즐 속으로 빠져들다 보면 대강의 큰 그림까지 볼 수 있다. 그렇게 몇 시간, 며칠이 지나면, 처음에는 불가능할 것 같았던 퍼즐이 어느새 완성 되어 간다. 처음에는 별 의미 없어 보이던 작은 퍼즐 조각들이 모여 하나의 큰 그림을 만드는 것이다.

꼬리에 꼬리 물기

퍼즐을 맞출 때, 가장 먼저 맞추는 것은 모서리 부분이다. 모서리 부분이 가장 맞추기 쉽기 때문이다. 모서리의 퍼즐을 맞추고 나면 가장자리에 있는 퍼즐을 맞춘다. 그 부분이 모서리 다음으로 쉽기 때문이다. 책을 읽을 때도 마찬가지다. 쉬운 책으로 시작해야 한다. 첫 책을 읽었다면, 다음에는 첫 책과 연결점이 있는 책을 읽는다. 연결점이 있는 책을 읽는 것이 바로 독서의 커리큘럼을 정하는 방법이다. 방법은 크게 두 가지로 나눌 수 있다.

독서는 인생의 퍼즐을 맞추는 것이다

책을 읽는 것은 퍼즐을 맞추는 것과 같다. 차이점이 있다면, 독서에는 그 끝이 없다는 점이다. 한 권의 책만으로는 인생을 살아가는 데에 크게 도움이 되지 않는다. 한 권의 책을 읽고, 관련된 책을 한 권 더 읽고, 그렇게 연관성 있는 책을 계속해서 읽다 보면 지금까지 읽었던 책들이 조금씩 도움이 되기 시작한다. 자신만의 방법이 하나씩 만들어지고, 삶의 기준이 생긴다. 불명확하게 넘어갔던 것들이 명확해지기 시작한다. '책을 좀 더 읽으면 뭔가 할 수 있겠는데?'라는 기대감이 생긴다. 그리고 언젠가는 지금까지 읽었던 모든 책들이 서로 연결되어 큰 그림이 보이는 시점을 만나게 된다. 어쩌면 인생을 잘 살아가는 방법이라는 큰 퍼즐을, 우리는 책과 경험을 통해 맞춰가고 있는 것일지도 모르겠다.

수평 독서

수평 독서란 동일한 주제의 책을 연이어 여러 권을 읽는 것을 말한다. 수평 독서가 주는 장점은 다음과 같다.

첫째, 하나의 주제에 대한 생각을 오래 이어갈 수 있다. 어떤 것들은 쉽게 결론을 낼 수도 있지만, 무겁고 깊이 있는 주제는 자기 생각이 영그는 데까지 오랜 시간이 걸리기도 한다. 이럴 때 수평 독서로 여러 권의 책을 읽으면, 자기 생각을 오랫동안 유지할 수 있다. 책에서 주는 질문들을 통해 나의 대답을 만들고 쌓아가며, 수평 독서가 아니라면 불가능했을 하나의 주제를 오래 잡고 있을 수 있다.

둘째, 동일한 주제를 놓고도 다양한 관점을 배울 수 있다. 같은 주제라도 저자마다 다른 관점을 가지고 있다. 하나의 책만을 읽었을 때는 그 저자의 생각이 맞는 것처럼 보이지만, 같은 주제의 다른 책을 여러 권 읽다 보면 저자마다 다른 생각이 있다는 것을 알게 된다. 또 서로 상반되는 입장의 글을 만나기도 한다. 그러면서 자기 생각과 저자의 생각을 비교하고 판단하는 과정에서 그 주제에 대해 더 깊은 생각을 할 수 있게 된다.

셋째, 저자가 범한 오류를 그대로 수용하는 문제를 막을 수 있다. 하나의 주제에 대해서 한 권의 책을 읽고 다른 주제로 넘어가면, 그 책에 있는 내용이 모두 옳은 것으로 생각하는 오류를 범할 수 있다. 한 권의 책은 보통은 한 사람이 생각하고 쓴 저작물이다. 저자가 그 책을 쓰기 위해 세상의 모든 지식을 조사하고 망라한 것이 아니다. 그래서 오류가 있는 책들도 상당히 많다. 예를 들어, 습관을 들이는 데 21일이 걸린다는 저자의 주장도, 66일이 걸린다는 다른 저자의 주장도 명확한 근거가 없다. 21일이 걸린다는 것은 신체 절단자가 자신의 절단된 신체를 인지하는 데까지 걸리는 시간일 뿐이고, 66일이 걸린다는 주장은 습관 관련 심리실험에서 나온 다양한 결과를 평균치로 나타낸 주장일 뿐이다. 습관이 자리 잡는 데 걸리는 시간을 명확히 구분한 사람은 아직 없다.

넷째, 독서의 속도가 빨라진다. 같은 주제의 책을 읽다 보면 서로 겹치는 부분도 있고, 때론 같은 참고자료를 사용한 경우도 있다. 비슷한 내용을 여러 번 접하다 보면, 머리에 오래 남는다. 따라서 비슷한 내용이 나오면 빨리 읽고 건너뛸 수 있게 된다.

수직 독서

수직 독서란 동일한 주제 책을 난이도에 따라 점차 어려운 순서로 읽는 것을 말한다. 수직 독서가 주는 장점은 다음과 같다.

첫째, 이른 시간에 깊이 있는 독서를 할 수 있다. 책을 고르다 보면 왠지 어려운 내용의 책을 읽고 싶어진다. 하지만 막상 어려운 책을 고르면 이해도 잘 안 되고 재미도 없어서 금방 책을 놓게 된다. 기초지식이 없기 때문이다. 그 분야에 대한 기초 지식이 없는 상태에서 어려운 책을 읽다 보면, 이해가 안 되니 재미가 없고, 당연히 흥미도가 떨어진다. 그래서 난이도가 낮은 책부터 시작하는 것이 좋다. 처음에는 가능하면 쉬운 책으로 기본적인 지식을 쌓고, 그 기초 지식을 바탕으로 좀 더 어려운 책으로 나가면 이해도가 높아진다. 좀 더 어려운 책도 쉽게 읽을 수 있다.

둘째, 디테일이 강해진다. 수직 독서를 하다 보면 자신이 더 알고자 하는 분야가 명확해진다. 성공하는 법을 알고 싶어서 그와 관련된 책을 읽다 보면, 성공하는 방식에도 여러 가지가 있다는 것을 알게 되고, 노력, 마인드, 창의성 등 세부적인 관심사가 생기게 된다. 처음에는 모르는 것이 많아서 생기지 않았던 관심도가 조금씩 명확해지고, 자신에게 필요한 분야가 어떤 것인지 알아가게 된다. 그러면서 그 분야와 정확히 일치하는 책을 찾게 되고, 점점 더 디테일한 지식이 자리 잡게 된다. 대학교 1~2학년 때는 기초 전공을 배우다가, 3~4학년이 되면 본격적으로 전공과목을 공부하게 되는 것과 같은 이치다.

셋째, 전문가가 될 수 있다. 하나의 분야의 책을 점차 난이도가 있는 책으로 옮겨가다 보면, 지식이 갈수록 깊어진다. 필자의 경우, 뇌과학 분야에 관심이 많아 수십 권의 책을 읽다보니, 이제는 준전문가 수준이라고 자부할 정도가 되었다. 뇌과학에 대해 사람들에게 쉽게 설명해 줄 수 있는 정도가 된 것이다.

주제의 확장

위의 두 가지, 수평 독서와 수직 독서를 통해, 하나의 주제에 대해 연속적인 책을 읽는 것을 기본으로 주제를 확장하면서 커리큘럼을 만들어나가면 된다. 학생 때는 교과의 커리큘럼이 짜여 있어 그 커리큘럼을 따라가면 되었지만, 독서 커리큘럼은 스스로 만들어야 한다. 그러기 위해서는 내가 왜 책을 읽는지에 대해 명확히 할 필요가 있다. 책을 읽는 목적을 알고, 목표를 설정한 다음에 독서계획을 짜야 한다. 처음부터 대단한 계획을 짤 필요는 없다. 우선 한두 가지 주제를 정해놓는 것만으로도 충분하다.

하나의 주제에 대한 책을 읽다 보면, 관심 있는 주제나 읽고 싶은 주제가 생긴다. 이때 읽고 싶은 주제보다는 읽고 싶은 책이 우선하게 되는데, 주제와 상관없는 책을 읽기보다는 읽어야 할 책 목록에 넣어 놓고, 나중에 그 주제에 깊은 사고가 생겼을 때 함께 읽는 것이 좋다. 필자는 항상 30~50여 권의 읽어야 할 책 리스트를 가지고 있는데, 가능하면 주제를 정해 한꺼번에 몰아서 읽으려고 노력한다.

주제를 정해서 읽을 때는 자신이 가장 관심 있는 분야부터 시작하는 것이 좋다. 그래야 쉽게 책을 읽을 수 있고, 재미가 있다. 필자가 제일 먼저 시작했던 분야는 카메라 관련 책이었다. 카메라 사용법에서부터 시작해서 사진을 잘 찍는 법, 스마트 폰으로 멋진 사진 찍는 법을 다룬 책으로 이어졌다. 지금은 다양한 주제의 책을 읽지만, 첫 시작은 누구나 똑같다.

어떤 일이든 결과를 알고 시작한 사람은 아무도 없다. 결과가 나오고 나서야 시작점의 중요성을 알게 될 뿐이다. 그 길에 끝에 무엇이 있는지 알 수 있는 유일한 방법은, 그 길을 가보는 것뿐이다.

05 행북지기 독서모임 시즌1 커리큘럼

독서모임의 커리큘럼 구성

행북지기 시즌1 독서모임을 기획하는 과정에서 정한 것이 있다. 단순히 좋은 책 몇 권을 읽는 독서모임으로 만들지 않기로 한 것이다. 일정한 주제를 놓고 3개월간의 독서모임을 통해 어떤 결과를 유도하고 싶었다. 말하자면, 생산자가 되는 것이었다. 기수마다 조금씩 변하기는 했지만, 보통 열두 권에서 열세 권을 책을 선정, 각 책의 주제가 다음 주제와 자연스럽게 연결되도록 하였다. 또 생각의 성장을 도울 수 있도록 하기 위해 최대한 관련성 있는 책으로 준비했다. 그렇게 만들어진 커리큘럼에 포함된 것이 아래 있는 책들이다.

책 선정이유와 배치 순서에 대한 이유는 다음과 같다.

1개월 차에는 독서법 관련 책을 두 권을 선정하여, 왜 독서를 해야

행복지기 시즌1 독서모임 커리큘럼

1개월 (11월) : 독서 기초 체력 함양 및 습관의 출발

1주차(11/5~) 2주차(11/12~) 3주차(11/19~) 4주차(11/26~)

2개월 (12월) : 내적 개발의 완성

1주차(12/3~) 2주차(12/10~) 3주차(12/17~) 4주차(12/24~) 5주차(12/31~)

3개월 (1월) : 자신을 고용하는 삶

1주차(1/7~) 2주차(1/14~) 3주차(1/21~) 4주차(1/28~)

하는지를 이해하는 시간을 가지고자 했다. 이어 말에 대한 책을 구성하였다. 독서를 해야 하는 이유와 방법에 대해 이해하고, 말에 대해 이해하는 구성이었다. 마지막으로는 습관에 대한 책을 배치하여 독서 습관을 만들고, 3개월간 꾸준한 독서를 하는 데 도움이 되고자 했다.

2개월 차에는 자기계발서 다섯 권을 배치하여, 삶의 의미, 목표의 설정, 노력하는 방법, 실행하는 방법을 배우고자 했다.

3개월 차에는 2개월간 읽었던 책들을 기초로, 실제로 자신이 하고 싶은 것을 실천에 옮길 수 있는 데에 중점을 두었다. 블로그 운영법, 글쓰기 관련 책 두 권을 배치했고, 마지막에는 생산자로 살아가는 방법에 대한 책을 배치함으로써, 3개월간의 독서 모임이 끝난 후 자신이 하고 싶은 것을 실행에 옮기는 데 도움을 주고자 했다.

이런 프로그램을 실제로 운영해보니, 2개월이 지난 후부터 자신이 원하는 무언가를 찾아가려고 하시는 분들이 생겼고, 실제로 책을 쓰신 분, 독서모임을 운영하시는 분, 새로운 커리큘럼을 만드시는 분들이 나오기 시작했다. 행복지기 독서모임 회원들이 이렇게 생산자로 바뀔 수 있었던 이유는, 3개월간의 잘 짜인 커리큘럼에 의해 생각의 변화가 일어났기 때문일 것이다. 많은 분들이 이전에도 독서모임에 참가했지만, 다들 지금과 같은 변화가 생긴 것은 처음이라고 했다.

책 소개

아래의 글은 '행복지기 시즌 1' 독서모임을 모집하면서 블로그에 책에 대해 설명했던 글이다.

1개월 차 : 독서 기초 체력 함량 및 습관의 출발

1. 10권을 읽고, 1000권의 효과는 얻는 책 읽기 기술

책을 어떻게 읽어야 내가 원하는 것을 책 속에서 발견할 수 있을지에 대한 질문서입니다. 책을 읽고 무슨 생각을 해야 하며, 어떻게 내적 성장을 얻을 수 있는지를 가르쳐 줍니다. 책에 대한 많은 것들을 생각해 볼 수 있습니다.

2. 리딩으로 리드하라

책을 통해 어떤 변화를 가져올 수 있는지, 삶의 변화를 실제로 볼 수 있는 교과서 같은 책입니다. 앞으로 책을 읽으면, 내가 어디까지 갈 수 있는지 알 수 있게 해 줍니다.

이렇게 두 권을 통해서 왜 책을 읽어야 하고, 책을 통해서 어떤 변화를 가져올 수 있는지, 어떻게 읽어야 하는지 알 수 있을 겁니다.

3. 말 그릇

말은 결국 생각에서 나옵니다. 생각을 키우고, 나의 언어 공식은 무엇인지 생각해보게 됩니다. 말을 잘한다는 것은 결국 남의 말을 잘 듣는다는 것입니다. 어떻게 해야 관계 속에서 나은 대화를 하고, 내 사람으로 만드는 말을 할 수 있는지에 대해 알아가는 시간을 갖게 됩니다.

4. 습관 홈트

책을 읽는 이유를 알았다면, 습관 홈트를 읽고 내가 앞으로 어떤 생활을 실천해야 할지, 목표와 계획을 세우고 실제로 실천합니다. 이 책을 통해 10월, 11월 두 달 간 습관을 실천할 것입니다. 성공한 사람들은 모두 그들만의 습관을 지니고 있었습니다. 습관을 통해 매일 한 발자국씩 성장하는 것은, 미래의 성공 시점과 현재의 간극을 좁혀주는 최선의 방법입니다.

2개월 차 : 내적 성장의 달

5. 나는 왜 이 일을 하는가?

이제 '왜?'라는 본질적인 질문을 하실 겁니다. 내가 왜 책을 읽고 있으며, 내가 왜 습관을 실천하고 있으며, 내가 왜 꿈을 꾸고 있으며, 내가 왜 성장을 하고 싶은지 그 모든 질문을 해보게 됩니다. 1개월이 넘은 여정의 시간을 돌아보고, 남은 시간을 바라보는 시간을 가지게 될 겁니다.

6. 타이탄의 도구들

습관 홈트를 통해 세운 계획을, 타이탄의 도구들을 읽으며 계획 강화를 하실 겁니다. 자신이 세운 계획과 거인들의 습관들을 비교하면, 내가 부족한 부분은 무엇이고 무엇을 더 추가해야 하는지 이해하시게 될 겁니다. 내가 타이탄이 되기 위해서 무엇을 해야 하는지 깨닫는 시간입니다.

7. 1만 시간의 재발견

꿈꾸는 방식을 알았다면, 1만 시간의 재발견에서는 실행하는 방법을 배우게 됩니다. 어떤 방식으로 실천을 하면 내가 가진 꿈들에 매일 한 발짝씩 다가갈 수 있는지 알 수 있을 겁니다. 편한 것에서 탈피하여 불편한 것을 추구하는 것, 그리고 꾸준함이 왜 필요한지 마음으로 이해하게 될 겁니다.

8. 꿈꾸는 다락방

성공에서 가장 중요한 시작이 되는 것은 목표를 세우는 것입니다. 꿈꾸는 다락방을 통해서 그 꿈을 '비비드' 하게 꾸며, 목표를 현재로 끌어당기는 방법을 알게 됩니다. 미래는 아무도 확신할 수 없지만, 정말 '비비드' 하게 꿈을 꾸는 사람은 그 미래에 대한 확신이 생깁니다. 성공한 사람들은 모두 자신의 꿈을 '비비드' 하게 그립니다.

9. 백만장자 메신저

'무지'를 알았다면 당신은 이미 다른 사람보다 충분히 뛰어난 사람입니다. '무지'에서 출발한 당신의 모습을 세상에 알리기만 하면 됩니다. 이 책을 통해서 왜 세상과 마주해야 하는지, 세상에 어떤 소리를 내야 하는지를 아시게 됩니다.

2개월여의 시간이 끝나면, 내가 지금까지 얼마나 무지하게 살아왔는지 알 수 있게 될 겁니다. 잘난 체하고 잘 알고 있다고 생각하던 자신의 '무지'를 정면으로 바라볼 수 있으실 겁니다.

일반 독서모임과는 다른 '행복지기 3기'에서는, 목표를 설정과 목표를 향해 나아가는 방법을 체계적으로 배우게 됩니다.

여기에서 가장 중요한 것은 나의 사명을 찾는 것입니다. 내가 무엇을 해야 하는지, 그것을 왜 할 수밖에 없는 일인지에 대해 생각해보는 달이 됩니다.

3개월 차는 두 달간의 과정을 뽑어내 보는 시간입니다.

지난 2개월여 간 배운 것, 생각한 것, 느낀 그 모든 것들을 뽑어내는 시간이 될 것입니다. 1일 1포스팅을 하며, 자신을 표현하는 시간을 가지게 됩니다. 그것은 바로 정체성의 확립의 시간이 될 것입니다.

글을 왜 잘 써야 하는가?

글은 생각의 완성입니다. 생각을 아무리 잘했다고 해도 글로 옮기지 않으면, 반쪽짜리 생각만 하는 것입니다. 내가 아무리 잘 생각하고 답을 찾았다고 해도, 글을 쓰면 다른 얘기가 나오는 경험을 모두 다 하셨을 겁니다. 글이라는 것은, 생각을 특정 형태의 틀 속에 가두어 놓은 작업이자, 이미지를 글로 변환하는 작업입니다. 글을 통해 자신의 생각을 명확히 할 수 있습니다. 돈은 부수적으로 딸려오는 것입니다. 사람들의 인정도 따라올 것입니다. 나의 가치가 올라가는 것도 느낄 겁니다. 내가 목표에 다가가고 있다는 것도 느낄 수 있을 겁니다.

10. 블로그 '투잡' 됩니다.

저의 멘토 박세인 대표님의 책입니다. 현재 대학에서 강의를 하고, 음반을 내고, 미국에 진출하여 블로그 강의를 하고, 굿즈를 제작 판매하고, 출판사를 경영하는 분입니다. 이분은 어떻게 해서 블로그로 돈을 벌게 되셨을까요? 경제적 자유, 디지털 노마드. 남의 얘기가 아닙니다. 이 책으로 시작되는 한 달 동안에 여러분은 블로그가 어떻게 돈이 되는지 그 원리를 알게 되실 겁니다.

11. 유시민의 글쓰기 특강

이제 글을 써봅시다. 글쓰기 거인의 어깨에 올라타서, 원칙과 이론을 배우고 실행해보게 될 것입니다. 글쓰기의 본질은 무엇이며, 개념은 무엇인지, 글쓰기 기본에 대해 배우게 됩니다.

12. 강원국의 글쓰기

강원국의 글쓰기를 통해서, 실제적인 방법으로 좋은 글을 쓰는 법을 배우게 됩니다. 글을 잘 쓰는 것뿐 아니라, 좋은 글을 쓰는 방법도 배우게 됩니다.

13. 그대, 스스로를 고용하라

마지막 책입니다. 나를 위해 일을 해본 적이 있습니까? 내가 나를 고용하여 돈을 벌어본 적이 있습니까? 이제 우리는 그 세상 속으로 들어왔습니다. 행북지기 분들도 자신을 고용해 자신을 위해 돈을 벌게 됩니다. 3개월 차의 메인 테마는 글로써 경제적 자유를 누리는 방법을 알고, 그 시작을 하게 될 것입니다.

변화의 지름길, 독서 커리큘럼

'행복지기 독서모임 시즌 1'을 기획하면서, 커리큘럼에 따라 3개월 간 책을 읽는 것으로 과연 필자가 의도한 목표에 회원들이 얼마나 다가설 수 있을까 궁금했다. 다행한 것은 시즌 1을 7기까지 진행하는 동안 이 커리큘럼으로 책을 읽는 과정에서 변화를 느끼고 뭔가를 해야겠다고 생각한 분들이 정말 많았다는 점이다. 회원 분들 중 많은 분들이 블로그에 글을 쓰기 시작하셨다. 그리고 3개월의 과정이 진행되는 동안, 또는 그 후에 어떤 분들은 책을 쓰기 시작했다. 어떤 분들은 독서모임을 만들기도 했고, 어떤 분들은 1주일에 책을 한두 권씩 지속해서 읽기 시작했다. 또 어떤 분들은 다양한 모임을 기획하여 운영하기 시작했다. 지금도 모임을 마친 후에 작가가 되신 분, 모임 운영자 등 변화된 회원들의 소식을 듣고 있다.

독서는 사람의 인생을 변화시킨다. 그리고 잘 짜인 커리큘럼은 그 속도를 단축해준다.

06 삶으로 들어온 책

읽고 나면 잊어버린다

책을 읽다 보면, 공감이 잘 안 되는 책도 있고, 작가의 의견에 100% 공감되는 책도 있다. 공감되는 책을 읽는 당시에는 '작가가 말한 것처럼 이렇게 해야지.'라고 생각하지만, 막상 책을 덮으면 그 모든 것이 하얗게 사라지는 경우가 있다. 그렇게 기억이 사라지고 다시 또 좋은 내용이 나오면 '이 부분도 너무 좋아.'라는 생각을 하다가는, 다음 부분으로 넘어가면 그 내용마저도 잊어버리고 만다. 이렇게 한 권을 다 읽고 나서도 머릿속에 남는 것은 그 책에 대한 이미지와 느낌뿐, 어떤 부분이 좋았으며, 어떻게 하리라고 다짐했던 것마저 대부분 사라진다.

정말 내가 중요하다고 생각했던 내용이고, 크게 공감을 했던 내용인데 왜 이상하게도 책을 덮고 나면 그 가르침들을 잊고 마는 것일까?

가장 큰 이유는, 책 속에 너무 많은 내용이 들어 있기 때문이고, 내가 너무 많은 것을 기억하려 하기 때문이다. 책을 읽고 내용을 기억할 수 있는 양에는 분명 한계가 있다. 책으로 얻은 지식을 삶에 적용하고, 책에서 배운 부분들을 실천하기 위해서는 지금과는 다른 방식의 책 읽기가 필요하다. 기억하고 싶은 것을 잊지 않는 방법, 그것은 욕심을 버리는 것, 나를 아는 것이다. 먼저 잊을 수 있다는 것을 인정해야 한다. 또 기억할 것을 7개 미만으로 줄이는 것이 좋다. 그리고 꼭 기억해야 하는 것만 간직하겠다는 마음으로 읽어야 한다. 전체를 다 기억하려 하지 말고, 기억해야 할 부분만 중점적으로 읽는 것이다. 기억할 수 있는 만큼만 기억하자. 우리는 그렇게 똑똑하지 않다.

삶으로 들어오는 지식

책을 그냥 읽어나가는 것과 목적을 두고 읽는 것은, 책을 다 읽고 덮었을 때 나에게 남게 되는 것에서부터 다르다. 책에 따라 배우고 적용할 점이 다르기 때문에, 책을 읽기 전 책을 읽는 목적과 목표를 확실히 하는 것이 중요하다.

예를 들어 '정리'에 관련된 책을 읽는다면, 내 삶에서 어떻게 정리를 적용할 것인지 실천사항에 중점을 두고 읽는 것이다. 작가는 어떤 방식으로 정리를 하고 있는지, 그중에서 나에게 딱 들어맞고 바로 실천할 수 있는 한두 가지에 중점을 두고 책을 읽는다. 이런 중점사항을 머릿속에 넣어두고 책을 읽다 보면, 중점을 두지 않는 부분은 빨리 읽고 넘어갈 수 있다. 한두 가지 적용할 점만을 찾는 것이기 때문에, 나의 삶에 적용할 수 없는 것들은 관심을 덜 두고 빠르게 지나쳐 나간다. 중요하지 않은 부분들을 빨리 읽어나가면, 책 읽는 속도가 빨라지며, 중요한 부분에 더욱 집중할 수 있게 된다.

선택과 집중

목표를 정한 대로 책을 읽다가 나의 현재 상황에 맞는 부분을 찾았다면, 그 부분을 집중해서 읽고 어떻게 적용할 것인지에 대해 생각한다. 방법을 잊어버리기 전에 메모해 놓는다. 책을 읽으면서 주요 내용과 적용할 부분을 정리한다. 한 권을 다 읽고 나면, 지금까지 정리해 둔 것들을 재정리하고, 삶에 어떻게 적용할 것인지 생각하는 시간을 가진다. 가능하면 생각을 숙성하는 시간을 두는 것이 좋다. 하루 정도 지난 후에 어제 정리해 놓은 것들을 다시 보면, 당시와는 또 다른 느낌으로 다가올 것이다. 그렇게 숙성의 시간이 흐른 생각들을 다시 정리하고, 삶에 적용할 방법을 찾아 체크리스트나 계획표를 작성한다. 어느 정도 습관이 될 때까지는 계획표에 작성한 데로 빠지지 않고 실천하는 것이 중요하다.

계획표대로 실천하고 반복하다 보면 수정해야 할 필요성도 느끼게 된다. 처음에는 가능하리라 생각했던 목표가 너무 커서 부담이 될 수도 있고, 익숙해져서 강도를 조금 높여도 가능할 수도 있다. 그렇게 상황에 맞게 계획표를 수정해서 현실에 맞는 루틴을 만들어 나간다. 3개월 정도가 지난 다음에 다시 한 번 실천 상황을 점검해 보는 것이 좋다. 첫째, 실천율을 확인한다. 둘째, 실천이 되지 않은 이유를 파악한다. 셋째, 실천하지 못한 이유를 점검하여 실천율을 높이기 위해서는 어떤 방법이 있는지를 파악하고 재수정한다. 그렇게 다시 3개월을 반복한다. 중요한 것은 처음에 먹었던 마음가짐을 지속하는 것이다. 누구나 시간이 흐르면 나태함이 찾아오기 마련이다. 한 번 잃어버린 루틴을 되돌리려면 처음보다 몇 배의 노력이 더 필요하다. 이럴 때는 보상체계를 만들어 놓는 것이 유용하다. 비록 크지 않아도, 일정 기간 나만의 루틴을 잘 실행했다면 나에게 상을 주는 것이다.

나에게 주는 보상

루틴을 만들기 전에 보상을 미리 만들어 놓고, 그 기간이 되면 약속했던 보상을 자신에게 수여하자. 가지고 싶은 것을 살 수 있도록 해도 좋고, 해보고 싶었지만 여러 이유로 못했던 일을 하도록 허락할 수도 있다. 기혼자라면, 배우자와 상의하여 좀 더 색다른 보상을 만들어 놓고 시작하는 것도 좋은 방법이다.

이 방법을 요약하면 다음과 같다.

지식을 삶에 적용하는 방법

1. 노트나 포스트잇 등 기록할 것을 준비한다.
2. 책을 읽다가 잊지 말아야 할 것, 삶에 적용해야 할 것을 찾는다.

3. 노트나 포스트잇에 중요 내용을 정리한다.

4. 실천리스트를 정해, 실천 계획표 또는 체크리스트를 작성한다.

6. 실천 여부를 확인하고 계획을 보완 수정한다.

7. 3개월 동안 반복하며, 결과에 보상한다.

8. 나만의 생각과 행동 방법을 추가하고 수정한다.

9. 6번부터 8번을 반복한다.

책을 읽다가 발견한 중요한 내용을 내 것으로 만드는 방법은 하나 밖에 없다. 잊지 말아야 할 것을 기록하고, 최대한 자주 보며, 지속적인 반복 행동을 통해서 습관으로 만들어 내 것으로 자연스럽게 나오도록 만드는 것이다. 단, 꾸준함이 없으면, 그 어떤 것도 내 것이 될 수 없다. 꾸준함을 통해 자연스럽게 만들자.

100권의 책이 만드는 100가지의 변화

한 권의 책에는 분명 한 가지 이상은 배울 것이 있고, 내 것으로 만들 것이 있을 것이다. 배우고 익힐 것을 찾으면서 책을 읽는다면, 일년에 100권을 읽을 때 100개의 배울 점을 얻을 수 있다. 1년에 100가지를 배우는 사람은 당연히 그렇지 않은 사람과 차이가 난다. 매년 100가지씩 나은 점을 가지는 사람은 틀림없이 자신이 원하는 것을 얻을 수 있을 것이다.

07 10명의 작가를 스승으로 만들라

작가를 만나라

책은 스승을 만날 수 있는 가장 좋은 방법이다. 작가는 책 한 권을 쓰기 위해서 수많은 생각을 한다. 보통 책 한 권에는 40여 개의 꼭지가 있는데, 작가는 그 원고량을 채우기 위해 적어도 하나의 주제에 대해 40여 개 이상의 생각을 한다. 그렇기에 그 분야에 대해서는 누구보다 더 많은 생각을 하게 된다.

책 읽기는 하나에 주제에 많은 생각을 한 사람과 대화할 좋은 기회를 준다. 또한, 요즘에는 작가를 책으로만 만날 수 있는 게 아니다. SNS 활동으로도 충분히 작가를 만날 수 있다. 내가 스승으로 삼고 싶은 작가가 있다면, SNS로 작가를 직접 찾아가 직접 말을 걸어 보자.

SNS를 통해 작가 만나기

작가를 책 외에서 만날 수 있는 가장 쉬운 방법은 작가가 운영하는 SNS를 통해서이다. 책에는 보통 작가소개가 있다. 작가소개란에 작가가 운영하는 SNS 주소가 나와 있는 경우가 많다. 포털 사이트에서 작가를 검색해서 SNS 주소를 찾을 수도 있다. 작가와 꼭 대면으로 만날 필요가 없다. 작가의 SNS를 통해 책에 나와 있지 않은 더 많은 이야기를 만나보라.

작가가 출연한 유튜브로 그의 이야기를 접할 수도 있다. 필자는 『탁월한 사유의 시선』을 읽고 큰 느낌을 받아 유튜브에 나오는 최진석 교수의 거의 모든 강의를 들어본 적도 있다. 그리고는 책에서 듣지 못했던 정말 많은 이야기를 들을 수 있었다.

저자 강연회를 찾아가자

영화를 개봉하기 전에 시사회를 하는 것처럼, 책이 나오면 저자 강연회나 북콘서트를 한다. 특히 유명한 저자라면, 여러 번에 걸쳐서 하기도 한다. 네이버의 책문화판에 들어가면, 저자 강연회 정보가 나온다. 출판사에서 진행하기도 하며, 전문적으로 강연을 하는 북바이북, 서가명가 등에서 초빙해서 하기도 한다. 요즘에는 이런 정보들을 잠깐의 검색을 통해서 얻을 수 있다. 조금만 노력하면 만나고 싶은 저자를 만날 기회는 정말 많다. 요즘에는 저자 강연회를 '북 콘서트'라고도 하는데, 저자가 미처 책에 다 표현하지 못했던 이야기를 들을 수 있다.

또 궁금했던 내용은 직접 질문해서 답을 들을 수도 있다. 저자의 친필 사인을 받는 것은 덤이다.

직접 연락을 해도 된다

저자에게 직접 이메일을 보내서 궁금한 점을 물어볼 수도 있다. 물론 저자가 메일을 확인한다는 보장은 없다. 하지만 막상 메일을 보내 보면 생각보다 답변이 잘 돌아온다. 저자는 모두 관종이라서 답변을 잘 해준다고 하는 사람도 있는데, 자신의 책을 열심히 읽어주고 그 책에 대해서 질문을 하는 사람을 좋아하지 않을 저자는 없다. 매일 많은 메일을 받는 저자가 아니라면, 얼마든지 답장을 보내 줄 것이다. 필자도 저자와 독서에 관한 질문을 메일로 주고받곤 하는데, 저자는 하나도 빠지지 않고 답변을 해주고 있다.

『습관의 완성』을 쓴 이범용 작가는 『습관의 힘』의 저자 찰스 두히그 Charles Duhigg 에게 직접 메일을 보내 궁금한 점에 대한 답변을 받기도 했다. 메일을 보내는 것이 부담스럽다면, SNS에 올라온 글에 댓글을 달아보는 것도 좋다. 메일보다는 SNS에 답글을 다는 것이 부담이 덜할 것이다.

저자의 모임에 찾아가자

찾아보면, 저가가 직접 모임을 운영하는 경우도 상당히 많다. 필자의 경우, 관심 있는 저자가 운영하는 모임에 나가서 알게 된 경우가 상당히 많다. 『매일 마인드맵』의 저자 오소희 작가, 『블로그 투잡됩니다』의 박세인 작가, 『습관의 완성』의 이범용 작가, 『심력』의 이주아 작가 등 많은 작가들을 그 분들이 운영하는 모임에서 만나 교유할 수 있었으며, 지금까지 지속적인 소통을 하고 있다.

필자가 관심이 있어서 만난 사람들이기에 더욱 그럴 수 있었다. 특히 『지금 힘든 당신, 책을 만나자!』의 황상열 작가와는 나이도 같고 생각도 잘 통해서 친한 친구로 지내고 있다. 필자가 작가이기 때문에 이런 인연이 생겼을 거라고 생각하는 분도 있을 것이다. 그렇지 않다. 위에 언급한 분들은 모두 필자가 책을 내기 전에 만남이 시작된 분들이다.

작가, 뭐 별거 없더라

작가라는 사람이 대단하다거나 다가서기 어려운 사람이라는 생각이 드는가? 절대 그렇지 않다. 작가는 그냥 직업의 한 종류일 뿐이다. 요즘에는 특히나 더 그렇다.

작가는 그저 한 분야에서 다른 사람들보다 조금 더 알고, 글을 조금 더 잘 쓸 뿐이다. 그리고 자기가 아는 것들을 다른 사람들에게 더 알리고 싶어 하는 사람들이다. 책을 쓰기 전에는 그들도 작가가 아니었다.

10명의 스승을 만들라

필자는 이런 작가들과 만남을 통해서 마인드맵을 더 깊이 배우고, 블로그 운영 방법을 직접 배웠다. 명상 코스를 몇 개월간 해보기도 하고, 매일 습관 홈트를 실천하고 있다. 그리고 8권의 책을 쓴 황상열 작가에게 매일 글 쓰는 방법을 배우기도 하고, 협업프로젝트를 함께 운영하기도 한다. 언제든 관련 분야에 대한 궁금증이 생기면, 그 분들에게 언제든 물어볼 수도 있다. 나에게는 그런 기회가 잘 찾아오지 않는다고? 기회가 찾아오기를 기다리지 마라. 기회가 찾아오지 않는다면, 스스로 만들면 된다. 그리고 그렇게 만들어진 기회를 잡아라. 당신에게 기회가 없는 이유는, 당신이 기회를 두려워하기 때문이다.

제**4**장

다독의 비결

01 타이머의 비밀

다독만이 정답은 아니다

다독이 꼭 옳은 독서법이 아니다. 하시모토 다케시는 그의 책 『슬로 리딩(생각을 키우는 힘)』에서 새로운 독서법을 제안했다. 슬로 리딩이다. 3년에 걸쳐 읽기와 쓰기, 생각하기 등 다방면으로 접근하는 방법이다. 소설 속에 등장하는 연놀이나 먹을거리 등을 실제로 따라 해 보기도 하고, 100가지 시를 카드로 만들어 맞추는 놀이를 하는가 하면, 어려운 단어를 찾아 활용하여 기록으로 남기는 등, 수업과는 전혀 다른 샛 길로 빠져나와 일상생활에서 다양한 상식을 배울 수 있도록 하는 방법이다. 국내에서도 EBS에서 슬로 리딩을 적용한 다큐멘터리를 제작했다. 그 프로그램에서 슬로 리딩을 경험한 결과, 학생들의 창의성과 사고의 깊이가 향상되었다.

소독과 다독에는 각각의 장점이 있다. 소독으로는 사물과 사건을 세밀하게 관찰하는 능력을 함양할 수 있다. 다독으로는 단기간에 다양하고 방대한 지식을 쌓을 수 있으며, 생각의 다양성을 만들어 낼 수 있다. 필자가 생각하는 가장 좋은 독서법은, 소독의 장점을 유지하면서 다독을 하는 것이다. 아무리 책을 많이 읽는 사람이라도 하루 종일 책만 읽는 사람은 없다. 다독가도 하루에 몇 시간만 책을 읽는다. 다독을 하면서도 소독의 효과를 내기 위해서는, 책을 읽지 않는 시간을 어떻게 사용하는가가 중요하다.

다독을 하면서 소독의 효과를 동시에 얻기 위해서는, 책을 손에서 놓고서도 책 내용에 대해 깊은 사색과 함께 세밀하게 관찰하는 자세를 가져야 한다. 이렇게 하면 다독을 하면서도 소독의 효과를 얻을 수 있다.

속독의 함정

흔히들 다독을 하고 싶어도 한 권 읽는 데 시간이 너무 오래 걸려서 힘들다고 하는데 그 가장 큰 이유는 독서가 익숙하지 않다는 점이다. 아무래도 다독을 하기 위해서는 속도가 중요하다. 그렇다고 굳이 속독을 배울 필요는 없다. 책을 많이 읽으면 자연스럽게 책 읽는 속도가 빨라진다. 누구나 처음 할 때는 실수도 하고 잘 못 하기도 하지만 반복을 통해 익숙해지면 자연스럽게 효율적인 방법을 터득하고 빨라진다. 학습을 통한 개선 작업은 독서에도 동일하게 적용된다. 그리고 몇 가지 방법을 통해 독서 방법을 개선한다면 그 속도를 더 앞당길 수 있다.

문제가 있다면 해결책을 찾자

모든 일에는 중요한 몇 가지가 있다. 목표, 계획, 실행 그리고 보완이다. 이는 책 읽는 속도를 높이는 것에도 동일하게 적용된다. 우선 책을 읽을 때 속도를 높이겠다는 마음으로 읽어야 한다. 책 읽는 속도가 늦어서 다독이 어렵다고 말하면서도, 막상 책을 읽을 때는 속도를 높이겠다는 생각 없이 책을 읽으면 문제는 지속된다. 문제점을 알았다면, 해결책을 찾아 그 방법대로 적용하고 훈련해야 한다. 필자도 처음에는 책 읽는 속도가 너무 느려서 고민이 많았다. 그래서 여러 개선 방법을 찾아 하나씩 적용해보기 시작했다. 그중 가장 효과적이었던 방법은 시간을 이용하는 것이었다.

타이머의 위력

책을 읽기 전, 현재의 페이지와 시간을 확인한다. 그리고 10분 동안 책을 읽기 시작한다. 10분 후, 몇 페이지를 읽었는지 확인한다. 이 과정을 수차례 반복하면 10분 동안 평균 몇 페이지를 읽는지 알 수 있는데, 그것이 나의 책 읽기 속도다. 물론 책마다 속도는 조금씩 다르다.

평균 속도를 알았다면, 눈을 감고 1분간 지금보다 빨리 읽겠다고 생각하면서 책을 빨리 읽는 자신의 모습을 마음속으로 그린다. 이를 이미지트레이닝 또는 심적표상이라고 하는데, 목표를 성취한 자신의 모습을 그리는 것은 분명한 효과가 있다. 이 방법은 자신에게 기존의 모습보다 나아진 모습을 하라는 변화의 명령을 내린다. 빠른 변화의 속도를 절실히 원한다면 강렬한 이미지를 떠올리면 된다.

1분간 마음을 먹은 다음, 10분간 더 빨리 읽겠다는 생각으로 책을 읽기 시작한다. 10분 후 읽은 페이지수를 처음의 책 읽기 속도와 비교한다. 그리고 다시 더 빨리 읽겠다는 마음으로 10분 동안 읽기 시작한다. 10분이 지나면 다시 읽은 페이지 수를 확인한다. 이렇게 책을 읽을 때마다 10분 간격으로 읽은 페이지 수를 확인하면서 책 읽기를 매일 반복한다. 더도 말고 1~2주만 지나면 독서 속도가 훨씬 빨라진 자신의 모습을 볼 수 있을 것이다. 그리고 몇 개월만 지나면, 이전과는 확연한 차이를 볼 수 있을 것이다. 필자는 1년에 100권을 읽는데, 매일 2시간 정도의 책을 읽으며 이 방법을 테스트해 봤다. 그 결과, 단 6개월만에 책 읽는 속도는 2배 빨라졌다. 물론 사람마다 차이는 있을 것이다. 정도의 차이는 있겠지만 분명히 빨라진다. 그리고 몇 개월간 반복하면 상당한 차이를 만든다.

절대 돌아가서 읽지 마라

물론 중간 중간 읽기의 문제점이 나올 것이다. 빨리 읽으려고 글을 대충 보고 넘어가거나, 읽었던 부분이 생각이 안 나서 다시 앞으로 돌아가는 등의 작은 문제점들이 발견될 것이다. 한 번 읽은 글을 다시 읽으려면 많은 시간이 소비된다. 키보드 타자 속도를 재어본 적이 있는가? 필자는 어렸을 때 키보드 타자를 누가 더 빨리하는지 친구들과 시합을 하곤 했다. 시합을 하고 나서 알게 된 점은 한 글자를 틀려서 수정하는 시간이 다른 글자 4~5개를 치는 속도에 맞먹는다는 점이었다. 타자 속도는 틀리고 고치는 것을 얼마나 많이 하는가에 달려 있었다.

글을 읽는 것도 동일하다. 다시 돌아가서 읽는 횟수에 따라 읽는 속도는 많은 차이를 보이게 된다. 그래서 독서 속도를 올리고자 한다면, 돌아가서 읽는 횟수를 줄여야 한다. 무조건 되돌아가서 읽지 않겠다는 생각으로 연습을 하는 것이 좋다. 물론 처음에는 잘 안 될 뿐더러, 읽고 나면 어떤 내용인지 기억이 안 날 수도 있다. 하지만 그냥 넘어가라. 처음에는 답답할 수도 있다. 하지만 그런 답답함을 이겨내고 끝까지 돌아가서 읽기를 하지 않아야 한다.

지금 당장의 답답함을 해소하고 마음의 안정을 위해 돌아가기를 반복한다면 결코 습관을 바꿀 수 없다. 지속해서 노력하다 보면, 우리의 뇌는 문제로 인식하고 어떻게 해서든 방법을 찾아낸다. 그렇게 한 번 방법을 찾으면. 더는 돌아가 다시 읽을 필요가 없다. 참고 꾸준히 연습하자. 분명 성과가 있을 것이다. 답답해도 참자.

70퍼센트만 이해하라

책을 세밀하게 정독하면 기억나는 것이 더 많아질까? 결코 그렇지 않다. 오히려 디테일한 것은 대충 넘어가고, 중요한 내용에만 집중하는 것이 기억에 도움이 된다. 너무 집중해서 책을 읽다 보면, 조사 하나하나에까지 신경을 쓰며 읽게 된다. 이럴 땐 의식적으로 조사, 형용사, 부사는 대충 보고 명사와 동사 위주로 읽는 것이 좋다. 속도를 높이는 방법이며, 기억력을 높이는 방법이기도 하다. 책의 내용을 100퍼센트 세밀하게 읽으려 하지 말라. 문장의 중요 성분만을 읽으라. 꾸미는 말과 조사에 시선을 두지 말고, 70퍼센트 정도만 이해한다는 생각으로 읽는 것이 좋다. '이 정도만 읽고 넘어가도 내용 이해에 문제가 없을까?' 할 정도로 빨리 읽고 넘어가는 것이 좋다.

이 방법을 처음 시도할 때에는 우선 최단 시간 내에 시선을 최대한 빨리 움직이고, 중간중간에 몇 개의 단어만 보고 넘어가면서 한 페이지만 읽어보자. 그런 다음 다시 동일한 페이지를 기존에 읽던 방법으로 읽어본다. 두 가지 방법으로 같은 페이지를 읽은 후, 이해도와 기억 정도를 비교해보면 큰 차이가 없다는 것을 알게 될 것이다.

직접 해보면 쉽게 알 수 있다

책 읽는 속도에 대한 고민과 질문, 부러움 등에 대해 정말 많은 말을 들었다. 심지어 책을 읽고 싶은데 읽는 속도가 느려서 못 읽겠다는 말도 들었다. 이 말은 그냥 안 읽겠다고 마음먹은 것과 같다. 시간이 없어서 못 읽겠다는 사람보다 더 강력하게 읽지 않겠다고 마음먹은 강력한 의지의 소유자다. 같은 일을 하면서도 어떤 마음을 가지고 어떤 준비를 하느냐에 따라 지속적으로 발전하는 사람이 있고, 계속해서 같은 자리에 있는 사람도 있다. 발전하려는 마음으로 시작하는 사람은 어떻게 해서든 방법을 찾아내고 적용한다. 발전하지 않는 사람은 어떻게 해서든 못하는 이유를 찾아낸다. 굳은 의지는 그럴 때 쓰는 것이 아니다. 부디 현재에 머무르려고 애쓰지 마라.

02 큰 그림을 그리며 읽자

운동선수들의 그림 그리기

야구선수들은 타석에 들어서기 전에 이미 어떤 공에 방망이를 휘두를지 정하고 타석에 들어선다고 한다. 시속 144km의 공이 스트라이크 존에 도달하는 데까지 걸리는 시간은 겨우 0.4초. 시속 152km의 공이라면 0.375초 만에 들어온다. 투수가 공을 던지고 나서 치기로 결정하면, 타자로서는 도저히 칠 수 없는 시간이다. 타석에 들어서기 전, 어떤 공을 칠지 결정을 하고 타석에 들어가야만 공을 칠 수 있다. 그렇게 해도 3번 중에 2번은 공을 못치고 타석에서 내려온다. 한 번 생각해보자. 나는 인생이라는 마운드에 올라설 때 어떤 공을 칠지 마음속에 그리고 올라서는가? 오늘은 어떤 공을 치기로 마음먹었는가? 인생의 마운드에서도 독한 마음을 먹어도 3번 중에 2번은 실패한다. 마음을 먹지 않으면, 그마저도 되지 않는다. 독서에도 같은 룰이 적용된다. 머릿속에 책에 대한 그림이 먼저 그려져 있어야 한다. 그러기 위해서는 본문을 읽기 전에 해야 할 것들이 있다.

사전 정보를 통해 책 내용을 예상하자

모든 일에서 전후를 그리는 사람과 그렇지 않은 사람은 결과에서 분명한 차이를 보인다. 전과 후를 그리며 행동하는 사람은 사건의 원인을 파악하여 결과를 예측할 수 있고, 그 결과에 대해 빠른 반응 속도를 보인다.

책을 읽기 전 여러 가지 정보를 통해 책의 내용을 예측하고 중요한 점과 기억해야 할 점들을 예상하면, 사전 준비 없이 책을 읽는 것보다 많은 이점이 있다.

첫째, 책에 어떤 내용이 들어 있는지 예상을 할 수 있다. 또 어떤 점에 중점을 두고 읽어야 하며, 책을 통해 무엇을 배우게 될지에 예상할 수 있다.

둘째, 머릿속에 미리 기억 위치를 선정해 주는 효과가 있다. 사전에 저장 공간을 만든 후 책을 읽기 시작하면, 책의 내용을 기억하는 데 도움이 된다.

셋째, 책 읽는 속도를 올려준다. 중요한 내용과 그렇지 않은 내용에 대한 분별이 쉬워지기 때문에 중요하지 않은 부분은 빨리 읽고 넘어갈 수 있다. 중요하지 않은 부분에 시간을 할애하지 않음으로써 독서 시간을 절약할 수 있다.

넷째, 요약정리가 쉬워진다. 책을 읽으면서 중요한 내용을 정리하는 것이 아니라, 책을 읽기 전에 이미 책의 내용을 예상할 수 있기 때문에, 중요한 부분을 찾거나 정리하기가 쉬워진다. 이 방법이 습관이 되면, 책을 읽으면서도 중요한 내용 정리를 할 수도 있다.

본문 읽기 전에 읽어야 할 것들

첫째, 책의 앞 뒤표지에 빈번하게 등장하는 단어와 글을 보며 내용을 예상한다.

둘째, 저자 소개를 보고, 저자의 성향과 전문 분야 등을 파악한다.

셋째, 머리말을 세밀히 읽는다.

넷째, 목차를 몇 번씩 반복해서 읽는다.

책 표지 읽기

책의 앞, 뒤표지는 책의 얼굴과도 같다. 그래서 많은 사람들이 제목과 표지 디자인만 보고 책을 선택하기도 한다. 그렇듯, 표지가 매출에 큰 영향을 주기 때문에 출판사에서는 표지에 상당한 정성을 쏟는다. 당연히 표지에 나와 있는 글이 바로 그 책을 나타내는 중요한 단어들의 집합일 수밖에 없다. 표지에 있는 글을 유심히 살펴보면, 그 책이 담고 있는 주제를 대략적이나마 판단할 수 있다.

저자 소개 읽기

흔히들 저자소개란을 읽지 않는 경우가 많은데, 책을 판단하는 데 상당히 큰 역할을 하는 만큼이니 꼭 읽어두길 바란다. 사전 정보가 많을수록 관심도가 높아진다. 또한 사전정보가 많이 축적되면 이해도나 기억력이 좋아진다.

저자 소개는 길지 않다. 1~2분 정도면 충분히 읽을 수 있는 양이다. 1~2분을 더 투자해서 저자 소개를 읽는다면, 책의 내용을 내 것으로 만드는 데에 많은 도움이 될 것이다.

머리말 읽기

머리말은 목차가 그러하듯, 아무리 강조해도 지나치지 않을 정도로 중요하다. 먼저 발간한 필자의 저서 『마흔, 책과 사람에 빠지다』에서 이미 자세하게 설명한 만큼, 이 책에서는 간단하게 짚고 넘어가겠다.

머리말은 본문에 들어가기 전 준비 작업에 해당한다. 『카네기 인간관계론』의 프롤로그가 그 좋은 예이다. 그 책의 머리말에는 웬만한 독서법 책보다도 책을 읽는 방법이 더 잘 나와 있다. 저자는 책 읽기 전 사전 교육을 위해 자신의 책을 효과적으로 읽는 방법을 넣었다고 밝힌다. 이렇게 머리말은 저자가 책을 쓴 이유와 본문을 읽기 전 독자가 알아야 할 것들에 대해서 상세하게 밝힌다. 영화로 따지자면 예고편이나 다름없다. 책마다 조금씩은 다르기는 하지만 잘 써진 머리말 한 편은 책의 핵심요약과 같다. 그리고 각 장에 어떤 내용이 들어있는지 소개하기도 한다.

머리말을 통해 책의 내용을 예상한 것과 책을 읽은 후에 느낀 점을 비교해보면 별반 차이가 없다. 본문을 읽기 전에 머리말은 반드시 봐야 한다.

목차 읽기

목차는 무조건 정독으로, 반복해서 읽어야 한다. 목차는 책의 흐름을 보여주는 핵심 요약문이다. 귀찮더라도 몇 번에 걸쳐 다시 읽으면 흐름이 파악된다. 목차만으로 책의 주제와 함께 주제에 대한 설명까지 짐작할 수 있다. 어느 장에서 이 책의 핵심 내용이 들어있는지도 알 수 있다. 보통 초반은 배경 설명과 도입부이며, 중요한 부분은 보통 3~4장 이후에 들어 있는 경우가 많다.

이렇게 본문에 들어가기 전에 책에 대한 사전 정보를 파악하면, 대략적인 내용과 주제를 파악할 수 있다. 이미 책에 대한 그림이 그려지고, 머릿속에 책 내용을 저장할 수 있는 방이 마련된다. 본문을 읽으면서 할 일은 이미 준비된 방에 자신에게 적합한 내용을 채워 넣는 것이다. 사전 정보로 큰 그림은 이미 그려져 있으니, 중요하지 않은 부분은 빠르게 넘어갈 수 있다. 또한, 중요한 내용을 예상하고 있으니 그런 내용이 나오는 부분을 쉽게 찾아 읽을 수 있다.

처음부터 본문을 읽게 되면 모든 내용에 다 집중해야 하지만, 사전에 큰 그림을 그리고 나서 읽으면, 한 번 읽은 책을 다시 읽는 찾아 읽기가 된다. 처음 읽는 책이면서도 두 번째 읽는 듯한 느낌마저 받을 수 있다. 처음에는 이런 방법이 쉽지만은 않다. 하지만 몇 권에 걸쳐 반복하다 보면, 사전 정보 없이 책을 읽을 때와 비교했을 때 이해도에서 확연한 차이를 느낄 수 있을 것이다.

03 핵심내용 찾으면서 읽기

주제 찾기

학창 시절, 국어 시험에서 주제 찾기 문제를 많이 접했을 것이다. 당시 필자는 주제 찾기에 많은 어려움을 겪었다. 필자가 보기에는 글에서 중요한 것들이 많은 것 같아서 선뜻 고를 수 없었다. 시험이 끝나고 해답지를 봐도 이해가 잘 되지 않았다. 돌이켜보면, 경험 부족 때문이었다. 책을 많이 읽지 않은 탓에 문해력이 현저히 낮았기 때문이었다. 지속해서 개발을 해야만 읽기 능력이 향상된다.

같은 책을 읽더라도 문해력에 따라 어떤 사람은 많은 것을 가져가고, 어떤 사람은 읽은 내용을 이해하지 못하며, 어떤 사람은 요약이 되지 않는다. 다른 방법으로 지속적인 노력을 기울이면 읽기 능력도 충분히 향상할 수 있다.

1분간 마음먹기

책을 읽기 전에 1분 동안 명상부터 하자. 1분은 책 한 권 읽는 시간과 비교하면 정말 하찮은 시간이다. 하지만 그 효과는 결코 하찮지 않다. 책을 읽기 전 1분간 명상을 하는 것과 그렇지 않은 것에는 효율적인 면에서 상당한 차이가 있다. 명상 후에는 책에서 어떤 내용을 찾을 것인지와 어떤 생각으로 책을 읽을 것인지를 결정한다. 이 책이 중요하게 다루고자 하는 것이 무엇인지를 아는 것에 목적을 두고, 책을 읽는 목적과 자세를 명확히 하는 마음을 먹는 것이다. 그리고 그런 행동을 하고 있는 자신의 모습을 생생하게 그리며 이미지 트레이닝을 한다. 방법은 간단하다. 눈을 감고 내가 책을 읽는 모습을 이미지로 떠올리면 된다. 그리고 원하는 것을 찾는 모습을 그린다. 그리고 원하는 것을 찾은 모습을 떠올린다. 이렇게 1분 동안 책 읽는 모습을 그리고, 자기 암시를 한 후 책을 읽기 시작한다.

핵심 내용 찾기

본문을 읽기 전 프롤로그, 목차 등을 통해 얻은 사전 정보를 기반으로 본문을 읽으면서 핵심 내용이 들어 있는 부분을 찾는다.

우선 책의 구성에 대해 알아보자. 목차에 보면 제목이 여럿 있다. 장의 제목을 장제목이라고 하고 각장의 소제목을 꼭지 제목이라 한다.

우선 꼭지 제목을 보고 어떤 내용이 핵심인지를 파악한다. 본문을 읽으면서 핵심 내용이 아닌 부분은 빨리 읽어 나간다. 보통 글의 초반부에는 핵심이 되는 내용을 두지 않는다. 중반 이후에 핵심내용이 나오는 것이 보통이다.

읽으면서 핵심 내용을 찾는 것에 집중한다. 글에는 항상 핵심 내용이 있다. 그리고 핵심내용을 설명하는 해설이 따른다. 핵심 내용은 짧다. 글의 대부분은 핵심내용을 설명하기 위한 부수적인 내용이다. 부수적인 부분에 너무 신경을 쓰다 보면, 핵심이 되는 부분에서는 오히려 집중도가 떨어질 수 있다. 핵심이 되는 부분을 빠르게 찾으면서 빨리 읽으면, 중요한 내용이 나왔을 때 더욱 집중해서 읽을 수 있다.

중요 부분을 찾았다면 천천히 읽으면서 그 내용에 최대한 집중한다. 그리고 내용을 머릿속으로 정리하거나 옮겨 적는다. 이런 방법으로 읽으면 훨씬 기억에 오래 남는다. 부수적인 부분에 신경을 덜 쓰면 집중도가 높아진다. 독서 속도가 빨라지는 것은 덤이다.

기억할 수 있는 만큼만 찾자

모든 꼭지에서 하나씩 핵심사항을 찾는 것은 아니다. 때로는 한 꼭지 안에 여러 핵심 내용이 담겨 있기도 하다. 꼭지 전체가 논거로 구성되어 있거나, 핵심 내용 설명으로 가득 찬 경우도 있다. 핵심을 찾으며 읽는 것은, 기억해야 할 것을 찾으며 읽는 방식이다. 너무 많은 것을 찾고 기록할 필요는 없다. 내용이 좋다고 해서 너무 많은 것을 기억하려고 하면, 오히려 하나도 기억하지 못하는 경우가 발생하기도 한다. 나의 기억의 한계를 인지하고, 정말 중요한 몇 가지만 찾아 읽는 것이 오히려 도움이 된다. 그때 나만의 생각이 떠오르면 바로 메모를 하자. 포스트잇에 적어도 되고, 책에 바로 적어도 된다. 메모에 대한 자세한 내용은 5장의 '3분 쓰기'에서 다시 설명할 것이다.

읽으면서 요약정리

이런 방식으로 각 꼭지에서 핵심 내용을 찾았다면, 그 장에서 나온 핵심 내용을 머릿속이나 메모장에 정리한다. 이렇게 정리한 내용이 이 장의 요약이 되고, 내가 알아야 하는 내용이 된다. 핵심 내용을 찾아 읽으면, 책을 읽는 동시에 요약하는 효과를 불러온다. 그 내용을 노트에 옮겨 적으면 각 장에 대한 정리가 된다. 책을 읽고 글로 정리하는 것은 쉬운 일이 아니다. 생각나는 것도 얼마 되지 않고, 요약도 절대 쉽지 않다. 하지만 각 꼭지에서 나온 중요 내용을 적고, 한 장을 다 읽고 각 꼭지마다의 핵심 내용을 적어나가면, 그것이 바로 장의 요약이자 그 장에서 내가 배울 점이 된다.

다음 장에서도 동일한 작업을 반복한다. 그리고 매 장마다 동일한 방식으로 책을 읽고 정리한다. 이런 방식으로 책 한 권을 다 읽으면, 꼭지, 장, 책 전체로 발전되면서 책의 핵심 내용을 쉽게 정리할 수 있다. 책 전체에 집중해서 읽기는 읽었는데 기억나는 것이 하나도 없다면, 이런 작업을 거치지 않았기 때문이다. 이렇게 꼭지를 읽으며 정리를 한 것과 정리 없이 책 전체를 한 번에 읽고 정리한 내용을 비교해 보면 큰 차이가 있다는 것을 알 수 있다. 지금까지 나의 책 읽는 방법을 다시 돌아보고, 여기에서 소개한 방식으로 책 읽기를 바꿔보면 분명 달라진 나의 모습을 볼 수 있을 것이다.

다 읽을 필요는 없다

책 한 권을 다 읽을 필요가 없다. 읽고 싶은 부분만 읽자. 한 권을 다 읽을 필요가 있을 때는, 한 권을 다 읽고, 그럴 필요가 없는 책이라면, 읽고 싶은 부분만 읽자. 책을 선택해서 읽다 보면, 기대에 못 미치는 책들이 틀림없이 있다. 그런 책들을 붙들고 있는 것은, 더 좋은 책을 읽을 시간을 불필요한 책에 쏟고 있는 것이다. 도움도 되지 않는 책을 처음부터 끝까지 다 읽을 시간에 도움이 되는 책을 읽는 것이 현명한 방법이다.

04 속도를 올리는 끊어 읽기

어떤 마음을 먹을 것인가?

속독법을 전문적으로 배우면 분명히 책 읽는 속도는 올라간다. 빨리 읽는다고 해서 내용을 이해 못 하는 것도 아니다. 단시간에 많은 내용을 보면, 오히려 흐름 파악과 내용 이해에 도움이 된다. 하지만 독서 속도를 올리기 위해서 별도로 트레이닝을 전문적으로 배울 필요는 없다. 많이 읽으면 자연히 책 읽는 속도가 올라가기 때문이다. 이 꼭지에서는, 혼자서 트레이닝 할 수 있는 간단한 속독 방법 몇 가지를 소개하고자 한다. 이전과 같은 방법으로 책을 읽으면서 좀 더 빨리 읽는 노력만 더하는 것이다. 그런 생각을 가지고 읽는 것만으로 책 읽는 속도가 조금씩 나아진다. 여기에서 소개한 방법이 속도를 올리는 정석은 아니다. 자신에게 꼭 맞는 방법이 아닐 수도 있다. 중요한 것은 마음을 먹는 것이다. 책을 빨리 읽겠다는 마음을 먹고 나에게 맞는 방법을 계속해서 찾다 보면, 언젠가는 나만의 방법을 찾을 수 있을 것이다.

명사 위주로 읽기

글에서 중요한 것은 명사이다. 조사나 형용사 부사 등은 부가적인 기능이어서, 안 읽는다고 해도 글을 이해하는 데 큰 문제가 되지 않는다. 책을 빨리 읽으려면, 명사에 집중하면서 읽는다. 마치 명사를 찾으며 읽는다는 느낌으로, 형용사나 부사가 눈에 들어오면 대충 넘겨버리고 명사에만 눈길을 주면서 책을 읽는다. 명사에 붙어있는 조사는 부사나 형용사보다 더욱 의미가 약하기에 더욱 신경 쓰지 않아도 된다.

3분할 끊어 읽기

읽으려는 페이지를 2번 삼등분이 되도록 접고, 삼등분으로 나뉜 책을 읽기 시작한다. 한 줄에 시선을 3번만 주기 위해서이다. 기존의 방법이 모든 글자를 보는 읽기였다면, 3분할 끊어 읽기는 3개로 나뉜 구역에 딱 한 번만 시선을 주는 것이다. 책을 삼등분하면, 한 구간 당 단어가 보통 3개 정도이다. 이 방법은 3개의 단어에 한 번의 시선을 주는 것으로 생각하면 된다. 그렇게 단어에 시선이 머무르는 시간을 줄이는 것으로 책 읽는 속도를 높이는 것이다. 처음 몇 페이지는 접어서 해보고, 좀 익숙해지면 굳이 접어서 볼 필요는 없다. 어차피 책을 보는 방법을 조금 바꾸는 것이니, 미루지 말고 지금 이 책으로 당장 시도해 보길 바란다.

물론 이런 방식으로 책을 읽다 보면, 처음에는 글의 내용이 눈에 잘 안 들어오거나 무슨 내용인지 이해가 안 될 수도 있다. 그런 문장은 다시 한 번 읽어도 된다. 누구나 처음부터 잘하는 사람은 없다. 훈련이라고 생각하고, 계속 시도하면 자연히 실력은 늘어난다. 딱 한 권만 이런 방식으로 읽어보길 바란다.

2분할 끊어 읽기

3분할 끊어 읽기가 충분히 가능해지면, 2분할 끊어 읽기를 시도하길 바란다. 책을 반으로 접고, 시선을 한 줄에 딱 두 번만 주며 책을 읽는 방법이다. 방법은 3분할 끊어 읽기와 동일하다. 하지만 한 시선에 봐야 하는 양이 많아지니, 시선을 어디에다 두어야 할지 애매할 수도 있다. 처음에는 시선이 분할된 면적의 정 가운데를 보면서 읽기 시작한다. 그렇게 계속 시도하다보면, 점점 중요한 단어에 자동으로 시선이 가는 자신을 보게 될 것이다.

한 번에 한 줄 읽기

2분할 끊어 읽기가 가능해지면, 한 번에 한 줄 읽기에 도전해보자. 2분할 끊어 읽기까지는 좀 쉽지만, 한 번에 한 줄 읽기에 적응하는 데는 오랜 시간이 필요하다. 지속적으로 독서 속도를 높이는 노력을 해야만, 한 번에 한 줄 읽기가 가능하다. 하지만 원래 읽어야 할 책에 속도를 올리겠다는 마음만 추가해서 읽는 것이기에, 특별한 시간이 필요치 않다. 오히려 시간도 줄고 이해력도 늘어난다.

사선 읽기

한 번에 한 줄 읽기가 잘 되는 사람은 사선으로 읽는 것을 추천한다. 책의 왼쪽 위에서부터 사선으로 읽으며 내려오는 것이다. 사람에 따라 다르겠지만, 사선으로 읽기 위해서는 최소 1년간의 연습이 필요할 것이다. 지금부터 사선으로 읽으려고 할 필요는 없다. 위에 나온 순서대로, 3분할 2분할 독서만 가능해도 책 읽는 속도는 훨씬 빨라질 것이다.

빨리 읽으면 기억을 못 할까?

빨리 읽으면 기억이 안 날 것으로 생각하는 사람들이 많다. 직접 해보면 안다. 자신이 해보고 어떤 것이 좋고 어떤 것이 자신에게 맞는지 해보면 된다. 필자의 경우, 몇 년간 테스트해 보았는데, 빨리 읽으면 기억나는 것이 더 많아지고, 책의 흐름이 더 잘 보인다. 6시간 동안 읽은 사람은 6시간 전의 기억도 가지고 있어야 하지만, 2시간 동안에 읽은 사람은 2시간 전의 기억까지만 가지고 있으면 된다. 더 기억이 잘 날 수밖에 없는 까닭이다. 독서 속도를 올리는 방법은 결국 덜 읽는 것이다. 중요하지 않은 내용에 시선과 시간을 줄이고, 중요한 내용에 시선과 시간을 늘려서 보는 것이기에, 불필요하고 중요하지 않은 내용은 기억에서도 지워버리고 그 여유 공간에 중요한 내용으로 채우는 것이다. 중요한 내용을 더 많이 기억하려는 노력을 기하는 것이기 때문에, 빨리 읽는 것이 더 많이 기억에 많이 남는다.

음독의 장점

글자를 접하면 자신도 모르게 소리를 내어 읽게 된다. 소리를 내어 읽는 독서법을 음독 또는 낭독이라고 하는데, 기억을 하는 데는 도움이 된다. 캐나다 워털루대 콜린 매클라우드 교수는 95명을 대상으로 소리 없이 읽기, 남이 읽어주는 것 듣기, 자신이 읽고 녹음해 듣기, 직접 소리 내어 읽기로 나눠 실험했다. 그 결과 소리 내어 읽었을 때 10퍼센트 이상 기억력이 높은 것으로 나왔다.

묵독의 장점

음독은 기억력을 높이는 데는 도움을 주지만, 읽는 속도를 높이는 데는 도움이 되지 않는다. 음독과는 반대로, 소리를 내지 않고 읽는 독서법을 묵독이라고 한다. 음독으로 글을 소리 내어 읽기 시작하면, 책 읽는 속도가 자연히 소리 내는 속도에 맞춰진다. 그래서 속도에 한계가 있을 수밖에 없다. 책을 좀 더 빨리 읽고자 한다면, 묵독을 해야 한다. 이때 소리 내어 읽는다는 것은, 겉으로 소리 내는 것뿐만이 아니라

속으로 소리 내는 것까지 말한다. 마음속으로 소리 내어 읽는 것도 겉으로 소리 내는 것처럼, 읽는 속도를 제한하는 것은 동일하다. 겉으로 소리 내지 않고 읽기는 그리 어렵지 않다. 하지만 마음속으로도 소리를 내지 않고 읽기란 정말 어렵다. 그리고 단기간의 연습을 통해서 할 수 있는 것도 아니다. 좀 더 빨리 책을 읽고자 한다면, 속으로 소리 내어 읽는 것까지는 하지 말아야 한다. 정말 오랜 시간 동안 연습을 해야 할 수 있기 때문이다. 하지만 일단 묵독이 되면 책 읽는 속도는 정말 빨라진다.

음독과 묵독의 혼용

음독과 묵독은 서로 다른 장단점을 가지고 있다. 그래서 어느 것이 옳다거나 잘못되었다고 할 수는 없다. 상황에 따라 병행해서 사용하면 된다. 속도를 높이고자 할 때는 소리를 내지 않는 것이 좋다. 하지만 이해도를 높이고 싶을 때는 소리를 내어서 읽는 것이 좋다. 한 권의 책을 읽으면서 두 가지를 병행해서 할 수도 있다. 중요하지 않은 부분에서는 소리 내지 않고 읽고, 중요한 부분에서는 소리를 내서 읽을 수도 있다. 소설책의 경우는 묵독으로 읽고, 인문학이나 고전처럼 한 자 한 자에 깊은 내용이 담겨 있는 책은 음독으로 읽는 등, 자신만의 독서 방법을 찾아나가면 된다.

05 목표의 설정

필요하지 않아도 선택하게 되는 이유

'어떤 책을 읽을 것인가?'는 책을 선택하면서 가장 어려운 부분이기도 하다. 그 이유는 어떤 분류의 책을 읽어야 한다는 결정을 하지 못한채 책을 접하기 때문이다. 모든 책에는 분야가 있고, 저자가 책으로 전달하고자 하는 메시지가 있다. 내가 어떤 책을 읽고 싶은가를 결정하지 않고 책을 고르게 되면, 베스트셀러나 광고 또는 추천에 의해서 책을 선택하게 된다. 현재 나에게 필요한 책을 읽는 것이 아니라, 주어진 환경에 따라 선택하는 것이다. 목적이 불명확한 선택은 선택이라고 할수 없다. 환경에 의해 지배되는 것일 뿐이다. 그렇게 되면, 별로 도움이 되지 않는 것에 몇 시간을 투자하게 되어, 불필요한 소비만 늘어나는 결과를 만들기도 한다. 그래서 나에게 지금 필요한 책을 놓치는 기회비용이 발생하며, 내가 나에게 속아 넘어가는 우를 범할 수 있다. 책뿐만이 아니라, 우리는 많은 시간과 돈을 마케팅에 속고 있다.

정확한 목적을 가진 사람은 환경에 지배를 받는 선택을 하지 않는다. 또 자신이 필요한 것이 무엇인지 알고 있다. 꼭 필요한 책을 읽고, 꼭 필요한 것을 한다. 소비인 동시에 투자가 되고 생산이 되는 선택을 한다. 그런 사람을 명확한 기준을 가지고 사는 사람이라고 부른다. 현시점에 필요한 책을 고르는 것은, 나의 현재를 명확하게 알고 나의 의지로 살아가는 사람이 되는 것이다.

목표의 설정 필요성

목표 없이 책을 읽는 사람과 목표를 가지고 책을 읽는 사람은 책 선택에서 차이가 날 뿐 아니라, 같은 책을 읽어도 얻는 것이 차이가 있다. 목표를 정한다는 것은 책을 읽기 위한 준비과정이고, 준비과정이 확실한 사람은 준비한 만큼의 것을 얻어갈 수 있게 된다.

『꼬마빌딩 재태크』라는 책이 있다. 이 책은 최소 3억 원 이상의 종자돈을 보유한 사람을 위한 책이다. 1억원의 자금을 가진 사람에게는 당장 도움이 안 된다. 아무리 재태크에 관심이 많다고 해도 자금이 따라주지 않는 한, 재태크 관련 책으로 적절한 투자처를 찾을 수 없다. 물론 이 책에서 배운 것을 기반으로, 나중에 자금이 3억 원 이상이 모이면 그때는 도움이 될 수도 있다. 하지만 1억 원을 가진 사람에게 현재 필요한 책은, 1억 원으로 재태크를 할 수 있는 책이거나, 종자돈으로 3억까지 불리는 방법에 관한 책들이다. 3억 원 이상의 자금으로 재태크

하는 방법에 관한 책은, 지금 당장 필요한 책을 읽은 다음에 읽어도 된다. 이미 내가 1억 원으로 재테크 할 수 있는 내용에 관한 충분한 지식을 보유하고 있거나, 목표 설정을 위한 독서가 아닌 이상 필요 없는 책이라 할 수 있다. 그리고 기회비용을 생각해보면, 이 책을 읽을 시간에 1억 원에 맞는 재테크 책을 볼 수 있는 기회를 포기하고 있는 것이다.

위의 예시와 같이, 분류에 맞는 책이라 할지라도, 당장 필요한 책과 나중에 읽어도 될 책으로 나눌 수 있다. 독서의 목적을 정하는 것은 현재 나의 상황을 정확히 판단하여 거기에 맞는 책을 찾는 것이다. 다른 사람의 이야기가 아니다. 우리가 읽고 있는 책을 보면 이런 경우가 상당히 많다. 나에게 지금 당장 필요한 책이 있음에도 불구하고, 출판사의 마케팅과 다른 사람의 추천 때문에 나중에 읽어도 될 책을 먼저 읽고 있는 사람들이 많다.

명확한 목표가 바른 선택을 만든다

같은 분류의 책이라 할지라도, 그 종류와 내용도 가지각색이다. 필자에게 자기계발서를 추천해 달라는 요청을 하는 분들이 많지만, 그 분야에서도 워낙 다양한 책이 있는 바, 추천하기가 쉽지 않다. 그래서 필자는 그 분에게 다시 물어보게 된다.

"시간 관리, 성공 마인드, 지속하는 법, 생각의 전환, 성공 경험, 인간관계, 스피치 중에서 어떤 것에 관심이 있나요?"

그렇게 몇 번의 대화가 오가고 난 뒤에야 비로소 원하는 책을 추천해 드릴 수 있다. 문제는 자신도 자신이 원하는 것이 무엇인지 명확하지 않다는 것이다. 정확히 자신이 원하는 것에 대한 깊이 있는 선택을 하지 않았기 때문이다. 자신에 대한 파악이 안 되니, 자신이 판단해야 하는 것을 다른 사람에게 의존할 수 밖에 없는 것이다. 나에게 필요한 것, 내가 원하는 것을 명확히 해야 무언가를 스스로 선택할 수 있는 법이다.

목표의 설정

목표를 설정하는 첫 단계는 현실 파악이다. 먼저 나의 현재를 살펴보자. 나의 현재의 삶에서 어떤 점을 추가하거나 삭제할 것, 또는 확대해야 할 것이나 축소해야 하는 것이 있는지 자신에게 물어보자. 그리고 그것을 논리적으로 정리해 보자.

추가	삭제
확대	축소

이 과정이 쉽지 않다면, 아래의 질문에 대답을 하면서 자신이 원하는 것을 찾아나가는 것도 좋은 방법이다.

첫째, 내가 지금 좀 더 배우고 싶은 것이 있는가?

둘째, 내가 알고 싶은 새로운 분야가 있는가?

셋째, 현재 상황이 힘들어서 치유가 필요한가?

목적, 내가 바라는 미래의 모습

목표를 정하기 전에 우선되어야 하는 것이 목적이다. 목표는 도달점이라는 완성형이지만, 목적은 목표에 도달하고 나서도 계속 진행될 미래진행형이다. 목표는 수단에 불가하다. 미래에 진행될 목적을 달성하기 위한 기본 조건을 만드는 것이다. 목적을 명확히 하기 위해서는 나의 미래의 모습을 그려보는 것이 도움이 된다. 그리고 그 모습을 이루기 위해서는 기본적으로 어떤 것이 충족되어야 하는지 생각해보자. 그렇게 나온 결론이 목적을 이루기 위한 목표의 설정이다.

어떤 계획을 가지고 있는가?

목표를 정했다면, 기간별로 분할해서 단기목표를 정하는 작업이 필요하다. 기간별 단기 목표는 목표지점까지 길을 잃지 않고 나아갈 수 있도록 도와주는 이정표와도 같다. 내가 가는 길에 흔들림 없이 최단거리로 도달할 수 있도록 도와준다. 또한 기간별 목표지점에 도달, 지나온 길을 돌아보며 내가 얼마나 왔는지 돌아볼 수 있도록 도와준다. 목표는 다가오지 않는다. 1년 후의 목표가 있다면, 그 목표와 현재와의 간극은 1년이다. 내가 하루를 목표 쪽으로 다가서야만 간극이 364일이 된다. 그렇게 365일을 목표 방향으로 다가서야만 목표를 이룰 수 있는 것이다. 내가 오늘 목표 방향으로 다가서지 않으면, 목표는 나에게서 하루만큼 멀어진 것이다. 목표를 탓하지 말고, 오늘 하루를 헛되이 보낸 자신을 탓하라.

지금 읽어야 할 책은 무엇인가?

단기 목표가 정해졌다면, 그 목표에 맞는 책을 선정한다.

예를 들어, 10년 목표를 부동산 10억 원 자산가로 설정한 사람이 있다면, 그 사람은 처음부터 부동산 관련 책들을 읽고 관련 강의를 들을 것이다. 하지만 세부 목표를 확실히 한 사람의 독서는 다르다. 최종 목표는 동일하게 부동산 10억 자산가이지만, 첫 해 종자돈 5천만 원 만들기를 목표로 잡고, 다시 6개월은 종자동 2천만 원 만들기로 잡는다. 이제 처음 읽어야 하는 책은 부동산으로 돈을 불리는 책이 아닐 것이다. 이렇게 세부적인 목표를 잡은 사람은 2000만 원 종자돈 모으는 법과 관련된 책을 먼저 볼 것이다. 그 책은 부동산 관련 책이 될 수도 있고, 절약 관련 책이 될 수도 있다.

이렇듯 세부 목표 없이 최종 목표만 잡는 사람과 세부목표까지 확실히 한 사람은, 책 선정에서부터 차이가 난다.

제 5 장

행동하기 위한
독서

01 나를 성장시키는 독서

얼마나 읽어야 할까?

'저축은 쓰고 남은 돈을 저축하는 것이 아닌, 우선 저축을 하고 남는 돈으로 생활을 하는 것이다.'라는 말이 있다. 독서에도 적용되는 말이다. 남는 시간에만 독서를 해서는 꾸준한 독서를 하기 어렵다. 필자가 생각하는 독서의 양은 일 년에 최소 오십 권 이상이다. 일주일에 한 권 이상 읽어야 한다.

아무리 많은 시간을 투자하더라도 그 기간이 길어져 버리면 축적되기도 전에 사라져버리기 때문이다. 독서를 통해 일정한 성과를 얻고자 하거나 변화를 가져오고자 한다면, 충분한 양이 채워져야 하고 그것을 바탕으로 임계점을 돌파해 질적 변화를 가져올 수 있다. 필자도 양적 독서를 시작하면서 표면적인 성과를 보이기 시작한 것은, 300권을 넘어선 시점이었다. 물론 기초지식이 풍부하거나 경험이 풍부한 사람은 더 짧은 시간이 걸리거나, 더 적은 양의 책을 읽어도 가능한 일이겠지만, 50권 미만의 책으로 어떤 변화를 기대하는 것은 무리가 있다고 생각한다. 물론 50권도 턱없이 부족한 숫자이기는 하지만, 독서를 시작하면서 첫해에 50권 이상을 읽는 것도 결코 쉬운 일은 아닐 것이다. 첫해에 50권을 읽었다면, 그다음 해에는 충분히 그보다 많은 책을 읽을 수 있다.

책과 함께 인식의 틀도 성장한다

책은 작가가 갖고 있던 시간과 공간을 경험해볼 수 있는 최고의 방법이고, 나만의 인식 기준에서 벗어날 수 있는 최고의 틀이다. 이런 간접 경험이 우리를 시간과 공간의 제약을 넘어설 수 있게 해준다. 책이 만들어지기까지는 최소 수개월에서 수년 혹은 수십 년이 걸리기도 한다. 또한 책 속에 담긴 생각들은 작가가 살면서 겪은 수십 년의 경험과 생각의 농축이다.

그 누구도 동일한 환경에서 동일한 경험을 하지 않았기에, 책 속에 담겨 있는 생각들은 모두 다르다. 책을 통해 작가의 공간과 시간으로 들어가 생각을 따라가다 보면, 내가 살아가는 세상과는 전혀 다른 세상을 만날 수 있다. 책은 그렇게 시공간을 넘어 존재하는지도 몰랐던 세상으로 나를 던져 놓는다.

책의 시대 속으로 들어가라

책은 우리가 사는 공간과 시간이라는 제약을 벗어나 생각할 기회를 만들어 주며, 그 어떠한 방법으로도 경험할 수 없는 이야기를 만나게 해준다. 내 시간의 축에서 벗어나 이전 세대의 사람들은 어떤 시각으로 세상을 바라보고 무엇이 옳다고 여겼는지, 그리고 그 판단의 근거는 무엇이었는지를 알려준다. 마치 내가 관찰자가 되어 시간과 공간을 초월한 존재로 만들어 주는 것 같다. 인류의 삶 속 어디에든 들어가 당시의 모습을 보고 듣고 느끼고 돌아올 수 있게 해준다. 때론 로마에 가서 거친 투쟁의 역사와 검투사들의 모습을 보고 오기도 하고, 플라톤과 소크라테스 사이의 대화를 엿들어 보기도 한다. 미국 하버드 대학교에 가서 세계 최고의 두뇌를 자랑하는 학생들의 공부 비법을 보고 올 수도 있고, 때론 나와 같은 아픔을 겪는 사람의 모습을 보며, 함께 아파하고 마음을 치유 받기도 한다. 우리는 그렇게 책을 통해 세상 어디든 가볼 수 있고, 어느 시대든 들어가 볼 수 있다.

물론 책을 제대로 이해하기 위해서는, 그 당시의 공간과 시간에 어떤 일이 있었는지 알고 있어야 한다. 우리가 흔히 인문학 책은 어렵다고 말하는 이유 중 하나는 이 때문이다. 우리는 현재에만 존재하기에, 그 당시의 공간과 시간을 이해하기 힘들다. 우리가 존재하는 현재 시점의 기준으로 당시의 공간과 시간을 바라보고 평가한다면, 판단에 왜곡이 생기게 된다. 이를 해소하는 방법은, 그 당시의 상황을 이해하고 당시의 기준에 근거해서 책의 내용을 바라보는 것이다. 당시의 시대 상황을 이해하고 판단의 기준을 맞추는 최고의 방법은 또다시 책을 보는 것이다. 당시의 상황과 시대에 관련된 책들을 보는 것이 최선의 방법이다. 결국 책을 통해 책을 더 잘 이해할 수 있고, 시간과 공간을 더 잘 이해할 수 있다.

책은 인식의 틀을 성장시킨다

이런 경험을 통해 우리의 인식은 성장하고, 세상을 바라보는 시각도 변한다. 나의 세상 속에서 갇혀 있을 때는 할 수 없었던 다른 방식으로 세상을 바라보고, 기존과는 다른 각도로 세상을 이해한다. 같은 것을 접해도 여러 방면에서 생각을 할 수 있고, 작가의 생각과 내 생각을 비교해 볼 수도 있다. 이런 과정을 통해 내 생각을 돌아보고 나의 삶을 돌아보는 계기를 만든다. 단순히 지식이 늘어나는 것이 아니라, 다른 사람의 세상을 접하면서 다양한 관점을 포용할 수 있게 되는 것, 이것이 독서의 당연한 수순이다.

생각이 깊어지다

생각이 많아지면 자연히 생각이 깊어진다. 책 속에서 생각할 거리를 하나씩 찾아내어 내 안으로 끌고 들어갈 수 있다. 마치 불교에서 말하는 화두처럼, 나의 삶에도 화두를 가지고 살아간다. 필자의 경우 가장 많이 그리고 오랫동안 생각한 화두는 '나는 왜 책을 읽는가?'였다. 한참을 생각해도 하나의 개념으로 만들어내기가 쉽지 않았다. 처음에 내린 결론은 '책은 나의 삶의 목적지를 찾아가도록 도와주는 하나의 교통수단이다.'라는 것이었다. 하지만 그다음에는 '나는 세상에 내가 모르는 것이 있고 내가 그것을 알고 싶어서 읽는다.'로 바뀌었다. 그리고 지금은 '자유로워지기 위해서 읽는다.'로 다시 바뀌었다. 자유로워지기 위해 알아야 하고 배워야 한다. 아마 수년이 지나면 또 다른 답을 갖게 될 것이다.

같은 질문이라도, 이렇게 생각의 시간이 길어지고 깊이가 깊어질수록 다른 결론이 나오곤 한다. 생각의 깊이에도 단계가 있다. 내가 정말 생각이 깊다고 생각해도 그렇게 깊지 않을 수 있다. 물론 당사자가 그것을 깨닫는 것은 불가능하다. 그 사람이 생각할 수 있는 생각의 한계선이 거기까지이기 때문이다.

사춘기 때를 생각해 보면, 당시에는 세상에 대한 모든 것을 다 알고 있는 것처럼 행동했다. 하지만 지금 그 당시를 돌이켜보면 당시의 생각이 얼마나 얕았는지를 알 수 있다. 그 가장 큰 이유는 많은 경험이 쌓였기 때문이다. 책을 읽는다는 것도 결국은 다양한 경험을 가지는 것이다. 그것이 비록 직접경험은 아닐지라도, 책을 통한 간접경험이 차곡차곡 쌓이면 직접경험과 같은 생각의 팽창을 가져온다. 독서의 양이 일정 임계점을 넘어서면 생각의 폭발이 일어난다. 서서히 쌓여 차근차근 늘어나는 것이 아니라 폭발이다. 마치 풍선이 어느 임계점을 넘으면 터지듯, 잔에 물을 무한정 담을 수 없듯, 생각이 쌓이고 쌓여서 그 깊이가 감당할 수 있는 한계를 넘어서는 순간, 생각은 폭발하듯 터져나간다.

삶에 적용하는 독서

성장하는 독서가 되기 위해서는 단순히 읽는 독서와는 다른 방식을 취해야 한다. 단순히 지식을 채우는 데 급급해서 읽다 보면, 오히려 더 잘 채워지지 않는다. 자신을 변화시키고 성장하려면, 책에 있는 내용을 내 것으로 만드는 독서가 되어야 한다. 책의 주요 내용과 나에게 필요한 내용을 기억하려는 노력이 선행되어야 하고, 그런 주제를 깊이 생각하는 시간을 가져야 한다. 자신의 답을 찾는 시간이 있어야 하며, 배운 것을 행동으로 옮기는 실행력이 있어야 한다. 즉, 제대로 된 독서를 하기 위해서는 읽는 것에서 벗어나, 노력, 충분한 시간, 실행의 삼 요소가 추가되어야 한다. 그렇게 함으로써 단순히 책의 글자를 읽고 지식을 쌓아가는 평면적인 독서에서 벗어나 삶에 적용하는 입체적인 독서로 나아갈 수 있다.

핵심을 찾아 정리하는 이기는 독서법

이기는 대화를 하는 법

말을 참 잘하는 사람을 알고 있다. 한 번은 그분에게 말을 잘하기 위해서는 어떻게 해야 하는지 물어본 적이 있다. 나에게 자신이 사람들과 대화를 할 때 어떤 것에 신경을 쓰는지에 관해 얘기해 주었다.

첫째, 말하는 사람의 이야기를 들으며, 말의 의도와 속뜻은 무엇인가 생각한다.

둘째, 이야기의 핵심을 찾아내고 정리를 한다.

셋째, 그 핵심에 대해 나는 어떤 말을 할지 머릿속에서 정리하고 이야기할 시점을 본다.

"이기는 대화를 하기 위해선 이렇게 듣는 동시에 머릿속에서 할 수 있어야 한다. 그래야 대화에서 상대방을 이길 수 있는 기본조건이 갖추어진다. 그리고 이기는 대화를 하기 위해서는 이보다도 더 많은 것들을 해야 한다."

그 분의 말을 들으면서 '이렇게 힘들게까지 대화를 해야 할까?' 하는 생각이 들기도 했다. 하지만 한편으로는 그 분이 살아온 삶을 봤을 때 충분히 이해되었다. 직장인으로 시작해 컨설팅 회사와 몇 개의 사업체 대표가 된 분이 아닌가? 지금까지 수많은 사람을 만나고, 난관을 이겨내며 자신만의 대화법을 만들었을 것이라는 생각이 들었다. 물론 나는 이 분처럼 어렵게 대화를 하지는 않겠지만, 분명 배울 점이 있어 보였다.

이기는 독서를 하는 법

이 책을 읽으면서 필자가 왜 이 글을 썼는지에 대해 생각해 본 적이 있는가? 나는 독서를 하면서 이겨야 한다는 생각은 하지 않지만, 내가 독서하는 방법도 사실 위에서 소개한 분의 방법과 비슷하다. 책을 읽을 때 단순히 책에 쓰여 있는 글자만을 읽는다면, 그 글에 있는 내용만 얻을 수 있다. 아니 그마저도 다 얻기 힘들다.

글이라는 것은 처음부터 글로서 존재했던 것이 아니다. 처음에는 저자의 머릿속에 존재했다. 저자는 그 생각을 꺼내 문자인 글로 옮겨 놓는다. 책을 제대로 읽는다는 것은 글을 읽는 것이 아니다. 글로 만들어지기 이전, 저자의 머릿속에 존재하던 생각을 이해하는 것이다. 어떤 생각을 가지고 책을 쓰기 시작했는지에 대해 이해하는 것이고, 어떤 이야기를 하기 위해서 이 글을 쓴 것인지, 이 꼭지에서 저자가 하고 싶은 이야기는 어떤 것인지 이해하는 것이다.

글을 읽으며, 지속해서 핵심 내용을 찾고, 그 내용을 설명하기 위해서 어떤 근거와 예시를 사용하고 있는지 확인하고, 그 주장은 정당한지, 저자가 말하고자 하는 바는 잘 전달되고 있는지를 확인하며, 그 생각에 대한 자신의 견해를 덧붙이는 작업이 필요하다.

이 글을 읽는 사람 중에서도 '굳이 책을 이렇게 힘들게 읽어야 하나?'라고 생각하는 분이 있을 것이다. 그렇게 깊게 이해하고 싶지 않고 지금 있는 그대로의 모습에 만족한다면, 굳이 이렇게 읽지 않아도 된다. 하지만 현재보다 나은 생각을 하고 싶은 사람, 책을 좀 더 깊이 이해하고 싶은 사람이 있다면, 본인의 독서가 오로지 글만을 바라보고 있지는 않은지 다시 한 번 돌아보자.

영화 평론은 어떻게 만들어지는가?

책을 많이 읽지 않는 사람은 당연히 책을 제대로 이해한다는 것이 익숙하지 않다. 오히려 영화를 기초로 생각해 보면, 좀 더 쉽게 이해할 수 있을 것이다. 우리가 잘 알고 있는 이동진 평론가의 영화 평론을 들어보면, 영화 하나를 가지고도 수많은 메타포에 관해 설명을 하곤 한다. 그 설명을 듣고 있으면 분명 같은 영화를 봤는데, 나는 느끼지 못했던 것들을 참 많이 알고 있고, 많은 설명을 하고 있다는 생각이 든다. 이동진 평론가가 그렇게 영화 평론을 잘하는 것은 일반인이 보는 눈과는 다른 눈으로 영화를 보았기 때문이다.

감독이 이전에 어떤 영화를 만들어 왔는지 알고 있을 것이며, 주로 사용하는 전달 방법과 영화의 스타일 등 감독에 대한 배경지식이 있는 것이다. 그리고 많은 영화와 책을 읽으며, 비슷한 영화에 대한 배경지식이 충분히 있다.

영화의 기본 재료인 카메라 워크와 편집 등에 대한 내용도 공부했고, 역사와 철학 등 인문학적인 배경지식도 많다. 이런 배경지식들을 바탕으로 이동진 평론가는 감독이 어떤 이야기를 하고 싶었으며, 그 이야기들이 어떤 방식으로 표현되고 있는지에 대한 이야기를 숨은 그림 찾듯이 영화의 구석구석을 들여다보고, 그 의미를 유추해보고, 감독이 하고자 하는 주제를 찾는 것이다.

그리고 그 내용은 잘 구성이 되었고, 인과 관계는 잘 설명이 되었는지, 공감대 형성은 잘하고 있는지, 사건의 개연성은 충분한지 등 여러 가지 요소를 들여다본 것이다. 영화를 보는 동시에 이렇게 분석하고 정리하며, 자기 생각과 비교하고 이를 바탕으로 정리한 내용을 말하는 것이다.

그렇게 수많은 요소에 대한 많은 검토를 한 후에야 비로소 영화 평론을 하기 시작할 것이다. 이처럼 그는 많은 작업을 하고 있었지만, 우리가 그의 생각과 경험을 들여다볼 수 없기에 너무도 쉽게 이야기를 잘하는 것처럼 보이는 것이다. 한 분야의 전문가가 된다는 것은 어떤 일이 되었든 그렇게 힘든 과정과 노력이 있어야 하고, 지속적인 반복과 수정을 통해 조금씩 쌓아 나가는 작업이다.

저자의 생각으로 들어가라

책 속에서 저자의 생각을 이해하기 위해서는 우선 표지, 머리말, 목차 등을 자세히 보면서 사전 정보를 취득하자. 그리고 책을 읽기 시작하면서는 각 장의 제목을 주시하고 다시 꼭지의 소제목을 주시하자. 그리고 본문을 읽으면서는 이 꼭지에서 말하고자 하는 바가 책의 주제와 어떤 연관이 있는지를 계속 생각하면서 읽는다.

이 꼭지에는 어떤 핵심 내용이 있고 어느 부분에 들어있는지 확인하며, 그 내용은 잘 전달되고 있는지, 그리고 그 생각에 대한 나의 의견과 생각은 어떠한지 정리하면서 읽는다. 머릿속에서 생각이 떠오르기 시작하면 최대한 빨리 메모를 한다. 어렵겠지만, 그렇게 한 꼭지, 한 꼭지를 읽어 나간다. 이렇게 읽는 것이 책을 제대로 읽는 방법의 시작이다.

지금 읽고 있는 이 꼭지를 보면 필자가 하고 싶었던 이야기는 이런 것이었다. 책을 읽으며, 각 구성요소를 면밀히 보면서 핵심 내용을 파악하고, 그것을 내 생각과 비교하고 정리하는 과정이 있어야 한다고 이야기하고 싶었다. 이것이 이 꼭지에서 필자가 하고 싶었던 이야기이다. 이 이야기를 하기 위해서 내가 아는 지인의 대화법을 예시로 들었고, 이동진 평론가의 영화 평론하는 방법을 근거로 설명을 했다. 이 꼭지에서 중요한 것은 말 잘하는 분의 이야기도, 이동진 평론가의 이야기도 아니다. 이런 것들은 부가 설명에 불가하다. 나의 주장인 '책을 제대로 읽는 방법'을 설명하기 위한 부가적인 요소이다. 하지만 이런 부가적인 요소에만 신경 쓰고 핵심을 놓친다면, 결코 책을 제대로 읽었다고 할 수 없다. 근거와 주장을 찾고 내 생각을 비교하며 책을 읽어야 책을 제대로 읽었다고 할 수 있다. 이런 과정의 지속적인 반복이 삶의 무기로 만드는 독서가 될 것이다.

03 글쓰기는 독서의 완성이다

나는 왜 책을 읽는가?

내가 독서에 어떤 의지를 담을 것인가에 따라 얻어지는 것도 달라진다. 의도를 세웠다는 것은 그것을 찾겠다는 나의 의지가 담긴 독서를 만들고, 의지가 담겨 있으면 그 위주의 것들이 보이기 시작한다. 독서에 어떤 의지를 담을 것인가에 따라 3가지의 독서를 구분할 수 있다.

1. 책 자체의 제작 의도를 따르는 독서
2. 쓰기 위한 독서
3. 사고를 변화시키는 독서

책 자체의 제작 의도를 따르는 독서

책을 읽는 목적은 기본적으로 저자가 어떤 의도를 가지고 책을 썼는지를 이해하고, 그 의도에 따라 책의 내용을 내 삶에 적용하는 것이다. 책을 잘 읽는 방법은 책 내용을 잘 이해하고, 핵심을 파악해 나의 삶에 적용하는 것이다.

하지만 이런 책 읽기는 가장 기초적인 방법에 해당한다. 이 방법만으로는 책을 제대로 읽었다고 말하긴 힘들다. 책을 많이 읽기 시작하면서 중요 부분을 찾고, 그중 몇 가지를 나의 삶에 적용해보는 것이 어려운 일이 아니었다면, 그다음 단계로 넘어갈 준비가 된다. 그다음 단계란 글을 쓰는 단계이다. 이번 장에서는 읽는 독서를 넘어, 정리하고 쓰기 위한 독서를 이야기하고자 한다.

필사하기

쓴다는 의미는 두 가지로 나눌 수 있다. 첫째는 책의 내용을 쓰는 것이고, 두 번째는 나의 이야기를 쓰는 것이다.

책 내용을 쓰기 즉 필사하려는 생각을 가지고 책을 보면, 자연스럽게 책을 읽는 방법도 변하게 된다. 이 책의 핵심이라고 생각되는 내용을 찾으면서 읽는 '발췌독'의 힘이 발달한다. '발췌독'의 힘이 발달하면, 자연히 중요하지 않다고 생각되는 내용은 빠르게 넘길 수 있는 속독의 힘이 길러진다.

또한 중요한 부분을 더욱 오랜 시간을 할애하여 정독의 힘도 늘어난다. 즉 책을 처음부터 끝까지 동일한 에너지로 읽는 것이 아니라, 때론 빠르게, 때론 느리게, 자신의 템포가 생기며 읽기 전반에 걸친 힘이 길러진다.

생각 쓰기

필사를 하고, 그 아래에 자기 생각을 글로 적어보는 것이 좋다. 글을 읽으면서 자연히 그 내용에 대한 자기 생각이 생기게 된다. 그 생각을 글로 옮기는 과정을 통해서 자기 생각을 정리하는 시간을 가질 수 있고, 글쓰기 능력도 향상된다. 글을 읽다 보면, 눈은 책 속의 글을 계속 읽으려고 한다. 문득 생각이 떠오르더라도 읽는 것에만 집중하면, 나의 생각을 바라볼 시간을 놓칠 수도 있다. 그래서 생각이 떠오르면 책을 읽는 것을 잠시 멈추고, 내 생각을 바라보는 시간을 가지는 것이 좋다. 그렇게 읽고 싶어 하는 마음과 눈을 잠깐 멈추는 글쓰기를 통해 생각을 바라보고 정리하는 시간을 가지는 것은, 잠깐의 생각을 글로써 영원히 잡아두는 방법이다. 그렇게 쓰기를 통해 생각을 바라보며 쓰는 동안 다른 생각이 다시 일어난다. 그러면 또 그 생각을 다시 옮겨 적는다. 이런 과정을 통해서 생각이 늘어나고, 쓰고 싶은 이야기가 많아지는 선순환을 만들어 낸다.

글을 쓰는 것이 어려운 이유는 자기 생각을 글로 옮겨본 경험이 적기 때문이다. 익숙하지 않고 불편한 것이기 때문이다. 모든 발전과 변화는 불편한 것을 익숙한 과정으로 만드는 동안에 이루어진다. 책은 항상 어떤 질문을 던져주기 마련이며, 책을 읽으면서 자연히 생각이 늘어나기 때문에, 책을 읽으며 글을 쓰는 것은 생각을 확장하는 데도 도움이 된다.

쓰겠다는 마음가짐이 있으면 읽는 방법이 바뀐다

필자는 독서를 시작했을 때 2년간은 책을 읽는다는 것에만 초점을 맞췄다. 그렇게 2년 동안 200여 권을 읽었다. 읽을 당시에는 분명히 많은 것을 기억하고 책을 통해 많이 배웠다고 생각했지만, 막상 책을 덮고 나면 남는 것이 없었다. 그나마 남아있는 것도 어느 정도의 시간이 흐르고 나면 사라져 갔다. 독서 2년이 지난 후 도서관 홈페이지에서 대출 목록으로 지금까지 읽은 책들을 정리해 보았다. 그런데 똑같은 제목의 책이 두 번 대출이 되어 있었다. 그런데 아무리 생각해도 그 책이 어떤 내용이었는지 하나도 기억이 나지 않았다.

분명 두 번이나 읽은 책이었음에도 전혀 기억이 나지 않았다. 너무도 당황스러웠다. 그리고 지금까지 나의 독서 생활을 돌아보는 계기가 되었다. 과연 나는 지금까지 읽은 책 내용을 얼마나 많이 기억하고 있을까? 당시 필자가 깨달은 것은 내가 책의 내용을 기억하는 것은 정말 일부분에 불과하다는 점이었다. '내가 책의 내용을 기억하고 있지 않다면 과연 지금까지 나는 무엇을 위해서 책을 읽었단 말인가?'라는 자괴감과 후회가 밀려왔다. 지난 2년간 200권의 책을 읽은 것이 모두 무의미한 것처럼 느껴졌다. 그때부터 독서 노트를 쓰고 서평을 쓰기 시작했다.

서평을 쓰기 시작하다

처음 독서 노트와 서평을 쓸 때는 글을 쓰겠다는 생각이 아니었다. 단순히 기억해야 하는 것과 생각이 나는 것을 기록해 놓으면, 지금 느끼는 바 후회는 없지 않겠냐는 생각에서였다. 막상 서평을 쓰려 하니 쉽지 않았다. 책을 다 읽고 서평을 쓰려고 하면 아무것도 생각나는 게 없었다. 그 후 알게 되었다.

'지금까지 나의 독서법의 문제가 이런 점이었구나! 읽었다는 것에만 만족한 독서를 하고 있었구나.'

다시 초심으로 돌아가 읽는 방법을 바꿀 필요가 있었다. 서평을 써야 하니 읽으면서 중요한 부분에 밑줄을 치기 시작했다. 도서관에서 빌린 책에는 줄을 칠 수 없었다. 표시할 방법을 찾다가 포스트잇을 떠올렸다. 반은 투명하고 끝에만 색이 입혀진 포스트잇을 붙이며 읽기 시작했다. 그렇게 기억해야 하는 부분을 표시해놓고 책을 다 읽은 후 옮겨 적었다. 내 생각도 함께 옮겨 적었다. 그렇게 나는 글을 쓰기 시작했고, 책을 읽으면 읽는 만큼 글쓰기도 함께 발전했다.

다양한 쓰기의 방법

지금은 여러 가지 쓰기 방법으로 글을 쓴다. 책의 귀퉁이를 접거나, 포스트잇을 붙이고 그곳에 핵심 단어를 쓰기도 한다. 각 장이 끝나면 장의 내용을 정리하기도 하고, 표지 뒷장이나 제일 끝 페이지의 빈 곳에 빠르게 느낀 점을 적기도 하고, 목차를 보며 떠오르는 생각을 적기도 한다. 또 독서 노트를 따로 쓰기도 하고, 읽으면서 블로그 서평을 바로 쓰기도 하는 등 다양한 방법으로 쓰기를 실천하고 있다. 이렇게 나의 경험을 자세히 쓰고 많은 방법을 소개하는 이유는, 분명 누구나 독서를 시작하고 책의 권수가 늘어나면 이런 경험을 한 번쯤은 하게 될 것이기 때문이다. 한 번 읽은 내용이 기억이 안 나거나 같은 책을 두 번 읽게 될 것이고, 서평을 쓰려고 해도 어떻게 써야 할지 막막한 시점을 겪을 것이다.

글을 어떻게 쓸지 고민하게 될 것이고, 나는 글을 왜 이렇게 못 쓰는가라는 자괴감에 빠지게 될 것이다. 새로운 일을 한다는 것은 나의 부족함을 알아가는 과정이다. 이런 과정에서 다양한 시도를 해보고 나에게 맞는 방법을 찾아내야 한다. 그렇게 나에게 맞는 방법을 찾아내고, 그 방법에 익숙해지는 것이 나의 발전이 일어나는 시점이다. 지금의 단계를 넘어서면, 보다 발전된 나를 만나게 된다.

발전은 점진적으로 일어나는 것이 아니라 비약적으로 일어나는 것이다. 글쓰기를 만날 때 나의 독서가 별로 힘든 일이 아니었다는 것을 알게 될 것이다. 글쓰기가 몇 배 더 힘들기 때문이다. 독서가 힘들었던 시기를 잊어버렸기 때문이기도 하다. 하지만 꾸준히 하다 보면 글쓰기도 언젠가는 익숙해지는 시점이 온다. 그렇게 나의 독서가 한 단계 발전할 것이다. 그리고 독서를 넘어, 독서 주변의 것들을 나의 세상으로 하나씩 끌고 들어올 것이다.

필자는 지금도 방법을 계속 바꾸어 가면서 쓰기를 실천하고 있는데, 그 이유는 하나의 방법에만 익숙해져 있으면 그 방식이 옳은 것처럼 여겨지기 때문이다. 하나의 방법에 고정되어 나와 다른 방식의 글쓰기는 마치 잘못된 것처럼 여기는 우를 범하지 않기 위해서다. 물론 나에게 잘 맞는 방법이 어떤 것인지 알고, 그 방법만을 사용해도 쓰기를 위한 독서를 하는 것에는 전혀 지장이 없다. 그래도 다양한 방법을 시도해 보는 것은 유연성을 길러준다. 다른 사람을 인정할 힘을 길러준다. 아는 것과 알지 못하는 것을 융합하는 시도가 더 나은 결과를 만들어내는 창조의 시작점이 된다. 그 어떤 일을 하더라도 창조의 시작은 서로 다른 두 가지의 융합이다.

3분 쓰기, 읽으며 바로 정리

생각이 떠오르면 빠르게 적는다

인간은 적응의 동물이다. 계속 반복되는 상황에 부닥치게 되면 그
것에 맞게 적응한다. 글쓰기를 반복하면 생각을 정형화하는 것이 가
능해지기도 한다. 생각이 머릿속에서 이미 글의 형태로 바뀌게 되는
것이다. 이런 상태가 되면 머릿속의 생각을 빠른 속도로 옮겨 적기만
하면 된다. 이미 머릿속에서 글의 형태로 생각을 하고 있어서, 이미지
형태의 생각을 글로 바꾸는 작업을 할 필요가 없어지는 것이다. 생각
이 흐르는 속도와 동일한 속도로 글을 써 내려갈 수 있게 된다. 물론
쉽게 되지는 않는다. 많이 읽고 많이 쓰기를 반복하다 보면 충분히 가
능하다.

'행복지기 시즌 2'의 3분 쓰기

'행복지기 독서모임 시즌 2' 기획의 중점은 쓰기였다. 최대한 쉽고 빠르게 쓰기에 주안점을 두었는데, 그 방법은 다음과 같다.

1. 포스트잇을 책 표지 안쪽에 미리 붙여 놓는다.
2. 생각이 떠오르면, 그 자리에 포스트잇을 붙이고 3분 안에 생각을 적는다.
3. 글을 밴드에 공유한다.
4. 책을 다 읽고 글들을 모아 서평을 쓴다.

더불어, 책을 읽기 전에 각 장 끝에 포스트 잇을 미리 붙여 놓고, 책을 읽기 시작한다. 한 장이 끝나면, 포스트잇에 그 장의 핵심 내용을 정리해서 적는다. 그러기 위해서는 가능하면 끊지 않고 1개의 장을 읽는 것이 좋다.

3분 쓰기의 중요성

3분 쓰기에서 가장 중요한 점은 시간이다. 3분 안에 글을 쓰는 것이다. 3분 안에 쓴다는 것은, 떠오른 생각이 사라지기 전에 바로 글로 적는 것이다. 생각은 보통 2분 안에 사라진다고 한다. 그래서 생각이 일어나는 순간, 그 생각을 접어두지 않으면 얼마 지나지 않아 사라져 버리고 만다. 그래서 행북지기 회원들에게 가장 강조한 것이 3분 이내에 자기 생각을 최대한 빠르게 쓰라는 것이었다. 행복지기 회원들도 3분 쓰기를 하면서 책 읽기에 많은 변화가 생겼다고 했다. 또 필자가 느꼈던 부분과 거의 동일했다.

첫째, 책 자체에 대한 관심도가 높아졌다는 점이다. 이전에는 읽는 데만 집중하니, 내 생각이 관여할 시간이 없었다. 하지만 글을 쓰며 책 내용을 음미하고 내 생각을 대입하자, 이해의 폭이 넓어지고 책에 대한 관심도와 다음 이야기에 대한 흥미가 더 높아졌다.

둘째, 생각에 집중하기 시작했다는 점이다. 기존에는 책을 읽다가 생각이 일어나도 그 생각에 집중하기보다는 책을 읽는 데만 집중했다. 하지만 3분 쓰기를 하면서부터는 책 읽기를 멈추는 시간이 많아졌고, 생각에 집중하고 그것을 글로 옮기는 시간이 늘어났다.

셋째, 책을 읽으며 정리하는 습관이 생겼다는 점이다. 이전에는 정리하기보다는 최대한 빨리 읽고, 한 권을 다 읽으면 다음 책으로 넘어가는 것이 책을 잘 읽는 것으로 생각하는 분들이 많았다. 하지만 3분 쓰기를 하면서 책을 정리하지 않으면 책을 제대로 읽지 않은 것처럼 생각이 들었다고 했다. 그래서 글을 쓰며 책을 정리하는 습관이 생기기 시작하게 되었다고 한다.

넷째, 한 권을 읽어도 얻는 것이 많아졌다는 점이다. 이전에는 한 권을 읽고 시간이 지나고 나면 그 내용이 쉽게 잊히곤 했는데, 3분 독서를 하면서 한 권을 읽어도 그 안에서 얻게 되는 것들이 많아지기 시작했다고 했다. 책 한 권에서 배우는 것이 많아지기 시작했다는 점이다.

다섯째, 글쓰기 능력이 향상되었다는 점이다. 글을 쓰면서 알게 된 점이 글쓰기가 참 어렵다는 점이다. 그리고 생각 속에서 존재하는 것을 글로 옮겨 적으면, 생각했던 것과는 다른 내용으로 글이 채워진다고 했다. 필자도 글쓰기 초기에 겪었던 부분이기도 하다. 하지만 이런 부분이 글쓰기 능력을 향상하는 것임은 틀림없다. 생각을 글로 옮겨 적는 것은 '생각의 정형화'를 하는 것이다. 이런 연습을 통해 점점 더 글쓰기 능력이 향상된다. 무엇이든 반복적으로 자주 하면 실력은 향상되게 되어있다.

물론 3분 쓰기의 단점도 있었다. 책 읽는 시간이 오래 걸린다는 점이었다. 하지만 이런 점도 익숙해지다 보면 기존과 큰 차이가 없어지게 되고, 좀 더 발전되어 '발췌독'과 '통독'에 익숙해지면 오히려 책 읽는 속도는 오히려 빨라진다.

3분 쓰기, 생각의 정리

책 한 권을 읽는 동안 보통 몇 번이나 '3분 쓰기'를 하게 될까? 보통은 열 번 정도이다. 즉 기존 독서법에서 30여 분이 추가되는 것이다.

책 한 권 읽는 데 5시간이 걸린다고 봤을 때, 30분은 그리 큰 시간은 아니다. 쓰는 시간 때문에 오래 읽게 된다고 느끼는 것은 주관적인 느낌일 수 있다.

하지만 얻는 점을 생각한다면, 이 30분은 정말 중요한 시간이다. 3분 쓰기로 책을 읽어보면 알게 되는 점은, 지금과는 완전히 다른 방식으로 책을 대하게 된다는 점이다.

평소에 꽤 많은 책을 읽었는데도 나의 삶은 변화되는 게 없다면, 책을 읽는 방식에 문제가 있었기 때문이다. 3분 쓰기를 한다는 것은 기존의 독서 방식을 바꿔줄 첫 번째 방식이다. 학창시절에 공부하던 방식을 생각해 보자. 교과서를 눈으로만 읽고 시험을 잘 본 적이 있는가? 시험을 잘 보기 위해서는 교과서의 핵심 내용을 노트에 옮겨 적고, 그 내용을 다시 암기하고, 책에 밑줄을 긋고, 시험이 다가오면 그 밑줄 그은 내용 위주로 몇 번이고 다시 읽고 노트 필기에 있는 내용을 암기했을 것이다. 그래야만 시험을 그나마 어느 정도 잘 볼 수 있다. 그러나 그것도 쉽지 않았다. 성인이 되어서 책을 읽을 때, 이런 과정을 거치는 사람은 거의 없다. 보통은 한 번 읽고도 내용을 다 안다고 생각하고 다시 보지 않는다. 그러나 얼마 지나서 다시 읽게 되면, 내가 읽었던 것인지 아닌지 가물가물하다. 성인이 되었다고 해서 우리의 학습 능력이 급격히 향상되었을까? 절대 그렇지 않다. 오히려 학습 능력은 학창시절에 더 좋았다.

책을 읽는 방법을 바꿔야 한다. 삶에 도움이 되는 책 읽기를 위해서는 학창시절처럼 치열하게 읽어야 한다. 그렇게까지 할 수 없다면, 3분 쓰기라도 하자. 3분 쓰기는 치열한 공부 방법에 가장 근접하면서도 가장 쉬운 독서법이다.

05 SNS에 글을 써라

글은 제2의 저장장치이다.

독서를 하는 이유는 무엇인가? 새로운 것을 배우는 것이 목적일까? 배우는 목적은 사용하기 위함이다. 단순히 배우는 것에 목적을 두는 사람은 의미 없는 배우기를 하는 사람이다. 배움을 통해 새로운 것을 알고 자신의 것을 만들어 그 지식을 의미 있게 사용하는 것이 참된 배움의 목적이다. 글을 쓴다는 것은 배운 것을 사용하는 행위의 첫걸음이다. 글은 자기 생각을 언제든 꺼내 볼 수 있는 기억의 창고이기 때문이다. 글을 통해 배운 것을 정리하고, 어떻게 사용할지를 생각해봐야 한다. 머릿속에 저장한 것이 내가 잘 알고 있는 것으로 생각하지만, 망각은 기억력보다 강력하다.

기억은 시간이 지날수록 희미해지고, 자체적으로 조작되기도 한다. 하지만 배운 사실을 글로 옮겨 적은 것은 사라지지 않아 언제라도 다시 볼 수 있다. 에빙하우스는 이 점을 직접적인 실험을 통해 관찰한 것으로 유명한데, 그의 이론에 따르면 학습한 것은 1시간이 지나고 나면 50퍼센트를 잊어버린다고 한다. 그래서 책을 읽으면서 글을 쓰는 습관은 정말 좋은 습관이다. 어찌 보면 기억을 지속할 수 있는 유일한 방법일지도 모른다.

서평은 원래 어렵다

SNS에 책에 대한 글을 쓰는 것은 단순히 책의 정보를 잊지 않고 보관하기 위해서만은 아니다. 글을 쓰는 것은 자신을 표현하는 방법이 되기도 한다. 내가 알고 있는 많은 블로거가 서평을 하나의 카테고리로 만들어 지속해서 글을 올리고 있다. 하지만 거의 매일 글을 쓰는 블로거라 할지라도, 서평을 쓰는 것은 누구나 어려워한다. 그러니 내 글에 대해 서평을 쓰는 것이 어렵다는 생각은 접어두어도 된다. 글을 쓸 때 필요한 것은 창피함을 감수하고 계속 써가는 것이다. 중학교 때 학원 강사님이 나에게 해주신 명언이 있다.

"한 번 쪽팔림은 영원한 발전이다."

서평은 글쓰기 최고의 연습이다

필자는 서평으로 블로그를 시작했다. 당시에는 블로그가 뭔지도 몰랐다. 단순히 독서 노트 대신 올려놓으면 아무 때나 볼 수 있겠다는 생

각에서였다. 그래서 창피함이 뭔지 모르고 시작할 수 있었다. 2018년
부터 2020년 3년간 쓴 서평이 약 300개이다. 한 달에 평균 8개의 서평
을 쓴 꼴이다. 그렇게 매달 십여 권의 책을 읽고, 8개가 넘는 서평을 쓰
니 글쓰기 솜씨가 조금씩 나아지기 시작했다. 구독자는 단 한 명, 대학
교 선배뿐이었다. 거의 매일 서평을 쓰다 보니 블로그 이웃도 자연히
한 달에 수백 명씩 늘어갔다.

'좋은 책 소개 감사합니다', '서평 너무 잘 쓰시네요'와 같은 댓글이
달리는 것이 좋았다. 나를 알지도 못하는 사람들이 내 글에 '좋아요'를
누르고 댓글을 달았다. 칭찬은 고래도 춤추게 한다는 말처럼, 더 열심
히 쓰게 만드는 원동력이 되었다.

단언컨대, 필자는 서평을 쓰는 것이 글쓰기 최고의 연습이라고 생
각한다. 서평은 방문기나 체험기처럼 상황묘사나 감정만을 쓸 수도 없
다. 그리고 자신이 쓰고 싶은 것에 관해 쓸 수도 없다. 책을 통해 저자
가 던진 질문에 대한 자신만의 답을 써야 하기 때문이다. 서평 쓰기가
어려운 만큼 기쁨도 더하다. 한 편의 그럴싸한 서평을 쓰고 나면 뿌듯
함이 밀려온다. 그리고 나 자신을 토닥토닥 칭찬해준다.

한 줄만 쓰면 된다

서평을 어떻게 쓸 것인가? 처음에는 그냥 한 줄만 쓰자. 책을 읽고
느낀 점 단 한 줄만 쓰면 된다. 처음부터 글을 잘 쓴다는 것이 더 이상
하지 않은가? 처음에는 그냥 쉽게 쓰자. 읽었다는 기록을 남기는 것이

다. 나중에 어떤 책을 읽었는지는 확인하기 위해 한 줄 끼적거리면 된다. 다.

그렇게 한 줄이 익숙해지면 다음에는 두 줄도 쓰고, 세 줄을 쓴다. SNS에 글 짧게 쓴다고 뭐라고 하는 사람은 없다. 내 글에 관심을 가지는 사람도 없다. 잘 써도 관심이 없는데, 못 쓰면 더 관심이 없다. 못 쓰면 더 편하게 써도 된다. 그렇게 글쓰기에 조금은 익숙해지면, 책을 읽으며 3분 쓰기를 했던 내용을 쓴다. 책을 읽으며 적어놓았던 3분 쓰기 내용을 몇 개 연결하면, 서평을 쓰기 위해 다시 글을 따로 쓰지 않아도 된다.

서평 쉽고 빠르게 쓰기

서평에 특별한 형식이 있는 것은 아니지만, 좀 더 쉽게 쓰기 위해서는 아래와 같은 구조로 쓰면 좀 더 쉽고 빠르게 그럴싸한 서평을 쓸 수 있을 것이다.

1. 한 줄 평
- 이 책을 한 줄로 친구에게 소개한다는 느낌으로 쓴다.
2. 표지 느낌을 적는다.
- 가능하면 책을 읽기 전에 써 놓는 것이 좋다.
3. 네이버를 검색하여 저자 소개와 목차를 적는다.
4. 머리말 내용을 적고 생각을 적는다.

- 거의 모든 책 머리말에는 책의 핵심 내용이 담겨 있다. 머리말을 잘 읽어보고 중요한 내용을 옮겨 적은 후 자기 생각을 적는다.

5. 책의 특징을 적는다.

- 다른 책과 어떤 점이 다른지, 누가 읽었으면 하는지, 어떤 주제를 담고 있는지를 적는다. 어렵게 생각하지 말자. 친구 한 명을 마음속으로 정하고 그 친구에게 이야기해 준다고 생각하며 글을 쓰면, 읽을 대상도 모른 채 막연히 쓰는 것보다 도움이 된다.

6. 책 속 내용과 3분 쓰기 내용

- 3분 쓰기를 한 내용을 펼쳐 책 속 구절을 적고, 3분 쓰기 한 내용을 옮겨 적는다.

7. 마무리 멘트를 적는다.

- 권유나 질문 또는 핵심 내용을 요약하여 글을 마무리한다.

3분 쓰기의 필요성

물론 3분 쓰기를 안 한 상태에서 이런 형식의 서평을 쓰는 것은 힘들 것이다. 하지만 읽는 동안 3분 쓰기를 잘해 온 사람이라면, 큰 어려움 없이 서평을 쓸 수 있다. 어른들이 '병 키우지 말고 병원 가라.'라고 말하는 것처럼, 책도 읽는 중간에 글쓰기를 잘해놓으면, 나중에 서평을 쓰는 것이 어렵지 않다. 하지만 읽을 때는 다 기억이 날 것이라는 생각으로 쓰지 않다가, 나중에 서평을 쓰려면 자신의 기억력의 한계와 마주하게 된다.

재독은 힘들다

책을 한 번 읽고 '좋은 책이니 다음에 다시 읽어야지.'하고, 다시 읽은 적이 몇 번이나 되는가? 필자를 비롯한 많은 사람들이 한 번 읽은 책을 다시 읽는 경우는 많지 않다. 300페이지에 달하는 책을 다시 읽느니, 새로운 책을 한 권 더 읽는 것이 낫다는 생각 때문이다. 우리가 간과하는 것은, 우리의 기억력이 그리 좋지 않다는 것이다. 한 번 읽은 책에서 기억할 수 있는 양이 얼마나 될까? 기억에 남는 것은 얼마 되지 않는다. 책을 한 권 더 읽는 것보다 한 번 읽은 책을 다시 읽는 것이 훨씬 삶에 도움이 된다. 그걸 알고 있지만, 재독은 이상하게 힘들다.

서평은 재독을 만드는 좋은 방법이다

재독을 하기에 정말 좋은 방법이 서평을 쓰는 것이다. 서평을 쓰고 발행한 후, 시간이 지나고 나서 다시 읽어 보자. 그러면 이상하게도 오타가 보인다. 그 오타를 보며 혹시 다른 부분이 틀린 곳은 없는지 전체를 다시 읽어보자. 오탈자를 보는 동안, 자신도 모르는 사이에 재독이 이루어진다. 다시 시간이 지나 서평을 보면, 또다시 오탈자가 보인다. 그리고 다시 수정을 하며 글을 읽어본다. 그렇게 재독, 삼독이 이루어진다.

신기하게도 몇 개월이 지나서 다시 읽어 보면 또다시 오탈자가 보인다. 그렇게 사독이 이루어진다. 이보다 더 좋은 반복 독서법이 있을까? 독서 노트에 쓴 글은 이렇게 다시 읽어보지 않는다. 블로그에 올려야만 다른 사람이 읽을 수 있다는 실낱같은 기대감이 자신의 글을 다시 읽게 한다.

알아두어야 할 점은, 오탈자를 찾는 동안 자신의 마음속에 반복 독서를 하고 있다는 마음가짐이 없다면, 결코 반복 독서가 되지 않는다는 점이다. 동일한 행동을 하지만, 오탈자만을 찾겠다는 마음으로 바라보면 오탈자만 보이고, 재독을 함께 하겠다는 마음가짐으로 바라보면 오탈자도 보이고, 재독도 동시에 이루어진다.

글을 쓴다는 것

글을 쓴다는 것은 자신을 관찰하는 과정이다. 내 안에 어떤 생각이 들어 있는지 바라보는 시간이고, 내가 잘 알고 있는 것은 무엇인지 확인하는 시간이며, 내 생각을 표현하는 과정이다. 결국, 글을 쓴다는 것은 나와 대화를 하는 시간이다. 내가 나를 잘 모르고 있다면, 표면적인 이야기만 나온다. 글을 쓰는 것은, 내가 알고 있는 것과 모르고 있는 것을 알아가는 과정이다. 글을 쓰는 것으로 내가 무엇을 모르는지 알아보자.

책을 읽어드립니다

텔레비전 프로그램인 〈요즘 책방 책을 읽어드립니다〉에서 설민석 선생이 『사피엔스』의 줄거리를 요약해 주는 것을 보고 충격을 받은 적이 있다. 아무런 대본도 없이 줄거리를 말하고, 판서를 하고, 그림을 그리고, 자기 생각을 덧붙이는 모습은 책에 대한 스피치의 최고점이었다. 하지만 그런 모습에 감탄하기보다는 그 뒤에 숨어 있을 노력에 감탄했다. '백조가 우아하게 물에 떠 있기 위해서 물밑에서는 수만 번의 발을 차고 있다.'라는 말이 있다. 설민석 선생은 그 스피치를 잘하기 위해서 책을 읽고 얼마나 큰 노력을 기울였을까? 그가 들고 있는 책에 붙여진 포스트잇을 통해 대충은 짐작할 수 있었다. 책 내용의 줄거리를 파악하고, 핵심을 찾아내고, 강의 대본을 만들고, 수 없는 연습을 통해서 그렇게 멋진 스피치를 선보였을 것이다. 대충 한 번 읽고 마는 것으로는 결코 누구라도 그렇게 이야기하지는 못할 것이다.

설민석 선생은 분명 자신이 강의했던 그 모든 책을 정말 잘 이해하고 있을 것이다. 그리고 지식을 넓히는 독서가 아닌, 자신의 행동으로 자연스럽게 나오는 채화되는 독서를 했을 것이다. 그렇게 책들이 자신의 마음속에 스며들었을 것이다.

물론 아무나 할 수 있는 일은 아니다. 수많은 강의 경험과 스피치 노하우가 있었기에 그렇게 멋진 스피치를 할 수 있었을 것이다. 하지만 우리 모두가 배울 점은 명확하다. 우리가 책을 아무리 열심히 읽어도 설민석 선생과 같은 멋진 스피치를 할 수 없을지도 모른다. 하지만 그렇게 책을 열심히 읽는 과정을 통해서 책에 대한 이해가 깊어질 것이고, 채화되는 독서로 나아갈 수는 있다.

다른 사람에게 말을 할 수 있다는 것은, 자신이 그 주제에 대해 생각이 있다는 뜻이다. 책을 읽고 다른 사람에게 말할 수 없다는 것은, 책을 읽고 자기 생각을 하지 않은 것이다. 마지막 페이지를 덮으면서 드는 만족감은 허상이다. 누구에게 이야기도 못 하는, 내 생각 속에 들어오지 않는 독서를 했다면, 과연 독서를 한 것이 맞기는 할까? 아니면, 자신의 만족감을 채우고, 불안을 잠재우기 위해 책을 손에 들고 있던 것은 아닐까?

책 소개는 어렵다

자신이 본 영화를 다른 사람에게 소개할 때에는 참 할 말이 많다. 누가 주인공이고, 줄거리는 어떻게 되고, 어떤 점이 맘에 들고 싫었는지 쉽게 얘기한다. 그리고 "이건 아직 안 봤다니까 스포일러가 될 수 있는데……" 하며 결말까지 얘기하곤 한다. 하지만 책을 읽고 그 책에 관해서 설명을 해달라고 하면, 일단 숨이 턱 막힌다. 그리고는 이렇게 말한다.

"재미있어. 한 번 봐봐."

어떤 내용인지, 무엇을 배웠는지에 대한 설명도 없이 그냥 재미있다고 말한다. 이런 경험은 누구에게나 있을 것이다. 이상하게 책을 설명하기는 쉽지 않다. 분명 배울 점도 많았고, 느낀 점도 많았는데, 막상 다른 사람에게 책에 관해 이야기하려고 하면 생각이 안 난다. 책을 소개하는 것도 연습이 필요하다. 모든 것이 그렇지만 자주 하면 분명 나아진다.

가족에게 설명해 보자

책을 읽고 나면 최대한 이른 시간 안에 누군가에게 설명해 보자. 친구에게 전화를 걸어 책의 내용을 설명하는 것도 좋다. 반려동물을 키운다면 반려동물에게 설명하는 것도 좋은 방법이다. 물론 반려동물은 나의 이야기에 관심도 없겠지만, 내가 나의 이야기에 관심을 가지는 것으로 충분하다.

식구들과 저녁을 먹으면서 책의 내용에 대해 이야기를 나눠보는 것도 좋은 방법이다. 책을 읽고 최대한 이른 시간에 설명을 해야 하는 이유는, 기억력의 한계 때문이다. 우리의 기억력은 그렇게 좋지 않다는 사실을 인정하자. 하루만 지나도 팔십 퍼센트의 기억이 사라진다. 글보다는 말이 더 편할 수 있다. 상대가 있으면 좋겠지만, 상대가 없다면 거울을 보며 읽은 내용을 말해보자. 한번 말을 하고 나면, 그 내용은 기억에 오래 남는다. 말하는 자리가 불편하면 불편할수록 기억에는 더 많이 오래 남는다.

독서 모임에 참가하자

요즘처럼 독서 모임이 많은 적이 없었다. 지금은 정말 많은 독서 모임이 있다. 특히 온라인에서 하는 독서 모임은 기하급수적으로 늘어나고 있다. 그리고 분명한 것은, 이런 추세는 계속될 것이라는 점이다. 포털 사이트에 '온라인 독서 모임'으로 검색하면, 수많은 독서 모임이 나온다.

필자가 처음 독서 모임에 나갔을 땐 정말 힘들었다. 시작하기도 전에 멍해지고 가슴이 두근거렸다. 나름대로 많은 책을 읽어왔지만, 내가 아닌 다른 사람 앞에서 책에 관해 이야기 하는 것이 처음이었다. 다른 사람들의 이야기가 하나도 들리지 않았다. 내가 이야기할 내용을 머릿속에서 정리하느라 아무것도 들리지 않았던 것이다. 다들 어찌나 말을 잘하던지, 마치 스피치 연습을 하고 온 사람들 같았다. 막상 내 차례가 되고 뭔가 말을 하긴 했는데, 무슨 얘기를 했는지 하나도 기억이 나질 않았다. 그때 느낀 것은 '내가 이렇게 말을 못 하는 사람이었나?'였다. 직업상 그러했으며, 실생활에서도 말을 못 한다고 생각하지 않았는데, 독서 모임은 차원이 달랐다. 완전히 꿀 먹은 벙어리였다. 그렇게 몇 번의 독서 모임에서 사람들과도 친해지고, 스피치도 몇 번 하다 보니 조금씩 나아졌다. 오프라인 독서 모임으로 시작하여, 온라인 독서 모임과 스피치 강의 모임에도 참석했다.

처음에는 너무 힘들었다. 하지만 채 1년이 지나지 않아, 필자는 독서 모임을 운영하기 시작했다. 단 3년 만에 몇 개의 독서 모임을 운영해 봤다. 직접 만든 모임도 있었고, 다른 사람이 의뢰한 경우도 있었다. 만약 독서 모임이 너무 두렵거나 힘들어서 단 한 번 참석하고 말았다면, 또는 아예 참석하지 않았다면, 지금 독서 모임을 운영하는 나는 없었을 것이다. 강의를 하는 나도 없었을 것이다. 못하면 못하는 대로, 잘하면 잘하는 대로 하면 된다. 못하면서 잘한다고 말하지 말고, 솔직해지면 된다. 그리고 조금씩 나아지면 된다. 신기하게도, 하겠다고 강하게 마음먹으면 그 일이 벌어진다.

07 | 독서로 스피치를 준비하자

정무늬 강의의 '스피치북'

정무늬 강사의 '스피치북' 모임에 3년간 단 한 번도 빠지지 않고 참석하고 있다. '스피치북'이란 읽은 책의 내용에 대해 5분~10분 준비해서 강단에 나가 강사처럼 발표하는 모임이다. 운영자인 정무늬 강사는 강사를 가르치는 강사로 통하는 사람인만큼, 발표하고 나면 잘된 점과 잘못된 점을 지적해준다.

이 모임에서 발표하는 것은 독서모임과는 수준이 달랐다. 앞에 나와 이야기를 한다는 것이 엄청난 부담감으로 작용한다. 독서 모임에 앉아서 얘기할 때는 감상 위주의 이야기를 하면 되었지만, 강단에 서서 발표를 하는 스피치라는 말이 들어가니 감상이 아닌 어떤 메시지를 준비해야 할 것 같았다. 그리고 그렇게 원고를 준비하게 되었다.

원고를 준비하는 것만의 문제가 아니었다. 원고를 외워야 했다.

5~10분의 짧은 시간이라고 하지만, 막상 발표하는 사람에게는 5~10분의 몇 배처럼 길게 느껴진다. 시간이 멈추어 있는 것 같은 느낌마저 든다.

하지만 이 또한 익숙해졌다. 몇 개월간 '스피치북'을 하며 변한 점은, 말을 하는데 자신이 생겼다. 처음에는 내가 말이 틀리면 어떡할까? 생각해온 것을 잊어버리면 어떡할까? 라는 생각에 사로잡혀 준비해 온 내용도 제대로 말하지 못했지만, 시간이 흐르니 준비해 온 내용 정도는 쉽게 발표하는 수준이 되었고, 시선 처리는 어떻게 해야 하는지, 몸의 행동은 어떻게 해야 하는지에 이르기까지 강의 스킬까지 습득할 수 있었다. 정무늬 강사의 도움 덕분이었다.

강의의 시작

처음 '스피치북'에 참여한 것이 2018년 4월이었는데, 같은 해 10월에는 첫 강연을 했고, 그 이후 계속해서 독서법 강의, 블로그 강의 등을 했다. 스피치 강의를 들은 지 단 6개월 만이었다. 단 5분도 제대로 발표를 하지 못했던 사람이 6개월 만에 강의를 하게 된 것이다.

책을 읽고, 사람들에게 말을 하고, 스피치 연습을 해야 하는 이유는 정말 많다. 그 많은 이유를 다 제쳐두고 6개월 만에 강사가 될 수 있다면, 그보다 더 스피치 연습을 해야 하는 명확한 이유가 있을까? 처음에는 누구나 힘들다. 하지만 그런 연습의 시간을 거치면, 완전히 다른 사람이 될 수도 있다. 나의 주특기가 하나 더 만들어질지도 모른다.

대본 만들기

독서 모임에서 스피치를 하던 대본이 있다면, 즉흥적인 얘기를 하는 것보다는 좀 더 잘 이야기를 할 수 있다. 이런 모임에 가기 전, 자신이 할 이야기를 먼저 연습하고 가는 것이 좋다. 연습 과정에서 책의 내용이 더 잘 정리되고, 내가 이해한 것과 기억한 것이 명확히 보이게 된다.

우선 대본을 만든다. 실제 말할 것을 전제로 대본을 만들어 본다. 단 평소에는 5분이 짧은 시간이지만, 5분짜리 대본을 만들어 보면 정말 긴 글이어야 한다는 것을 알게 된다. 친구와 만나 1시간 동안 이야기를 하기는 쉽지만, 5분 스피치를 할 대본을 준비하기는 결코 쉽지 않다. 글로 쓰는 것이 익숙하지 않고 어떤 이야기를 해야 할지 생각이 나지 않는다면, 스마트폰의 녹음 앱을 쓰는 것도 좋은 방법이다. 삼성 스마트폰의 경우, 녹음 앱 자체에 녹음하며 동시에 텍스트로 전환하는 기능이 있다. 스마트폰 마이크에 대고 말만 하면 텍스트로도 볼 수 있다. 녹음된 텍스트 내용을 옮겨 적고 오탈자를 수정해주면, 쉽게 그럴싸한 대본을 준비할 수 있다.

마인드맵을 이용하는 것도 대본을 준비하는 좋은 방법이다. 스피치를 할 때는 대본을 볼 수 없기 때문에 대본을 아무리 잘 준비해도 막상 이야기하려고 하면 그 대본과 동일하게 이야기하기는 힘들다. 그래서 최종에는 키워드 위주로 대본을 외우고 있어야 하는데, 마인드맵은 핵심 단어와 구조를 볼 수 있는 가장 좋은 방법이다. 마인드맵으로 자신이 이야기할 내용의 키워드를 정리해 놓고 머릿속에 기억한다면, 한 장의 마인드맵으로 자신이 말할 키워드와 순서를 기억할 수 있다.

연습하며 수정하기

스피치를 잘하기 위해선 대본도 중요하지만, 연습이 더 중요하다. 대본이 준비되었다면, 계속해서 말을 하며 매끄럽지 않은 내용을 수정한다. 글로 이야기하는 것과 말로 하는 것은 다르다. 글을 쓸 때는 이상한 점을 못 느껴도, 막상 말로 해보면 어색한 부분이 보인다. 이런 부자연스러운 부분을 수정하고 보완하면서 더 좋은 대본을 만들어보자.

글은 수정할 수 있지만, 말은 수정할 수 없다. 일단 스피치에서 한번 입으로 나온 말은 수정할 수 없다. 말을 조심해야 하는 이유이기도 하고, 글보다 말에 더 많은 연습이 필요한 이유이기도 하다. 연습 회수에 대한 정답은 없다. 대본이 없어도 정해진 시간에 자신이 준비한 내용을 빠뜨리지 않고 얘기할 수 있을 정도로 익숙해질 때까지 하면 된다.

거울을 보며 연습하거나 녹화하자

스피치는 나 혼자 하는 것이 아니라 청중이라는 대상이 있다. 하지만 준비하는 동안은 내가 청중들에게 어떻게 비칠 지에 대해서는 알 수가 없다. 이때 좋은 방법이 스마트폰을 통해서 자신의 스피치를 녹화해서 다시 보거나 또는 거울을 보며 연습하는 것이다. 막상 녹화해서 다시 보면, 자신이 스피치를 얼마나 못하는지 알게 된다. 또는 자신의 잘못된 습관도 알 수 있다. 한 단어를 문장마다 습관처럼 반복하는 사람도 있다. 필자에게도 단점이 있었다. 처음 스피치를 하며 알게 된 점은 발을 가만두지 않는다는 것이었다. 계속 제자리걸음을 하면서 말하고 있는 것을 정무늬 강사를 통해 알게 되었다. 이렇게 강의 연습을 하다 보면 이상한 제스처들이 보인다. 또 말이 너무 빠르거나 너무 느리게 얘기하는 등 고쳐야 할 점들이 정말 많이 보인다. 이런 내용을 수정하고 보완하면서 대본뿐만이 아니라 태도와 목소리까지 연습할 수 있다.

스피치에서 태도와 목소리는 정말 중요하다. 미국의 심리학자 앨버트 메라비언Albert Mehrabian에 의해 만들어진 '메라비언 원칙' 퍼센트 규칙을 보면, 강연을 들을 때 첫 3분에서 5분 사이에 강연자의 판단 기준이 38퍼센트가 강연자의 목소리를, 55퍼센트가 강연자의 태도를 중요하게 여긴다고 한다. 강연 내용으로 판단하는 청중은 고작 7~10퍼센트뿐이었다.

실제로 연습을 해보자

독서 모임이나 스피치에 참여하지 않더라도 스피치 연습을 해보자. 혼자서 책상에 앉아서 해도 되고, 반려동물을 보며 연습해도 된다. 스피치 연습을 해야 하는 이유는, 앞 꼭지에서 이야기한 것처럼 책의 이해를 높이고 채화되는 독서를 위한 것이기도 하다. 그리고 한 단계 더 나아가서, 언제까지 지금의 모습으로 살 것인가? 아니 살 수 있을 것인가? 라는 질문을 스스로에게 해 보라. 당신은 앞으로 강사도 될 수 있고, 유튜브 크리에이터가 될 수도 있다. 나의 삶이 앞으로 어떻게 전개될지는 그 누구도 모른다.

나중에 책을 낼 사람이라면 이런 스피치 연습이 필수이다. 책을 쓰면서 책이 유명해지지 않기를 바라는 사람은 없을 것이다. 책이 유명해지면 분명 책에 대해 강의를 해야 할 때가 온다. 하지만 그때가 되어서 스피치를 준비한다면 이미 늦다. 그리고 정말 중요한 자리에서 자신의 서툰 스피치를 후회하게 된다. 스피치는 단시간에 잘 할 수 있는 것이 아니라, 충분한 시간을 두고 장기간에 걸쳐 조금씩 연습해야 한다.

지금부터 스피치를 연습하자. 시작하면서 어떻게 도움이 될지는 모르지만, 분명한 것은 그 시작점이 관심을 만들고 변화를 몰고 온다는 점이다.

재독(再讀)의 기술

읽은 책을 다시 읽어 본 적이 있는가?

반복이란 동일한 행동을 다시 하는 행동이다. 반복을 통해 행동을 습관으로 만드는 것이다. 습관은 의식이 아닌 무의식의 영역으로, 일정 환경을 주면 자동적으로 나오는 것을 말한다. 독서의 행위, 글쓰기의 행위 등 기존의 방법과 다른 방법으로 행동을 하고 싶다면, 반복을 통해 반응하는 방식을 바꾸는 습관을 만들어야 진정한 내 것이 된다. 반복은 이렇게 큰 것에만 적용되는 것이 아니다. 아주 작은 것들도 반복을 통해야만 진정한 내 것이 될 수 있다. 한 번 본 것, 한 번 해본 것은 결코 나의 것이라고 말할 수 없다. 한 번 해본 것은 이해했다고만 할 수 있지, 내 것이 되었다고 할 수 없다. 자연스러운 행동이 될 때까지 반복해야 한다.

재독을 해야 하는 이유는 단순하다. 단 한 번 읽은 것으로는 내 것이 될 수 없기 때문이다. 한 권의 책을 읽고, 책 속에 배울 내용이 있고, 기억해야 하는 내용이 있다면 몇 번이고 다시 읽어야 한다. 그리고 내 것으로 만드는 사고의 과정이 있어야 하고, 내 것으로 만드는 행동이 있어야 한다. 이런 반복 과정을 통해 변경된 생각과 행동을 무의식에 집어넣어야 하기 때문이다. 흔히 알고 있다고 생각하는 이해는, 아직은 다른 사람의 것이지 결코 내 것이 아니다. 배울 점이 있다면 재독을 통해 내 것이 될 때까지 반복해서 읽어야 한다. 반복을 통해 나의 것이 되어, 내가 원하는 시점 자연스럽게 사용할 수 있는 상태를 우리는 앎이라고 한다. 진정한 내 것, 배움이 체화된 것이다.

재독을 위한 독서 방법

재독을 하기 위해선 독서 방법을 바꿀 필요가 있다. 재독이 무조건 책 전체를 다시 읽는 것이 아니기 때문이다. 주요 내용을 다시 읽는 것도 분명한 재독이다. 필자는 오히려 이런 방법을 추천한다. 가장 좋은 방법은 옮겨 적는 것이다. 글로 옮겨 적어서 스마트폰이나 블로그 등에 올리는 것이 좋다. 하지만 시간이나 공간이 마땅치 않다면, 색연필이나 볼펜으로 다시 볼 내용에 밑줄을 긋고 귀를 접어놓거나 포스트잇을 붙여 놓자.

이렇게 다시 읽을 페이지를 표시해 놓으면, 페이지를 찾는데 들어가는 추가적인 시간을 줄일 수 있다. 다시 읽을 부분을 글로 옮겨 적어서 정리해 놓거나, 책에 잘 표시를 해 놓고 나중에 다시 보면 그 시간은 사실 얼마 되지 않는다. 십 분 정도면 그 내용을 충분히 다시 볼 수 있다. 한 권을 읽는 데 몇 시간이 들어가는 것에 비하면, 10분은 정말 짧은 시간이다. 하지만 새로운 책 한 권을 더 읽는 것보다 더 중요한 시간이 되기도 한다. 이 짧은 10분이라는 시간이 당신의 독서를 완전히 다른 방향으로 이끌기에 충분한 시간이다.

재독은 어떻게 해야 할까?

첫 번째 재독은 책을 덮는 순간에 이루어지는 것이 가장 좋다. 일반적으로 책을 읽을 때 적어도 30분 이상은 읽게 된다. 이렇게 오랜 시간 동안 책을 읽고 있으면, 처음에 읽었던 내용의 상당 부분은 잊어버리게 된다. 책 읽기가 슬슬 지겨워지고 그만 읽고 싶더라도 5분만 더 투자해보자. 책을 덮기 전 지금까지 읽었던 내용을 머릿속에서 떠올리거나, 표시를 해 놓은 부분을 다시 읽으며 머릿속으로 정리하거나 옮겨 적어보자. 이렇게 머릿속에서 정리하는 동안 또는 글로 옮겨 적는 동안 첫 번째 재독이 이루어진다.

두 번째 재독은 책 한 권을 다 읽은 후이다. 책을 읽는 중간 중간 정리해 놓은 것들을 서평으로 쓰거나 독서 노트에 다시 정리를 하면서 두 번째 재독을 하자. 가능하면 블로그에 적어 놓거나 스마트폰의 노트 앱에 적어 놓는 것을 추천한다. 그래야 이동 중이나 자투리 시간에 정리해 놓은 글을 다시 볼 수 있기 때문이다.

세 번째 재독은 1일~3일 사이에 하는 것이 좋다. 가장 좋은 것은 적어 놓고 하루 내에 다시 보는 것이다. 그래야 기억했던 것이 사라지는 양을 줄일 수 있기 때문이다. 이때는 굳이 시간을 별도로 만들 필요는 없다. 이미 중요 부분을 정리해 놓은 상태이기 때문에, 다시 읽는 데 많은 시간이 필요하지 않기 때문이다. 자투리 시간 5분~10분 정도만 있다면, 언제 어디서든 정리한 내용을 다시 보면 된다. TV 드라마를 기다리는 광고 시간에 봐도 되고, 이동 중 버스를 기다리는 시간, 약속한 친구가 오기를 기다리는 짧은 자투리 시간에도 읽어보면 된다. 자투리 시간을 헛되이 낭비하지 않는 방법이기도 하다.

네 번째 재독은 1주일 정도 후에 한다. 물론 그 중간에 한 번 더 읽어보면 기억에 더 잘 남을 것이다. 하지만 그렇게 하기는 힘들기에, 1주일 정도 후에 하는 것으로 정해 놓자. 세 번째 재독을 하면서 다음 재독 할 시간에 알림을 맞춰 놓는 것도 좋은 방법이다. 보통은 하루까지는 다시 보겠다고는 생각하지만, 일주일 정도가 지나면 다시 읽겠다는 생각을 잊어버리기 때문이다.

반복, 지루하지만 위대하게

필자는 사람들에게 재독이 다독이나 속독보다 더 중요하다고 말한다. 그래서 배워서 익혀야 하는 점이 있다면 최소한 4번은 다시 읽으라고 말한다. 그런 내 말에 "읽어야 할 책들이 많은데, 그 책들보다 읽을 책을 다시 읽는 것이 더 중요하냐?"고 물어본다. 물론 그렇다. 그럴 수밖에 없는 것이, 우리는 누구나 정말 쉽게 배운 것을 잊어버린다. 4

번도 다시 보지 않고 기억할 수 있다는 것은 거의 불가능에 가깝다. 무언가 새로운 것을 배워 익히고자 한다면, 적어도 4번은 다시 봐야 한다. 필자도 물론 같은 글을 4번 본다는 것이 얼마나 지겹고 힘든 것인줄 잘 안다. 하지만 그렇게 지루한 것이기에 누구나 하기 힘든 일이고, 그만큼 실천하는 사람이 많지 않다고 생각해보면 어떨까? 동일한 일을 반복적으로 한다면, 그것 또한 다른 사람에게는 없는 나만의 경쟁력이 되지 않을까?

반복, 또 반복

단순히 책을 다시 읽는 방법도 있지만, 이 책에 소개된 것처럼 글을 쓰는 방법, 말로 해보는 방법, 독서 노트나 서평을 다시 읽는 방법, 강의해 보는 방법도 있다. 책 속에 있는 다른 사람의 지식을 내 것으로 만드는 단 하나의 방법은 반복을 통해 익숙해지는 것뿐이다. 나의 것이 되었다는 것은 내가 원하는 시점에 자연스러운 표현으로 나올 수 있게 되었다는 것이다.

위에서 이야기한 설민석 선생이 독서 강의를 하기 위해서 얼마나 많은 시간을 들였을지 생각해보자. 살아가면서 얻는 거의 모든 학습은 이처럼 피나는 노력과 반복만을 통해서 얻을 수 있다. 그런 힘든 과정이 익숙해지면 자연스러워진다. 그리고 더 이상 힘든 것이 아니게 된다. 우리는 이것을 익숙함, 친숙함이라고 부른다.

호모 맵피엔스의 탄생

『매일 마인드맵』의 저자인 오소희 작가의 유튜브 동영상을 보다가 깜짝 놀란 적이 있다. 교육에 대해 얘기를 하고 있던 중 다른 진행자가 말한 내용을 바로 대분류와 하위 분류로 정리하면서 설명해 주었다. 그 모습을 보며, 오소희 작가는 생각의 구조 자체가 마인드맵화 되었다는 것을 알 수 있었다.

마인드맵을 하루에 몇 개씩 그리는 연습을 몇 년간 지속하면서, 동시에 분류하고, 정리하는 힘이 생긴 것으로 보였다. 이야기를 들으면 자연스럽게 대분류와 그 안에 하위분류로 정리가 되고, 기억도 자연히 그렇게 자리 잡는 것처럼 보였다. 나중에 물어보니, 언젠가부터 정말 그렇게 되었다고 했다. 그래서 필자가 '호모 맵피엔스'가 탄생했다고 장난스럽게 얘기한 적이 있다.

반복의 행위는 그런 것이다. 지속적으로 반복하다 보면, 어느새 사고의 체계가 그것에 맞게 변하게 된다. 필자만의 독서법을 가지게 된 것도, 이 책을 출판할 수 있었던 것도, 끊임없는 반복이 없으면 불가능한 일이다. 단 한 번의 노를 저어 도달 할 수 있는 곳은 그 어느 곳에도 없다. 콜럼버스가 신대륙을 발견할 수 있었던 이유는, 끝이 보이지 않은 망망대해를 향해 계속해서 노를 저었기 때문이다.

제**6**장

리본(Reborn) 독서법

01 변화의 6단계

관심은 관찰을 부른다

초등학교 때 거미가 그 작은 몸에서 거미줄을 뽑아내어 집을 짓는 다는 것이 정말 신기했었다. 또 거미는 어떻게 해서 자신이 만든 거미 줄에는 달라붙지 않는 것인지가 궁금했다.

백과사전에는, 비가 많이 오면 거미집이 망가지는데, 비가 그친 후 거미집을 다시 짓는다고 쓰여 있었다. 비가 정말 많이 온 날이 있었다. 그래서 비가 그치기를 기다렸다가 거미를 찾아 나섰다. 그리고 거미 집을 다시 만들고 있는 거미를 몇 시간 동안 한자리에 앉아 계속 쳐다 봤다.

그렇게 거미집이 만들어지는 전 과정을 볼 수가 있었다. 그 모습 은 정말 경이로웠다. 처음에는 높은 곳에서 몸을 떨구어 하나의 기준 이 되는 큰 거미줄을 만들고, 그 길을 다시 올라가 다른 기준의 거미줄을 만들기를 몇 번이나 반복해서 기둥이 되는 몇 개의 거미줄을 만들었다. 기둥이 완성되면, 가운데부터 집을 짓기 시작했다. 엉덩이로 기둥에 콕하고 찍으면서 지나가면, 거미줄이 그 기둥 거미줄에 달라붙는다. 그렇게 집이 완성되는 데는 몇 시간이 걸렸고, 필자는 거미집 만드는 과정을 보기 위해 그 자리에서 몇 시간 동안 바라보고 있었다. 오랜 시간이 지나 거미줄이 완성되었을 때, 그제야 거미가 어떻게 집을 짓는지 처음부터 끝까지 전 과정을 명확히 알 수 있었다.

그리고 다음에도 비가 오면 다시 집을 짓는 거미를 찾아 나섰다. 그렇게 몇 번에 걸쳐 거미가 거미집을 짓는 모습을 반복해서 바라봤다. 당시의 거미집 짓는 모습은 아직도 내 기억 속에 생생히 남아있다. 누군가 설명해 달라고 하면 아주 상세히 설명할 수 있다. 관심이 관찰을 불러온다.

관심과 변화의 관계

초등학교 시절에는 정말 궁금한 것이 많았다. 내 주위의 것들 중에서 이해할 수 없는 점들이 너무도 많았기 때문이다. 매일 해가 나를 따라다니는 이유도 궁금했고, 공룡이 사라진 이유도 궁금했고, 귀신이 진짜로 있는지도 궁금했으며, 개미가 무거운 것을 들 수 있는 이유도 궁금했다.

우리 모두 어린 시절에는 주위 것들에 관심이 많았지만, 언젠가부터 그 많던 관심과 호기심이 사라진다. 내 주위의 것들을 세밀하게 바라보던 시각이 사라지고 대충 바라보게 된다. 그리고 새로운 것이나 이상한 일이 있어도 그냥 넘어간다. 마치 세상을 다 이해하고 더는 배울 것이 없는 사람처럼 변해 간다. 궁금한 것이 사라지면, 기억할 것도 사라진다.

기억할 것이 없으니 그 시간이 무의미해지고, 시간이 빨리 가는 것처럼 느낀다. 그래서 시간은 나이가 들수록 점점 빨리 가는 것처럼 느껴진다. 시간에 대한 체감은, 내가 얼마나 많은 것을 기억하고 있는가에 달려 있다.

시간을 잊으면 변화도 사라진다

문제는 이렇게 주변에 대한 관심도가 낮아지면서, 새로운 지식을 배우려는 시도도 낮아진다는 점이다. 삶에 궁금증을 가진다는 것은, 스스로에 대한 질문을 만드는 것이다. 질문이 해결되면 지식이 되고, 지식이 쌓여 삶을 바꾸는 것이 변화이다. 결국 현재의 삶에 관심을 두고 있어야 배울 수 있고 변할 수 있는 것이다.

내가 현재와는 다른 모습이 되기를 꿈꾼다면, 가장 먼저 해야 할 것은 나의 삶을 관찰하는 것이다. 지금의 나를 보며 내가 무엇을 하고, 어떤 생각을 하고, 나의 주변에는 어떤 것들이 있는지, 내가 좋아하는 일을 얼마나 하고 있는 지를 자세히 관찰해야만, 어떤 점을 바꿔야 할지 알 수 있다.

현재 내가 질문을 하고 있지 않다면, 어떠한 답도 나올 수 없다. 답이 없다면, 현재가 반복된다는 뜻이다. 반복되는 현재 속에서 발전은 없다. 발전을 원한다면 변화를 열망해야 한다. 자신의 주변에 대해 그리고 인생에 대해 끊임없는 질문을 쏟아내야 한다. 그리고 자신만의 답을 찾아야 한다.

변화의 6단계

자연 속의 모든 것들은 지속해서 변화하도록 설계되어 있다. 질문과 답을 멈춘 사람은 자연의 설계와는 다른 방향으로 가고 있다는 것이고, 조금씩 자연의 변화 축에서 도태되고 밀려나고 있다는 것이다.

현재를 정확히 인식하고 있는 사람만이 현재에 대한 질문을 할 수 있다. 현재의 상태가 이상하다고 생각되거나, 아무리 관찰을 해도 그 궁금증이 해소되지 않을 때 질문이 생긴다. 질문이란 간단히 답을 낼 수 없는 것들이다. 생각하고 다시 생각해봐도 잘 이해가 안 되는 점이 있을 때 질문을 통해 답을 구하게 되고, 시간과 에너지를 쏟아 답을 찾았을 때 드디어 변화가 시작된다.

변화란, 다른 말로 새로움, 창조, 진보, 진화, 성공, 역사, 철학, 인문이다. 인류의 역사는 모두 변화의 기록이며, 자연은 그 어떤 것도 정지해 있지 않다. 세상 만물 중에서 가장 자연스러운 현상은 변화이다. 정지되고 고정된 것은 죽은 것뿐이다. 변하지 않고 현재에 머무르려고 하는 사람은 조금씩 죽어가기를 선택한 것이다.

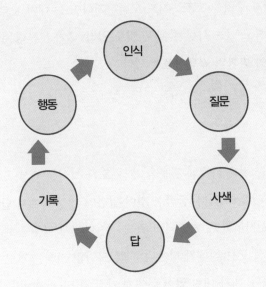

변화의 6단계

인지 : 내가 알고 있는 것과 모르는 것을 명확히 아는 것

질문 : 내가 모른다는 것을 인지하고 나에게 질문하는 것

사색 : 질문에 대한 나의 마음을 관찰하는 것

답 : 사색의 결과로 깨달음을 얻고 나만의 답을 찾아내는 것

기록 : 찾은 답을 잊기 전에 기록해 형태를 유지하는 것

행동 : 자신이 찾은 답에 따라 변화된 모습으로 살아가는 것

인지하라

먼저 상황을 인지해야 한다. 관찰을 통해 내가 아는 것이 정확히 무엇이고, 내가 모르고 있는 것은 무엇인지를 인지하는 것이 변화의 시작점이다. 내가 무엇을 모르는지도 모른다거나 또는 내가 모르는 것을 안다고 착각하고 있는 사람은, 배울 것도 없다. 내가 모른다는 것을 명확히 인지해야 변화의 필요성을 느낀다.

질문하라

내가 모르는 것은 나에게 질문을 해라. 모든 지식은 세상 속에 있고, 모든 지혜는 내 안에 있다. 궁금한 것이 있다면 세상 속에서 답을 찾아라. 그리고 그 지식이 지혜가 되기 위해서는 나에게 질문을 해야 한다. 내 생각 속에서 모든 지혜가 나온다. 다른 사람의 지혜는 결코 나의 지혜가 될 수 없다. 내가 내린 답이 나에게 가장 잘 맞는 답이다.

사색하라

충분히 사색하라. 깨달음은 단기간에 나오지 않는다. 오랜 숙고의 시간을 거쳐야 깨달음을 찾을 수 있다. 어떤 사람은 밥을 짓는 것으로 깨달음을 찾기도 하고, 어떤 사람은 운동으로 깨달음을 찾기도 한다. 문제는 무엇을 하는가보다 얼마나 숙고의 시간을 가졌는가 하는 것이다. 하나의 질문에 대해 오랜 시간 사색하면 분명히 답이 나온다.

222

답을 내라

의식에서 답을 찾을 수 없다면, 의식을 넘어 무의식까지 사용해서 답을 찾아라. 오롯이 나만의 답을 찾아야 한다. 내가 찾은 나만의 답은 나의 사용설명서가 된다. 내가 어떻게 살아가야 할지, 무엇을 해야 할지에 대한 모든 답은 나에게서 나와야 한다.

기록하라

늦기 전에 기록하라. 모든 것은 변하고 모든 생각은 사라진다. 지금 당장 기록하지 않으면, 기록해야 한다는 사실마저도 잊게 될 것이다.

행동하라

행동하라. 움직이지 않는 것은 죽은 것뿐이다. 살아 있다는 것을 증명해라. 나의 행동이 내가 살아있음을 증명한다. 그렇게 나는 변화해 갈 것이다.

꿈은 다가가는 것이다

사람들은 지금보다 더 나은 생활을 꿈꾸고, 더 나은 변화가 찾아오기를 꿈꾸지만, 막상 그 변화를 만들어 내는 방법이 무언가에 대해서는 변화를 꿈꾸는 만큼의 신경을 쓰지 않는다. 변화는 열망한다고 해서 한순간에 뚝 떨어지는 것은 아니다. 꿈을 꾸고 실행하지 않는다면, 그것은 꿈이 아니라 망상이다. 아무리 미래에 대한 긍정적인 희망을 품고 지금보다 나은 삶을 열망하더라도, 그곳에 도달하는 노력을 실행하지 않으면 꿈은 이루어지지 않는다. 꿈은 다가오는 것이 아니라, 스스로 꿈에 다가서는 것이기 때문이다.

모든 시작은 변화에 대한 열망이다

그렇다면, 이렇게 변화를 맞이하는 사람과 오늘과 같은 내일을 사는 사람들의 차이점은 어디에서부터 시작되는 것일까? 그 시작점은 변화를 받아들일 마음이 준비되어있는가에 달려 있다. 변화를 받아들일 준비가 항상 되어 있는 사람들은 변화하는 것에 익숙하다. 현재에 머무르지 않고 계속해서 더 좋은 것을 찾아 나선다. 그렇게 조금씩 바꾸어 나가면 점차 나아진다. 이런 사람들은 자신의 주요 가치에 변화를 가지고 있는 사람들이다. 내가 항상 옳다고 말하는 사람, 자신이 하는 방법이 최선이라고 생각하는 사람, 새로운 것을 하는 것이 두려운 사람은 변화에서 소외되며 조금씩 뒤처질 것이다.

모든 것은 마음이 하는 일이다

책을 읽고, 글을 쓰고, 행동하는 것은 지금까지와는 다른 방식으로 삶을 살아가려는 노력이다. 글을 쓰는 것은 내가 이해하고 생각하는 것을 기록하는 것이고, 그런 생각들을 행동으로 적용하는 것은 살아오던 방식을 다른 방식으로 바꾸어 보는 것이다. 지금까지 잊고 있었던 것과 몰랐던 것을 행동해 보는 것으로, 현재의 모습에서 다른 모습이 되어 보려는 노력이다.

이 모든 것들은 마음에서 일어나야 한다. 마음이 일어나지도 않았는데도 행동만을 바꾸는 것은 표면적인 것만 바꾸는 것이다. 그렇게 하면 근본적인 것, 내면에 있는 더 중요한 것은 바꾸지 못한다.

『나는 왜 이 일을 하는가?』의 저자 사이먼 사이넥은, 무엇을 할 것인가는 표면적인 행동이니, 그보다는 어떻게 할 것인가를 강조한다. 일정 기간 하나의 일을 한 사람은 보통 'How'와 'What'에는 익숙하며, 무엇을 어떻게 해야 하는지에 대해 큰 어려움을 겪지 않는다고 한다. 하지만 오랜 시간 동안 일을 한다고 해도 'why' 즉 내가 왜 이 일을 하고 있는지 알고 일을 하는 사람은 얼마 없다고 한다. 그리고 그 무엇보다 중요한 것은 'why'라고 한다.

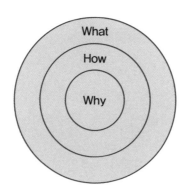

인과관계에 의한 독서

책을 읽을 때는 '나는 왜 이 책을 읽고 있는가?'로 출발해야 한다. 내가 책을 읽는 이유로부터 질문을 시작해야 한다. 'Why'를 이해한다면 어떻게 해야 하는가의 'How'는 자연스럽게 따라온다. 그리고 무엇을 해야 하는지의 'What'도 자연스럽게 쫓아오게 된다. 지금까지 어떻게 해야 하고 무엇을 해야 하는지 알지 못했던 이유는, 내가 왜 독서를 하고 있고, 내가 왜 이 책을 읽고 있는지 그 이유가 명확하지 않았기 때문이다.

'Why'는 내가 현재 하고 일을 시간의 연장선상에서 보는 것이다. 'What'과 'How'가 현재 시점이라면, 'Why'는 현재 시점을 지나쳐 과거로부터 온 이야기, 내가 어디로 가야 할지에 대한 미래의 이야기이다. 순간이라는 아주 작은 점을 연장해서 '나는 누구인가?'라는 질문을 던지는 것이다.

독서를 열망하고 있지는 않은가?

책을 읽고 어떤 행동을 하거나 글을 쓰는 것은 나를 'Why'를 알고 변해가는 나를 만나는 과정이다. 책을 읽고 하는 행동에 내가 얼마나 들어가 있는가를 생각해 봐야 한다. 다른 사람에게 독서했다는 것을 표시하기 위한 행동, 책을 읽고 글을 쓴다는 것을 자랑하고, '좋아요'를 받고 댓글이 달리는 것에 만족해하며 글쓰기에는 내가 있을 수 없다. 다른 사람에게 보여주기 식 행동과 글쓰기에서 벗어나 자유로운 자신을 만나야 하고, 자신에 대한 질문과 사색, 나만의 답들이 하나씩 쌓여가야 한다. 그렇게 나에 대한 질문과 답을 반복하는 것이 쌓여 일정 임계점을 넘어서는 순간, 지금까지와는 완전히 다른 나를 만나게 된다. 책을 만나는 것은 지금까지 만나지 못한 나를 만나는 시간이어야 한다.

사람은 책을 만들고 다시 책이 된다

정보화 시대이다. 정말 모든 정보를 인터넷에서 찾을 수 있을까? 깊지 않은 지식은 인터넷상에 넘쳐난다. 하지만 좀 더 깊이 있는 내용은 유료로 제공하거나 찾기 힘들다. 하지만 우리가 겪는 대부분의 문제에 대한 답은 인터넷에서 찾을 수 없다. 삶은 그렇게 간단히 정의할 수 있는 것이 아니기 때문이다. 내가 겪는 삶의 문제에 대한 깊이 있는 답을 찾기 위해서는, 지금까지의 검색 방법에서 벗어나 다른 방법을 동원해야 한다. 그 가장 좋은 방법은 책이다. 고전이라 불리는 책, 양서라 불리는 책들은 인터넷상에서는 결코 찾을 수 없는 깊이 있는 질문과 답들을 담고 있다. 이런 책들은 인류 역사를 거치면서 수많은 사람에게 삶의 방법을 제시해 줬으며, 그로 인해 영웅이 만들어지고 위인이 만들어졌다. 그리고 그들은 다시 역사를 쓰고 다시 책이 된다.

질문하는 방법을 잊어버리지 않았을까?

우리는 언젠가부터 나에게 질문하는 방법을 잊고 살아가기 시작했다. 내 안에서 찾아야 하는 답을 다른 사람에게 물어보거나 인터넷에서 찾으려고 한다. 하지만 어떤 검색이나 어떤 인터넷에 대한 답변도 나에게 마땅한 답을 주지는 못한다. 내가 정말 필요한 답의 대부분은 자신 안에 있기 때문이다. 자연은 항상 다양성을 추구하며, 통일성을 추구하지 않는다. 하지만 유독 사람만이 통일성 안에 갇히려고 한다.

우리의 키가 다르고, 몸무게가 다르고, 얼굴이 다르고, 지문이 다르듯이, 우리는 모두 다르게 태어났고 다른 길을 걸어왔다. 그 누구도 내 삶을 살아본 사람은 없고, 내가 겪은 경험을 가진 사람은 없다. 내 생각과 똑같이 하는 사람도 없다. 나는 나만의 길을 걸어가야 한다. 관계 속에서 힘든 이유는, 내가 그 사람과 같아지고자 하거나 그 사람이 나와 같아지기를 바라기 때문이다. 부모와 자식, 형제자매도 나와 같을 수는 없다. 나의 질문에 답은 내 안에서만 찾을 수 있고, 변화시킬 수 있는 건 나 자신뿐이다.

역사란 질문에 대한 답의 기록이다

질문이 생기면 나만의 답을 만들어 보자. 그 질문은 책으로부터 나올 수도 있고, 생활에서 나올 수도 있다. 그 질문을 오늘의 화두로 하루 종일 답을 찾아보자. 그렇게 나온 답을 하나씩 쌓아가는 것이 나를 변화시키는 방법이다. 이런 행동들이 나의 생각하는 힘을 길러주고, 나만의 것이 많아지며, 생각이 강해지고, 지금과는 다른 방식의 삶을 이끌어 준다. 질문을 질문으로 남겨두지 말고 답을 찾기 위한 물음으로 만들어 보자. 그것이 나의 역사가 된다. 세상의 모든 역사는 질문에 대한 답의 기록이다. 그것이 역사이다.

내가 마지막으로 나에게 질문을 해 본 적이 언제일까? 책을 통해 질문을 찾고 나에게 물어보는 과정을 통해 나를 만나는 시간을 가져야 한다. 그렇게 나를 채우는 독서가 되어야 한다.

03 명확한 생각의 힘

포노 사피엔스의 등장

요즘 지하철에서 사람들이 무엇을 하는지 살펴보면, 대부분이 스마트폰을 들여다보고 있다. 불과 10년 전에만 해도 책을 읽거나 생각을 하고 있었다. 하지만 요즘 지하철을 타보면 손에는 모두 스마트폰이 들려져 있고, 거북목을 하고 그 작은 화면을 들여다보고 있다. 이렇게 자투리시간에 스마트폰을 보는 행동이 점점 더 생각하는 시간을 앗아가고 있다.

지하철에서 스마트폰을 보지 않고 생각에 잠겨 있는 사람을 만나면 그렇게 반가울 수가 없다. "지금 무슨 생각을 하고 있으세요?"라고 물어보고 싶을 정도이다. "아무 생각도 안 하고 있는데요?"라는 대답이 돌아올지라도 나는 그런 사람들을 더 많이 더 자주 만나고 싶다. 아무 생각도 하지 않고 있는 그 시간마저도 생각하는 것이라는 것을 알기 때문이다. 우리에게 스마트폰을 보는 것보다 더 필요한 시간은 생각하는 시간이고, 멍한 상태로 생각에 흐름 속에 나를 맡겨 놓는 시간이다. 모든 창조의 시작은 그런 멍하게 나를 바라보는 시간 속에서 만들어지기 때문이다. 과연 스마트폰은 우리를 더욱더 현명하게 만들고 있기나 하는 것인가?

스마트폰이 우리의 시간을 지우고 있다

우리 모두는 생각하는 힘이 얼마나 중요한지 잘 알고 있다. 스마트폰으로 접한 정보 중 대부분은 삶에 큰 도움이 되지 않는다는 것도 잘 알고 있다. 그걸 알면서도 쉽게 스마트폰을 손에서 놓지 못하고 있다. 어린아이를 키우는 부모라면, 아이에게 하루에 몇 번이나 스마트폰을 보지 말라고 얘기하는지 생각해보자. 그리고 나는 하루에 몇 번이나 스마트폰을 손에 드는지도 생각해보자. 하루는 24시간으로 정해져 있고, 사람이 하루에 처리할 수 있는 정보의 양도 정해져 있다. 스마트폰에 시간을 할애하는 동안, 정작 삶에 필요한 정보를 해석하고 판단할 시간이 사라지고 있다.

생각의 중요성

나폴레온 힐은 『놓치고 싶지 않은 나의 꿈 나의 인생』에서 생각의 중요성에 대해서 이렇게 언급하고 있다.

'내가 배운 가장 귀중한 교훈은, 생각하는 일의 중요성이다. 만일 당신이 무엇을 생각하고 있는가를 안다면, 이는 곧 당신의 인품을 아는 것이 된다. 당신의 생각이 당신을 만드는 것이다. 당신의 정신 상태는 당신의 운명을 결정하는 X 요소이다.' 25년간 성공한 사람들을 인터뷰하고 연구하며 찾은 성공방식 중에서 가장 중요하다고 생각한 것이 바로 생각이었다.

성공한 사람들은 항상 생각의 중요성을 최고로 뽑았다. 아인슈타인은 "나에게 문제를 풀 시간이 1시간 주어진다면, 그중 55분은 해결책을 생각하는데 사용할 것이고, 5분은 행동하는 데 쓸 것이다."라고 했다. 그리고 아인슈타인은 자신은 머리가 똑똑한 사람이 아니라고 했다. "나는 머리가 좋은 것이 아니다. 문제가 있을 때 다른 사람들보다 좀 더 오래 생각할 뿐이다."라고 했다.

바른 생각을 하는 것은 삶에서 가장 중요한 일이고, 그것에 성공한다면 당신이 가진 대부분의 문제는 해결될 것이다. 우리는 스마트폰을 손에서 놓고, 책을 들어야 한다. 책을 통해서 생각하는 힘을 되찾아야 한다.

명확한 생각의 힘

살아가면서 다른 사람의 말에 휘둘리고 생각이 흔들리는 이유는, 생각이 명확하지 않기 때문이다. 자신만의 확고한 생각이 없으면, 외부에서 들어오는 작은 의견과 조언에도 혼란스러워하고 동요하게 된다.

자기 생각이 명확하고 단단하다면, 아무리 강한 바람이 불어와도 흔들리지 않는다. 내 것이 잘 자리 잡지 못하고 있을 때, 다른 사람의 이야기가 옳은 것처럼 생각된다.

또 다른 사람의 이야기를 들으면 이번에는 그 사람의 이야기가 맞는 것 같다. 나는 뚜렷한 생각과 주관을 가지고 있다는 생각이 들다가도, 한 번 생각이 흔들리기 시작하면, 갈피를 잃고 이리저리 흔들린다. 그렇게 혼란스러운 생각을 하고 있으면, 다른 일을 하다가도 생각이 나고, 심지어 잠자리에 들려고 해도 생각이 난다. 한 번 생각이 흔들리면 그 문제뿐만이 아니라, 꼬리에 꼬리를 물고 다른 잊혔던 생각들이 생각나기 시작한다. 잠도 못 자고 뒤척이다가 아침에 일어나면 잔 것 같지도 않고 피로만 쌓여간다.

이렇게 흔들리지 않고 생각의 단단함을 만들기 위해서는 하나의 주제에 대한 내 생각이 명확하게 해야 한다. 자기 생각을 들여다보고 명확한 결론을 내리는 강한 신념을 가지고 있다면, 주위에서 아무리 많은 유혹이 있어도 흔들리지 않고 나만의 바른 생각을 유지할 수 있다.

기억 저장

무의식이라 불리는 기억의 저장창고는 어떻게 저장 되고 출력이 될까? 그 비법은 밤에 숨어 있다. 밤에 잠에 들면, 의식과 무의식의 경계가 약해지고, 뇌의 해마라는 단기기억 속에 저장되어 있던 낮 동안의 경험 중 일부가 장기기억으로 넘어가거나 다시 해마로 가지고 온다.

밤 동안 해마는 하루의 기억 중 중요하다고 판단되는 정보를 장기기억으로 보낸다. 이때 중요도를 판별하는 방법은 자극의 세기이다. 강한 자극으로 들어온 정보는 중요한 것으로 간주해 장기기억으로 보내고, 그렇지 않으면 폐기한다. 두 번째는 반복이다. 여러 번에 걸쳐 자극이 들어오면 해마는 중요한 정보라고 판단한다. 이 사실을 밝힌 컬럼비아대학교의 신경과학자 에릭 캔델Eric Richard Kandel은, 그 공로로 2000년 노벨생리의학상을 수상하기도 했다.[1]

그래서 생각을 할 때는 강하게 집중을 하면서 생각하고, 시간이 날 때마다 자주 생각을 해야 한다. 이런 방법을 통해 해마의 단기지식을 넘어 장기지식으로 보낼 수 있고, 반대로 장기지식에 있지만 검열자에 의해 떠오르지 않았던 기억이 의식으로 넘어오게 된다. 중요한 것은, 내가 그 문제를 얼마나 강렬히 열망하고 있는지 얼마나 자주 생각하는지에 달려있다. 내 생각에 따라서 지금까지는 이해하지 못했던 사실이 하루아침에 이해가 되기도 하고, 오랜 기간 풀지 못했던 문제들이 풀리기도 한다. 이는 우리 뇌의 장기기억 속에 있는 수많은 경험이라는 지식을 조합하고 문제를 풀어보면서 주어진 문제에 대한 답을 찾을 때 이루어진다. 내가 생각하지 못했던 해답들은, 대부분 내가 그 생각을 하려고 하지 않았기 때문에 그렇게 된다. 내가 나의 뇌에 강하게 그리고 자주 숙제를 주면, 뇌는 어떻게 해서든 그 문제를 해결하려고 한다. 필요한 것은 뇌가 숙제를 할 충분한 시간이다.

04 화두 독서법

화두 독서법

생각하는 힘을 길러주고 지금까지 알지 못했던 지혜를 얻는 연습을 하는 가장 좋은 방법이 화두 독서법이다. 화두 독서법이란, 책을 읽으면서 마주하는 수많은 질문 중 내 생각이 불명확한 부분이 있는 내용을 찾아내서 의식에서 계속 생각을 하는 방법이다.

아무리 생각해도 의식에서는 답을 찾을 수 없을 때는 강력한 자극과 반복적인 주입으로 그 문제를 무의식의 부분으로 내려 보낸다. 물론 그 문제가 무의식으로 내려갔는지 알 수는 없다. 하지만 계속해서 하나의 문제에 몰입해서 생각하면, 그 문제는 무의식의 부분으로 내려가게 된다.

화두 찾기

깊이 생각하여 결론에 도달할 질문을 찾는 방법은, 책을 읽으며 궁금증이 커지는 순간을 잡는 것이다. 새로운 사실을 알게 되었거나 의문이 드는 시점이 있을 것이다. 그럴 때는 책을 덮고 그 의문점을 화두로 잡아 생각하는 것이다. 화두를 만들고 답을 찾는 과정은 아래와 같다.

첫째, 책을 읽으며 내 생각이 명확하지 않은 부분을 찾는다. 책에 있는 내용 중 내 생각은 어떠한가 하는 의문이 들 때가 있을 것이다. 그 의문이 나에게 절실하다고 느껴질수록 좋고, 나에게 대단히 중요한 것이 좋다. 이런 생각이 들면 책 읽기를 멈춘다. 그리고 그 내용을 의문문으로 만들어 나에게 질문을 한다.

둘째, 질문에 대한 나만의 답을 찾기 위해 나에게 질문을 한다. 어떤 질문은 단 1분 만에 답이 나올 수도 있다. 하지만 이런 질문은 이미 내가 알고 있는 상태이다. 그래서 화두로서는 큰 의미가 없다. 쉽게 답이 나오지 않을 정도로 난이도가 있는 것이어야 한다.

셋째, 나만의 답이 나올 때까지 하나의 문제에 몰입한다. 절대로 그 끈을 놓으면 안 된다. 계속 기억하고 있어야 한다. 자주 잊어버릴 때는 제일 자주 지나다니는 곳에 질문을 써서 붙여 놓는 것도 도움이 된다. 책상, 냉장고 등 자주 지나다니는 곳에 그날의 화두를 붙여 놓으면, 그곳을 지날 때마다 보면 다시 그 화두에 몰입할 수 있다.

필자가 좋아하는 책 중에 『당신이 옳다』라는 책이 있다. 그 책을 보면서 새롭게 깨닫게 된 것은 '공감'의 개념이었다. 필자가 이야기하는 공감은 내가 알고 있던 공감의 개념과 달랐다. 나는 대화할 때 공감이 상대방이 느끼는 감정을 동일하게 느끼는 것으로 생각했다. 하지만 저자는 공감이란 그런 감정이 일어나는 것이 옳다고 인정하는 것이라고 말하고 있다. 감정은 자연스럽게 일어나는 것이기 때문에 잘못된 것이 아니라고 한다. 감정이 일어나는 것을 인정해 주고 이해해주는 것만으로 충분히 공감이라고 한다.

이 책을 읽으며 '나는 왜 아이의 감정에 따라 나의 감정이 휘둘리는가?'라는 화두를 잡았다. 큰아이와 둘째 아이가 싸우기 시작하면, 나도 덩달아 화가 올라오기 때문이다. 아이들의 싸움을 보노라면, 화가 올라오고 언성이 높아질 때가 있다. 아이들이 싸우는 소리보다 더 큰 소리로 아이들을 혼내곤 했다. '나는 왜 그런 감정을 느끼는가?'라는 화두를 며칠이고 계속 생각하다가 알게 된 것은, 아이들의 싸움을 너무 빨리 끝내려고 하는 데 있었다. 너무 빨리 싸움을 끝내게 하려다 보니, 급한 마음에 흥분하고 그 상황에 매몰되어 아이들과 똑같이 화가 나는 감정을 느끼게 되는 것이었다. 중재자가 되지 못하고 싸우는 사람이 한 명 더 추가되는 꼴이 되어버린 것이었다. 그래서 앞으로 그런 상황이 생기면, 바로 그 상황에 들어가지 않고 아이들에게도 나에게도 시간을 주기로 했다. 그리고 마음을 조금은 느긋하게 가지고, 빠른 해결보다는 바른 해결을 하는 데 집중하기로 했다. 서로의 잘못을 인정하는 과정을 가지고 화해하는 과정을 천천히 만들어나갔다.

책에서 배울 수 없는 것은 마음속에서 배운다

화두 독서법을 통해서 찾아낸 나만의 해결책은, 정확히 나에게 적용되는 나만의 방법들이다. 그래서 그 어떤 해결책보다 올바르다. 며칠간 깊이 생각하며 답을 찾아가는 과정을 통해서 나의 마음을 정확히 들여다볼 수 있고, 강한 자극과 반복 자극 두 가지를 통해 절대 잊히지 않는 해결책이 된다.

처음에 화두 독서법을 하면, 질문을 찾는 것도, 생각하기도, 결론을 내리는 것도 오래 걸리고 어렵다. 그리고 이런 생각들이 과연 내 삶에 얼마나 도움이 될까 하는 생각도 든다. 문제가 닥치는 그때 생각하면 되는 것 아닐까 하는 생각이 들기도 한다. 이 모든 어려움과 의문에도 불구하고, 질문을 계속하고 답을 계속해서 찾아야 한다.

화두의 답을 찾는 것은 명확해지는 것이다. 화두는 육아뿐만이 아니라 가치, 신념, 삶의 의미, 목표 그 모든 것이 될 수 있다. 지금 나의 마음속에 명확하지 않은 부분을 명확히 하는 것이 화두 독서법이다. 책은 그 질문을 만들어 주는 가장 좋은 질문지이다. 육아서를 읽으면 육아에 대한 질문을 던질 수 있고, 돈에 대한 책을 읽으면 돈에 대한 질문을, 성공에 대한 책을 읽으면 성공에 대한 질문을 던질 수 있다. 그렇게 내가 읽는 것이 나의 질문이 되고, 내가 되어 나를 만들어나간다.

제자리 찾기

모든 것은 그것이 있어야 할 자리가 정해져 있다. 그것이 있어야 하는 곳에 아무것도 들어 있지 않다면, 우리는 다른 사람의 것을 끌어다 그 빈 곳을 채우려고 한다. 하지만 나의 마음은 나의 공간이기 때문에 나의 것으로 가득 채워져 있어야 한다. 그리고 그것이 있어야 하는 정확한 자리에 있어야 한다. 그래야 다른 사람이나 세상에 흔들리지 않고 나의 길을 갈 수 있다.

답을 적어두자

화두 독서법에서 가장 중요한 점은 답을 찾을 때까지 생각을 멈추지 않는 것이다. 화두에 대한 답이 나오면, 메모를 해도 좋고 글을 쓰는 것도 좋다. 오랫동안 생각을 통해 찾아낸 답은 글쓰기의 좋은 소재이다. 이미 생각이 명확해져 있으니 글도 쉽게 써진다. 나만의 생각이 담긴 깊이 있는 글이 된다. 물론 적지 않아도 오랜 기간 기억이 되겠지만, 그때마다 적어 놓지 않으면 점점 흐릿해지고 만다. 그리고 한 번 적어 놓으면 언제든 다시 꺼내 볼 수 있으므로 나중에라도 현재와 과거의 생각 변화를 볼 수도 있다.

에머슨은 "그가 하루 종일 생각하고 있는 것, 그 자체가 그 사람이다."라고 했다. 나는 오늘 어떤 화두를 가지고 살아가고 있는지 나를 바라보는 화두를 가져보자.

몰입 독서법

몰입의 힘

『프린키피아의 천재』라는 책에 소개된 뉴턴의 생각법을 보면, 한 가지 문제를 붙잡으면 잠도 잊고, 밥 먹는 것도 잊어버린다고 했다. 그를 식탁으로 부르려면 30분 전부터 불러야 했고, 책을 읽을 때는 음식에 손도 대지 않았다고 한다. 그렇게 뉴턴은 몰입을 통해 하나의 문제에 대한 해답을 찾을 때까지 몇 개월, 몇 년까지 몰입을 지속했다고 한다. 이런 몰입을 통해서 뉴턴은 역사상 최고의 천재로 불릴 수 있었다.

화두에 미쳐라

책을 통해 화두가 생겼다면, 그 질문에 몰입해야 한다. 몰입 이론의 창시자인 미하이 칙센트미하이 Mihaly Csikszentmihalyi는, "몰입은 의식이 경험으로 꽉 차 있는 상태다. 이때의 경험은 서로 조화를 이룬다. 느끼는 것, 바라는 것, 생각하는 것이 하나로 어우러지는 것이다."라고 말한다. 우리는 지혜를 외부에서 찾으려는 습관에 익숙해져 있다. 우리는 이미 자신이 당면한 문제를 풀 수 있는 충분한 지혜를 갖고 있다. 그 지혜를 보려고 노력하지 않을 뿐이다. 다른 사람이 만든 답은 결코 자신의 답이 될 수 없다는 점을 인정해야 한다. 화두가 생기면, 우선 자신의 경험에서 답을 찾아야 한다. 깊은 몰입을 통해 내부의 생각을 들여다보면, 일정 시간이 지나 경험의 점들이 하나로 연결되는 순간, 번뜩이며 나에게 해답을 준다. 이것을 우리는 지혜라고 부른다.

몰입을 통해 답을 찾을 때 중요한 것은, 충분한 시간을 줄 것과 자신의 화두를 잊지 않는 것이다. 질문에 대해 얼마나 오랫동안 생각하느냐에 따라 답을 찾을 수 있는지의 여부를 결정한다. 에디슨은 전구를 발명하기 위해 천 번 이상의 실험을 했다. 그리고 이렇게 말했다.
"나는 천 번 실패한 것이 아니라 전구를 만들 수 없는 천 가지 방법을 성공적으로 찾아낸 것뿐이다."
아인슈타인도 이와 비슷한 말을 했다.
"나는 몇 달이고 몇 년이고 생각하고 또 생각한다. 그러다 보면 99번은 틀리고, 100번째가 되어서야 비로소 맞는 답을 얻어낸다."
내가 내 안에서 답을 찾지 못하고 있는 이유는, 그 답을 몰라서가 아니다. 내가 그 답을 얻을 수 있을 때까지 생각하지 않았기 때문이다. 모든 것은 그것이 이루어지기까지의 시간이 걸린다. 문제는, 사람들이 그 시간을 견디지 못한다는 것이다. 나에게 정말 필요한 질문이 있다면, 그 질문에 충분한 시간을 주어야 한다. 그러면 언젠가는 답을 찾을 수 있고, 그 답으로 인하여 인생의 전환점을 맞을 것이다.

책으로 들어가라

책을 읽을 때는 책 속으로 빨려 들어갈 정도로 집중해야 한다. 책을 읽기 전, 우선 책을 읽는 목적을 설정하자. 몰입 관련 책을 읽는다면, 몰입을 하는 방법을 찾는 것을 목적을 두고 읽기 시작한다. 그리고 책을 읽기 전에 눈을 감고 그 목적을 마음속에 깊이 새기자. '나는 이 책을 읽으며 몰입하는 방법을 명확히 이해한다.' 이런 마음이 마음속에 충분히 새겨질 때까지 충분히 인식을 시킨 다음에 책을 읽기 시작한다. 그리 오랜 시간을 들일 필요는 없다. 1분에서 5분 정도면 충분하다. 이렇게 명확한 목표를 설정하고 책을 읽으면 읽는 방식부터 달라진다.

책을 읽으며 몰입하는 방법을 이해하기 위해 내용을 찾게 되고, 나의 삶에 적용할 방법이 무엇인지 찾게 된다. 목적이 있기에 그 답이 쓰여 있는 부분에 가면, 읽기 전에도 이미 희열을 느낀다. 그리고 자연스럽게 그곳에 집중하고 몰입하게 된다. 답이 쓰인 부분을 읽는 내내 내가 살아가는 방식과 글이 겹쳐 보이며, 어떻게 적용할지 머릿속에 이미지가 명확히 그려진다. 읽는 순간, 이미 모든 것이 보이는 상태가 되어 목적이 있는 몰입 상태로 책을 읽는 것이고, 이런 상태가 되면 단

한 번을 읽어도 그 내용이 결코 잊혀지지 않는다.

이런 목적을 가지고 읽지 않을 때도 삶의 적용할 내용을 찾을 수 있지만, 내가 목적을 가지고 읽었을 때와 읽다 보니 적용할 방법을 찾았을 때 뇌에 새겨지는 강도의 차이는 엄청나다.

또한 목적을 가지고 시작해야만 몰입 상태에서 책을 읽을 수 있다. 읽는 속도도 달라진다. 정확한 목표가 있기 때문에, 그 질문에 대한 답과 상관없는 내용은 가볍게 통독을 통해 훑어보며 넘어가게 되고, 내 질문에 대한 답이 있는 곳에 도달하면 그곳에 온정신을 쏟아부어 몰입 상태로 책을 읽을 수 있다.

몰입 독서를 위한 3가지 조건

첫째, 목적을 설정할 때 단순히 방법을 찾는 것보다는 '왜'라는 본질까지 이해하는 것이 중요하다. 제대로 된 이해, 깊이 있는 이해는 항상 현상이 나오는 근원적인 질문에 대한 이해가 있을 때만 가능하기 때문이다.

둘째, 혼자만의 공간, 깨끗한 공간에서 책을 읽으면 쉽게 몰입되어 다른 입력 정보를 차단할 수 있게 된다. 우리의 뇌는 기본적으로 멀티테스킹이 안 되도록 설계되어 있다. 어떤 정보가 입력되면, 그 입력에 대한 판단과 처리를 해야 한다. 문제는, 판단과 처리를 하는 뇌의 위치가 각기 다르다는 점이다. 이 때문에 입력이 분산되면 입력을 판단하기 위해 생각을 전환해야 하고, 몰입에 방해가 된다. 뇌 전체가 하나의 문제에 집중할 수 있도록, 주위를 깨끗이 해야 한다.

셋째, 평온함을 유지해야 한다. 무의식이 활동할 때는 의식의 활동이 낮아진 때이다. 각성상태와는 정반대의 상태이다. 그래서 자세와 공간이 편안해 긴장이 이완될수록 몰입에 깊이 들어갈 수 있다. 극도의 몰입을 하면 선잠을 자는 상태가 되기도 하는데, 선잠을 자는 동안에도 몰입과 생각이 지속되기도 한다. 자극적인 환경을 없애고, 몸과 마음이 평온한 상태로 만드는 것이 자신의 뇌의 최대치를 사용하도록 만드는 방법이다.

몰입 독서에 도움이 되는 휴식과 명상

독서뿐만이 아니라 모든 일에서도 주기적 환기를 해주는 것은 무척 중요하다. 몰입 초기 단계에서는 하나에 주제에 장시간 집중한다는 것이 결코 쉬운 일이 아니다. 30분에서 1시간 정도 집중을 하다 집중도가 떨어지면, 5분에서 10분 정도의 짧은 휴식을 가지는 것이 좋다. 짧은 휴식을 함으로써 다시 집중할 힘이 생긴다.

명상하는 것은 몰입뿐만이 아니라 집중도가 필요한 모든 일에 도움이 된다. 독서를 하기 전 잠깐의 명상을 하면, 독서를 시작하면서 바로 몰입에 빠지게 되고, 독서를 중단하고 잠시 명상과 정리하는 시간을 가지면 지금까지 읽은 것을 정리하고 기억하는 데 도움이 된다. 독서뿐만이 아니라 모든 일에서도 1분에서 5분 정도의 정리 시간을 갖는 것이 도움이 된다.

세계를 움직이는 힘

레오나르도 다빈치, 아인슈타인, 프로이트, 조지 소로스, 록펠러, 채플린, 스티븐 스필버그, 마르크스, 피카소, 로스차일드, 퓰리처, 앨런 그린스펀, 래리 킹, 세르게이 브린 & 래리 페이지(구글), 하워드 슐츠 (스타벅스), 앤드루 그로브(인텔), 밀튼 허쉬(허쉬 초콜릿), 윌리엄 로젠버그(던킨도너츠), 어바인 라빈스(배스킨라빈스), 폴 마르시아노(게스). 이 사람들의 공통점은 무엇일까? 이 사람들이 모두 유대인이라는 점이다.

세계는 유대인에 의해 움직인다는 말이 있을 정도로, 유대인들은 각 분야에서 대단한 활약을 하고 있다. 미국 기부금의 45퍼센트가 유대인에게서 나온다는 통계가 있고, 전 세계 자산의 50%를 가지고 있다고도 한다.

혹자는, 유대인이 좋은 머리를 가지고 있어서 그런 것이 아니겠느냐고 말하기도 하는데, 미국 뉴멕시코대학교 연구팀의 184개국의 국민 평균 IQ 아이큐를 조사한 연구 결과에 따르면, 유대인의 평균 IQ는 95로 세계 26위의 평범한 지능지수를 가지고 있는 것으로 나타났다. 싱가포르가 108로 가장 높았고, 한국이 IQ 106으로 2위로 세계 최고 수준의 IQ를 가지고 있으며, 중국과 일본이 각각 105로 그 뒤를 이었다.[2] 그렇다면 유대인들이 전 세계의 주요 분야에서 이렇게 대단한 활약을 하는 이유는 무엇일까?

세상에서 가장 시끄러운 도서관

유대인이 각 분야에서 활발한 활약을 펼치는 이유 중 하나는 그들의 하브루타 독서법 때문이다. 하브루타havruta는 좁게는 '짝지어 질문과 대답을 주고받으며 토론하고 논쟁하는 것'을 의미하지만, 넓게는 '함께 이야기를 나누는 것'을 의미하기도 한다. 짝지어 대화하고 토론하고 논쟁하는 유대인의 전통적인 교육 방식이다.

이스라엘의 예시바(유태인의 전통적인 학습기관) 도서관은 세상에서 가장 시끄럽기로 유명하다. 모든 좌석은 두 사람 이상이 마주 보고 앉도록 놓여 있다. 이곳에서는 서로 마주 보고 앉아 토론한다. 마치 술집과 같이 시끄러운 예시바는 상대가 누구든 상관하지 않는다. 비어있는 어느 자리에든 앉아서 모르는 사람과 주제를 정하고 토론한다. 모두가 토론할 준비가 되어 있고, 혼자서도 마치 앞에 상대가 있는 것처럼 토론한다. '정숙'이라는 문구가 붙어있는 우리의 도서관에서는 상상도 할 수 없는 모습이다. 그러나 유대인의 힘은 이런 토론문화에서 나온다.

유대인의 독서

유네스코 조사에 따르면, 유대인의 평균 독서량은 무려 연 64권이다. 매주 최소 1권 이상 읽는 셈이다.『공부하는 인간』의 저자 힐 마골린은, 자녀들이 대학을 졸업한 지금까지도 하브루타 친구와 함께 날마다 한 시간씩 『탈무드』를 공부한다. 그는 "서로 논쟁을 통해 진리를 찾아가는 과정에서 승자를 가리는 것이 아니라, 더 넓고 깊게 사고하는 방법을 배우게 된다."고 말한다. 하브루타는 토론과 논쟁을 통해 비판적이고 논리적으로 분석하고 사고하는 능력을 기른다. 상대방의 논리를 반박하기 위해 자신만의 방어 논리를 구축해가면서 생각의 근육을 기르는 것이다.

하브루타는 질문에 대한 정답을 얻는 데 집중하지 않는다. 남과 다른 자신만의 해답을 찾는다. 남과 다르게 생각하는 데서 창의성도 나온다.『탈무드』에 이런 말이 있다.

"사람들이 세상을 정면으로 바라볼 때 우리는 입체적으로 바라본다."

유대인은 『탈무드』 한 구절을 놓고도, 여러 각도에서 바라보고 끝없는 질문과 답을 반복하면서 입체적 사고력을 키운다. 가장 근접한 답을 찾고 또 다른 문제를 찾기 시작하는 우리 문화에서는 다시 한 번 생각해봐야 할 부분이다.

혼자 하는 하브루타 토론 독서법

하브루타는 둘이서 짝을 지어 토론하는 것을 기본으로 하지만, 혼자서 할 수도 있다. 책을 읽으며 저자의 생각과 주장을 정리한 다음, 그 논지에 대한 자기 생각을 갖고 이야기하는 것이다. 혼자 있더라도 가능하면 소리를 내어 말하는 것이 좋다. 자신의 목소리를 귀로 듣는 것도 표현에 관한 공부가 되고, 머릿속에 다시 한 번 정리가 되기 때문이다. 자신이 말하는 것을 녹화하거나 녹음을 해서 다시 들어보면, 논리의 오류와 자신도 모르는 습관 등을 인지하여, 그것들을 수정하면서 말의 능력도 향상된다.

아이와 함께 하는 하브루타 토론 독서법

아이 또는 가족과 함께 하브루타 독서법을 할 것을 추천한다. 하브루타 교육법 관련 책들도 많이 나와 있으니 참고하길 바란다. 아이가 요리사가 되고 싶다는 꿈을 가지고 있다면, 요리사를 소재로 하는 책을 같이 읽고 그 책에 대해 토론하는 것이다. "책 속 주인공이 요리를 잘 할 수 있었던 이유는 뭘까?"라는 질문을 하고, 아이가 자기 생각을 얘기하면 다시 이렇게 물어본다. "너는 요리사가 돼서 누구에게 어떤 요리를 해주고 싶니?" "너의 요리를 먹은 사람들이 어떤 걸 느꼈으면 좋겠니?" "요리사가 되기 위해서 주인공은 어떤 일들을 했지?" "너는 요리사가 되기 위해서 지금 해야 하는 일은 어떤 게 있다고 생각하니?"

아이들은 답을 하는 과정을 통해 자신이 요리사가 되고 싶다는 막연한 생각을 다시 생각해 볼 수 있으며, 지금 해야 하는 행동들에 대해서도 생각하는 시간을 가질 수 있다. 하브루타에서 가장 중요하게 생각하는 점은 다양성이다. 하나의 정답을 정해두고 그것을 찾는 것이 아니라, 자신이 옳다고 생각하는 답을 가지는 것이고 다른 사람의 다양성을 인정하는 것이다. 그리고 자신의 답을 설명하고 설득할 힘을 기르는 것이다. 아무리 좋은 생각을 하고 있더라도 말로 표현하지 못한다면 자기 생각을 알릴 수 없다.

토론에 익숙한 아이

"아빠(엄마)는 이렇게 생각하는데 네 생각은 어떠니?"

구글의 창업자인 래리 페이지는, "식사 시간마다 벌어지는 격렬한 토론 때문에, 나는 끊임없이 읽고 생각하고 상상해야 했다."라고 했다. 하브루타가 습관으로 자리 잡은 일상생활에서 자라난 아이들이 자기 의견을 말하는 데 거리낌이 없는 것은 당연하다. 우리나라에서는 과연 어떠한가? 아이에게 공부하라는 말이 아니라, 함께 공부를 하고 토론을 하는 시간이 얼마나 될까? 우리는 아이가 학교에 들어가는 즉시 학교와 학원에 아이의 공부를 맡긴다. 초등학교부터 대학까지 모든 수업은 교사의 설명을 받아 적고 객관식의 답을 찾는 것이 되어버렸다. 가정에서 시작하여 학교는 물론 회당에서까지 장소와 시간을 가리지 않고 질문과 대화와 토론 중심의 교육을 하는 유대인 교육과는 정반대의 교육을 하고 있다.

유대인 부모는 자녀 교육의 가장 중요한 덕목으로 질문을 꼽는다. 학교에서 돌아온 아이에게 "선생님 말씀 잘 들었니?"라고 확인하는 우리와 달리, "선생님에게 무슨 질문을 했니?"라고 묻는다. 세계적인 베스트셀러 『스웨이』의 저자 롬 브래프먼은, 엄마가 항상 물어보는 "오늘은 선생님께 무슨 질문을 했니?"라는 질문 때문에 궁금한 게 없는 날에도 일부러 궁금한 점을 만들어내야 했다고 한다.

세상에 정답은 없다

하브루타는 즉각적으로 정답을 알려주는 것을 금기한다. 유대인은 어떤 문제에도 정답이란 없다고 생각하기 때문이다. 하브루타는 다양한 견해, 다양한 관점, 다양한 시각을 갖는 것을 중요하게 생각하기 때문에, 유대인 부모는 스스로 생각하여 자신만의 답을 찾도록 도와준다. 아이가 궁금해 하는 것에 대해 곧바로 대답해 주지 않고, 다양한 시각에서 생각해 볼 수 있도록 아이의 질문에 대해 질문으로 되묻는다.

하브루타 토론에서는 객관적으로 인정된 사실에 대해서도 질문하고 토론한다. 당연하게 여기는 것까지도 뒤집어 보는 것, 상식이라고 생각하는 것을 다른 각도로 바라보는 것이 바로 창의성을 기르는 방법이기 때문이다.

세상에 답이 정해진 것은 얼마나 될까? 그리고 그것이 답이라는 것은 누가 증명할 수 있을까? 아인슈타인은 죽을 때까지 양자역학을 부정했다. 하지만 최근의 연구에서 양자역학은 증명이 되고 있으며, 이제는 그 누구도 양자역학을 부정할 수 없는 우주의 원리가 되었다. 다른 사람이 그렇다고 한 것, 그리고 내가 믿고 있는 것이 정말 사실일까? 항상 의심하고 다른 사람의 다양성을 받아들이려는 마음속에서 우리는 성장하고 창조는 시작된다.

다산의 독서

세계 최고의 메모광은 누구일까? 해외에서는 레오나르도 다빈치,
우리나라에서 최고의 메모광은 단연 다산 정약용이이다. 다산은 유배
기간인 18년 동안 무려 500여 권의 책을 집필했다. 그는 "사람이 해야
할 첫 번째 일이 독서다."라고 했다. 자손들에게도 쉼 없이 시간이 허
락하면 글을 읽고 쓰라고 강조했다. 어린 정약용은 집에 있는 모든 책
을 읽고 나서 외가인 윤선도 집에서 책을 한가득 빌려 황소에 짐을 지
워 집으로 돌아왔다. 조선의 대학자 이서구가 3일이 지난 후 다시 황
소 등에 잔뜩 책을 싣고 가는 어린 정약용을 만났다. 이서구가 정약용
에게 말했다.

"너는 책을 읽는 것이 아니라 책을 나르기만 하는구나."

어린 정약용이 대답했다.

"외갓집에서 빌려온 책을 모두 읽고 다시금 돌려드리러 가는 길이니, 믿지 못하시겠거든 제가 읽은 책에 대하여 질문을 해 보십시오."

그 자리에서 이서구가 여러 권의 책을 꺼내 내용을 물으니, 어린 정약용은 질문에 대한 답을 막힘없이 이야기했다.

정독, 질서, 초서

정약용 선생의 독서법은 '정독精讀'과 '질서疾書'와 '초서抄書'의 세 가지로 구분할 수 있다.

'정독精讀'으로 꼼꼼하고 섬세하게 책을 읽고, 한 장을 읽더라도 깊은 사고와 통찰력을 길러야 한다. 읽다가 모르면 관련 자료를 찾고 분석해 반드시 뜻을 알고 넘어가라는 의미이다. 선생의 뜻은 자식 정학유와 나눈 편지에서도 볼 수 있다. 편지에서 선생은 "수천 권의 책을 읽어도 그 뜻을 모르면 읽지 않은 것과 같다. 읽다가 모르는 문장이 나오면 관련된 다른 책을 찾아 반드시 뜻을 알고 넘어가야 하느니라. 그 뜻을 알게 되면 반복하여 읽어 머릿속에서 떠나지 않게 하여야 한다."라고 말했다.

'질서疾書'란 중국 송宋의 유학자 장재張載가 공부하다가 마음에 떠오르는 것이 있으면 잠을 자다가도 일어나서 재빨리 기록하였다는 것에서 온 말이다. 책을 읽다가 깨달은 것이 있거나, 순간적으로 떠오른 생각을 어딘가에 빨리 적어가며 읽는 것을 질서라고 한다. 기록을 통해 더욱 공부하여 학문의 바탕을 세우고 주견을 확립하는 데 도움을 주는 방식이다. 다산은 기록을 중요하게 여겼는데, 흔들리는 배 위에서도 붓을 들어 메모하고 시를 지었다고 한다. 특히 경전 공부를 할 때 의심했던 부분에 대한 답을 얻게 되면, 그 순간 놓치지 않고 메모하고 기록했다고 한다.

'초서抄書'란 책을 읽다가 중요한 구절이 나오면 이를 똑같이 옮겨 쓰는 것을 말한다. 그리고 정리한 내용을 활용해 필요한 때에 바로 정보로 만드는 것을 말한다. 정약용 선생은 아들 학유에게 보낸 편지글에서 초서의 방법을 자세히 말하고 있다.

"책을 읽을 때는 어떻게 해야 하느냐? 한번 쭉 읽고 버려둔다면 나중에 다시 필요한 부분을 찾을 때 곤란하지 않겠느냐? 그러니 모름지기 책을 읽을 때는 중요한 일이 있거든 가려서 뽑아서 따로 정리해 두는 습관을 길러야 할 것이다. 이것을 초서(抄書)라고 하는 것이다. 하지만 책에서 나한테 필요한 내용을 뽑아내는 일이 처음부터 쉬운 일은 아닐 것이다. 먼저 마음속에 무엇이 중요하고 무엇이 필요한 내용인지 일정한 기준이 있어야 하지 않겠느냐?

곧 나의 학문에 뚜렷한 주관이 있어야 하는 것이란다. 그래야 마음속의 기준에 따라 책에서 얻을 것과 버릴 것을 정하는 데 곤란을 겪지 않을 것이야. 이런 학문의 중요한 방법에 대해서는 앞서 누누이 말했는데 너희가 필시 잊어버린 게로구나. 책 한 권을 얻었다면 네 학문에 보탬이 되는 것만을 뽑아서 모아둘 것이며 그렇지 않은 것은 하나 같이 눈에 두지 말아야 한다. 이렇게 하면 100권의 책도 열흘간의 공부에 지나지 않을 뿐이다."

아들에게 보낸 편지를 통해, 우리는 다산이 500여 권이나 저술한 바탕에는 초서 독서법에 기초하였다는 것을 알 수 있다.

글쓰기의 힘

지금은 읽은 내용을 정리하는 데 도움이 되는 틀이 정말 많다. 자신이 마음만 먹으면 언제 어디서든 정리할 수 있다. 블로그에 서평을 쓸수도 있고, 에버노트, 에스노트, 원노트, 노션, 책 사진 찍기 등 많은 방법을 통해서 읽고 생각한 내용을 언제든 정리할 수 있다. 다산은 "눈으로 읽는 것은 단 하루도 못 가서 다 잊어버리지만, 손으로 읽는 것은 언제든 두고두고 써먹을 수 있다."고 하였다.

책의 핵심을 따로 필사하고 자신이 깨달은 바를 글로 쓰고 추가로 공부한 내용도 정리해 놓아야 한다. 언제든 필요할 때 바로 쓸 수 있어야 정보라고 할 수 있다. 많은 메모를 해도 정리가 되어있지 않다면 쓸모가 없다.

다산은 초서함으로써 엄청난 양의 책을 쓸 수 있었다. 책을 읽는 목적이 분명해야 텍스트에 대한 경중을 구별 할 수 있고, 취사선택도 쉬워진다. 필사를 통해 지식과 정보를 모으고, 그것을 분류하여 정리하는 것이 무엇보다 중요하다.

다산은 초서를 할 때 주제 정하기 - 목차 정하기 - 뽑아서 적기 - 엮어서 연결하기의 4단계를 거쳤는데, 거기에 경험을 버무리면 하나의 작품이 나오는 것이다.

나만의 빅데이터

다산은 비록 유학자이긴 했지만, 과학과 의학, 천문학과 지리학에 능통하였고. 시와 산문, 서예와 그림에도 조예가 깊었다. 지금의 혁신 도시와 같은 수원 화성을 설계하였고, 거중기 등을 발명하였다. 다산이 이렇게 대단한 업적을 이룬 데에는 정독, 질서, 초서라는 다산만의 독서법이 있었다. 이 사실은 지금의 우리에게 책과 어떻게 대화해야 하는지를 가르쳐주고 있다.

읽었으면 써야 한다. 다산의 말처럼, 아무리 좋은 내용을 읽었어도 글로 옮겨 적지 않는다면 하루도 못 가서 다 잊어버리고 말 것이다. 정리가 잘 된 글은 나만의 빅데이터가 되고 삶의 길잡이가 될 것이다. 그리고 당신을 작가로 만들 수도 있다.

제**7**장

독서로 인생 재탄생

01 독서라는 인생 공부

너는 계획이 다 있구나!

필자도 처음 책을 읽었을 때 아무런 계획이 없었다. 그냥 일 년에 백 권을 읽으면 뭐라도 되지 않을까 하는 생각뿐이었다. 어떠한 목표도 계획도 없었다. 현실을 바꾸기 위해 그냥 열심히 하는 것이었다. 필자는 삶도 그렇게 살아왔다. 명확한 목표나 계획을 가지고 살아왔던 것이 아니라, 그저 열심히 살기만 했다. 회사를 다니면서 내가 맡은 일을 열심히 하고, 다른 사람보다 일을 빨리, 더 잘하면 되는 줄 알았다. 하지만 필자에게 남은 것은 몇 번의 이직이었다. 열심히 산다고 해서 성공하는 것은 아니었다. 문제는 나의 성장에 있었다. 내가 열심히 하고 있는 일이 나의 목표와 나의 계획에 연결되어 있는 것이어야 한다. 내가 지속적으로 발전하고 있어야 한다. 그 발전을 기초로 목표에 다가서야 하는 것이다. 그렇게 목표에 다가서는 성장이 바로 계획이다.

인생을 배워본 적이 있는가?

독서를 해야 하는 이유는 성장하기 위함이다. 우리는 학창시절 정말 많은 과목의 많은 지식을 배워왔지만, 인생을 어떻게 살아가야 하는지에 대해서 가르쳐주는 과목은 없었다. 정작 배워야 할 것은 배우지 못한 채, 성인이 되어 전쟁과 같은 세상에 던져졌다. 어떤 생각을 가지고 살아가야 하며, 무엇을 목표로 하고 살아가야 하는지, 어떤 가치를 우선시하고 살아가야 하는지에 대해서 단 한 번도 배워본 적이 없다. 삶이 힘든 이유는 어떻게 삶을 살아가야 하는지에 대한 지식이 없기 때문이다. 그래서 우리는 처음부터 하나씩 경험을 하며 몸으로 부딪히며 배워나간다. 때로는 그 과정이 너무도 힘들어서 지쳐 쓰러지기도 한다. 어떻게 살아가야 하는지를 모르기 때문에 인생은 힘들기만 하다.

상처받지 않고 계속해서 앞으로 나아가기 위해서는, 인생이라는 무대에 대한 공부를 해야 한다. 가장 좋은 방법은 직접 경험을 하면서 알아가는 것이다. 한 번 경험을 한 것은 내 것이 된다. 다음에 비슷한 상황에 처하면, 해쳐나갈 방법을 이미 알고 있기에 어렵지 않게 이겨낼 수 있다. 김창옥 교수는 강의에서 이런 얘기를 한 적이 있다.

"군대에서 너무 힘들게 생활을 하고 났더니, 사회에 나와서 하는 일이 별로 힘들지는 않았다. 일단 때리지는 않으니까 이 정도야 견딜만 하다."

그는 그런 생각으로 살아갈 수 있었다고 한다. 한 번의 힘든 경험을 한 사람은, 어려운 일도 쉽게 이겨내고 넘어갈 수 있다. 경험은 곧 힘이다. 경험을 통해 우리는 앞으로 나아갈 힘을 갖는다. 문제는, 우리가 모든 것을 경험할 수는 없다는 점이다. 정해진 시간 속에서 경험할 수 있는 것은 한계가 있다. 아무리 경험을 많이 한다고 해도, 할 수 있는 경험에는 한계가 있다. 이런 경험의 한정성을 보완해 줄 수 있는 것이 바로 책이다.

책이란 경험이다

책이란 사람들이 인생을 통해서 얻은 자신만의 지식을 글로 적어놓은 것이다. 아무리 하찮은 책이라 할지라도, 그 저자는 책 한 권을 쓰기 위해서 수년에서 수십 년의 경험이 필요했으며, 책을 쓰기 위해서 다시 수개월에서 수년의 시간을 들였다. 책은 결국 경험을 옮겨놓은 것이다. 그래서 직접 경험을 통해서 얻을 수 없는 것들, 아직 내가 경험해 보지 못한 것을 책을 통해서 경험해 볼 수 있다. 책을 읽는 이유를 몰랐던 사람은 이 책을 통해서 그 이유를 알 수 있으며, 돈을 벌고 싶은 사람은 부동산 투자법, 주식 투자법 등의 책을 통해 돈을 버는 방법을 배울 수 있다. 사람과의 관계가 힘든 사람들은 인간관계에 대한 책을 통해 관계를 좋게 하는 방법을 배울 수 있다. 내가 지금하고 있는 고민을 누군가는 분명히 했을 것이고, 이미 수많은 사람들이 그것과 관련된 책을 내놓았다. 내가 필요한 지식은 이미 세상에 존재하고 있다. 내가 손을 뻗어 그 지식을 잡으려고 하지 않았을 뿐이다. 책은 곧 경험이다. 내가 찾고자 했던 경험은 이미 누군가에 의해 책으로 나와 있다. 내가 그것을 얻고자 한다면 지금 당장이라도 얻을 수 있다.

무엇을 배울 것인가?

내가 결정만 하면 된다. 내가 지금 무엇을 배워야 할지 결정만 한다면, 책을 통해 지금 당장이라도 원하는 것을 배울 수 있다. 다른 사람들이 수십 년 쌓은 경험을 단돈 만원과 몇 시간으로 살 수 있는 것이다. 이보다 빠르고 저렴하게 경험을 살 방법은 없다. 선택하면 된다. 지금과 같은 삶을 선택할 것인가? 아니면 책을 통해 지금까지 모르고 있던 것을 배우는 것으로 지금과 다른 삶을 선택할 것인가? 걱정만 하고 있을 것인가? 아니면 역동적으로 살아갈 것인가? 내가 선택한 대로 미래는 바꿀 수 있다. 하지만 선택하지 않는다면 미래는 절대 바뀌지 않는다.

필자는 인생을 바꾸기 위해, 지금과는 다르게 살기 위해 책 읽기를 선택했다. 읽은 책이 100권, 200권, 300권이 되면서 인생이 바뀌기 시작했다. 우리가 알고 있는 대부분의 성공한 사람들은, 성공의 뒷받침이 되어 주었던 것이 책이라고 말한다. 책을 읽는다는 것은, 나에게 필요한 것을 얻는 방법을 가르쳐주는 것이다. 책을 통해서 지금까지는 모르고 살았던 것들을 조금씩 알아가게 된다. 책은 지식을 열거하지만, 책을 읽는 것으로 우리는 지혜를 얻을 수 있다. 필요한 것은 이미 모두 책에 쓰여 있기 때문이다.

삶의 내비게이션

요즘 내비게이션이 없는 사람은 없을 것이다. 내비게이션이 처음 나왔을 때는 모르는 곳을 갈 때 참고하기 위해서만 사용했다. 하지만 요즘 내비게이션은 발전을 거듭해, 아는 길을 갈 때도 좀 더 빠른 길을 안내해 준다. 책도 그렇다. 처음에는 모르는 지식을 알기 위해서만 본다. 하지만 독서량이 많아지고 여러 권의 책을 보면, 지름길이 보이게 된다. 한 권의 책을 읽었을 때는 하나의 길만 보였다면, 10권의 책을 읽으면 10개의 길이 보인다. 다시 백 권, 천 권을 보면, 그만큼의 길이 보인다. 책 읽기는 내비게이션이 발전하는 것처럼 발전한다. 책을 통해 몰랐던 길을 찾을 수 있을 뿐만 아니라, 아는 길도 더 빠르고 편한 길을 알게 된다. 운전대를 잡으면 내비게이션을 먼저 켜는 것처럼, 책도 인생을 살아가면서 항상 켜져 있어야 한다. 매일 책을 읽고, 매일 생각함으로써 많은 길들 중 어떤 길이 내가 가야 하는 길인가를 계속 확인해야 한다.

아무리 책을 읽어도 인생의 변화가 없다면, 그것은 책 탓이 아닐 수도 있다. 내가 내비게이션을 보지 않고 앞만 보고 있지는 않은지, 내가 아는 길이 더 낫다고 하며 그 어떤 조언도 들으려 하고 있지는 않은지 돌아봐야 한다. 인생길의 운전은 어떠했는가? 항상 가던 길로만 가려고 하고 있지는 않은지 돌아보자.

인생길은 누구나 초보자다. 인생이 힘든 이유는 방법을 몰라서이다. 내가 원하는 삶을 살기 위해서는 책이라는 내비게이션을 켜 두어라. 그리고 책에서 가르쳐준 길로 가기만 하면 된다. 그렇게 우리는 자신이 원하던 목적지에 도달할 수 있다. 작가들이 알려주는 길을 따라가자. 분명히 빠르고 좋은 길을 찾을 수 있을 것이다.

아모르파티

'아모르파티', 김연자의 노래 제목으로 우리에게 너무도 익숙한 단어가 되었다. 하지만 이 의미를 제대로 알고 있는 사람은 얼마 되지 않을 것이다. '아모르파티amor fati'는 '운명을 사랑하라.'로 번역할 수 있는 라틴어 어구이다. amor란 사랑이요, fati는 파티가 아니라 운명이란 뜻이다. 고통, 상실, 좋고 나쁜 것을 포함하여 자신의 삶에서 발생하는 모든 것이 운명이며, 그 운명을 받아들이고 그것을 사랑한다는 것을 뜻한다. 독일의 철학자인 프리드리히 니체는 삶이 만족스럽지 않거나 힘들더라도 자신의 운명을 받아들여야 한다고 했다. 그러나 운명을 받아들인다는 것이 고난이나 어려움 등에 굴복하는 것이 아니다.

니체가 말하는 '아모르파티' 즉 '운명애(運命愛)'는 자신의 삶에서 일어나는 고난과 어려움까지도 받아들여, 고차원적이고 적극적인 방식의 삶의 태도와 목표를 가지라는 뜻이다. 니체가 한 말로 알려진 '아모르파티'는 운명을 사랑하고 적극적인 목표와 개선의 의지를 가지라는 멋진 의미를 담고 있다.

아비투스

하지만 피에르 부르디외Pierre Bourdieu는, '아비투스habitus'라는 개념을 제시하며 '아모르파티amour fati'에 대해 새로운 해석을 한다. '아비투스habitus'는 계급이나 계급분파의 '관행'을 생산하고 재생산하며 지속해서 생성력을 가지는 원칙을 말한다. 그는 '아모르파티amour fati'를 주어진 상황과 계급에 순응하는 태도로 해석했다. 운명 순응은, 자신과 같은 계급의 다른 사람이 성취한 것을 기준으로 야망을 품는다는 뜻이다. 우리는 아비투스 안에서만 야망을 품을 수 있다는 것이다. 야망이라는 것도 자신이 속해 있는 계급 안에서 다른 사람의 모습을 볼 수 있는 만큼의 한계로만 한정되며, 그보다 거대한 야망을 꿈꾸는 것이 어렵다고 말하고 있다. 운명을 사랑하고 개척하려는 모습, '아모르파티'도 자신의 계급이 속해 있는 한계 안에서 이루어진다는 다른 차원의 해석을 한 것이다.

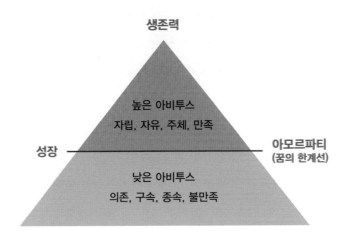

실현가능한 목표의 설정

성공은 방법을 다루는 많은 책에서, 간절히 꿈을 꾸면 이루어진다고 한다. 하지만 그렇게 간절히 꿈을 꿔서 이루어지는 경우가 과연 얼마나 될까? 그 꿈이 이루어지지 않는 이유는 무엇일까? 부르디외의 설명처럼, 우리가 생각하고 그것이 이루어질 것이라고 믿을 수 있는 한계선이 정해져 있기 때문이다.

내가 꿈꾸고 있는 모습의 한계를 생각해본다면, 피에르 부르디외의 해석은 충격적이기까지 하다. 한번 생각해보자. 나는 내가 얼마나 성공할 수 있다고 생각하고 있는가? 그리고 그 성공을 진실로 믿고 있는가? 성공을 생각하면서도 다시 그 성공을 의심하고 있다면, 당신은 자신의 아비투스 안에 갇혀 있을 가능성이 크다. 내가 지금까지 살아온 계층의 아비투스 안에서 벗어나지 못하고 있는 것이다. 너무 원대한 꿈은, 로또가 당첨되기를 꿈꿔도 이루어질 수 없는 것과 같다. 너무 원대한 꿈은 내가 그 꿈을 믿을 수 없기 때문이다. 성공이라는 것은 내가 믿을 수 있는 아비투스의 한계 속에서만 이루어진다.

이룰 수 있는 목표를 만들고, 그 목표에 맞는 계획과 그 꿈을 이루기 위해서 지속적인 노력을 가할 때, 우리는 자신이 꿈꾸는 목표에 도달할 수 있다. 그리고 그 목표와 성취가 아비투스의 한계점에 도달하는 순간, 우리는 한 단계 높은 아비투스가 또 있다는 것을 알게 된다. 지금까지 생각해왔던 세상과는 다른 세상이 있다는 것을 알게 된다. 우리는 그제야 이전에는 실현 불가능하리라 생각했던 것보다 한 단계 더 높은 꿈을 꾸게 된다. 그리고 자신의 현재의 아비투스를 벗어나 더 높은 아비투스 안에 들어가려는 목표를 가지게 된다. 그 아비투스에 들어서기 위해서는 자신이 속해 있는 아비투스의 벽을 깨야만 한다.

새는 알을 깨고 나온다

'새는 알을 깨고 나온다. 알은 새의 세계이다. 태어나려는 자는 한 세계를 파괴해야만 한다.' 『데미안』에 나오는 유명한 문장이다. 새가 되기 위해서는 알을 깨고 나와야 한다. 자신이 속한 세계와 자신이 가고자 하는 세계에 대한 명확한 인식이 있어야 한다. 그리고 자신이 속한 세계를 파괴하고 나아가야 한다.

자신이 누리던 대부분의 것들, 안정, 여유로움, 편안함 등이 가장 먼저 포기해야 할 것들이다. 이런 것들을 포기하고, 불안정, 바쁨, 불편함을 선택해야 하는가에 대해 고민을 하고 있다면, 지금 당신은 새로운 아비투스로 나아갈 준비를 하는 것이다. 지금까지는 해본 적 없는 일들과 고민을 만나기도 한다. 당신이 다른 모든 것을 포기하면서도 해야 하는 일이 있다면, 그것이 당신이 찾던 바로 그것이다. 그것은 당신의 생존력을 높이기 위한 행위이고, 그 행위를 위해 다른 것은 포기되어 마땅한 것이 된다. 자신이 속해 있는 아비투스를 벗어나 한 단계 높은 아비투스로 넘어가는 것은, 자신의 생존력을 한 단계 끌어올리는 것이다.

생존력

낮은 아비투스에 속해 있는 사람은 생존력이 낮고, 누군가에 의존해서 살아간다. 다른 이에게 또는 어딘가에 종속되어 있고, 현재의 삶에 불만족한 삶을 살아간다. 현재의 아비투스를 파괴하고 한 층 더 높은 아비투스로 넘어가는 것은, 생존력과 자유도를 높이는 것이다. 의존을 자립으로 바꾸고, 구속을 자유로 바꾸고, 종속된 삶을 주체적인 삶으로 바꾸는 것이다. 불만족한 삶이 만족스러운 삶으로 바뀌게 된다. 자신이 속한 아비투스를 넘어 한 층 더 높은 아비투스로 넘어가는 것이 생존력을 높이는 길이다.

선구자들의 무기를 장착하라

지금까지 내가 속해 있던 아비투스를 파괴하고 다른 아비투스를 넘어가는 과정에서, 많은 이들은 길을 잃고 다시 돌아오게 된다. 이때 나에게 힘이 되어주는 것은 책이 될 것이다. 아직은 경험해 보지 않은 세상에서 내가 무엇을 하고 어떻게 해야 하는지 망설이고 있을 때, 책은 당신이 나아갈 길을 가르쳐 줄 것이다.

당신이 궁금해 하지만 그 누구도 말해주지 않아서 힘들다면, 이미 수천 년의 역사 속에서 그 길을 걸어본 선구자들에게 도움을 청해라. 그들은 자신의 경험을 통해 내가 어떻게 가야 하는지, 그 길을 알려줄 것이다. 당신이 지쳐 쓰러져 있을 때 당신을 위로해 줄 것이다. 당신에게 지혜라는 무기를 쥐여 줄 것이다. 그들이 하는 이야기를 믿고 그 길을 따라가자. 그렇게 당신은 새로운 아비투스 속으로 스며들어 갈 것이다.

항해자가 되라

인생이란, 앞이 보이지 않는 망망대해를 노 저어 나가는 것과 같다. 때론 내가 어디로 가고 있는지, 그 끝에는 무엇이 있는지, 그 목적마저도 희미해질 때가 있다. 하지만 당신만 그런 것은 아니다. 어떤 일이든 결과를 알고 시작한 사람은 아무도 없다. 결과가 나오고 나서야 그 시작점의 중요성을 알게 될 뿐이다. 그 길의 끝에 무엇이 있는지 알 수 있는 유일한 방법은, 그 길을 가보는 것뿐이다.

03 나를 규명하는 독서

세상을 열어주는 열쇠, 독서

필자가 독서를 시작한 이유는, 아직 만나보지 못한 세상을 만나보고 싶었기 때문이다. 독서를 했을 뿐인데, 필자에게는 정말 많은 변화가 일어났다. 필자는 지금도 스스로 책을 쓴다는 것이 이상하고, 강의를 한다는 것이 이상하고, 사람들이 나를 작가라고 부르는 것이 이상하다. 불과 몇 년 전만 해도 필자는 평범한 직장인이었기 때문이다.

성공한 많은 사람들의 뒤에 독서가 있었다는 이야기를 들었지만, 마음 한구석에서는 그 말이 의심스러웠다. 필자처럼 평범한 사람이 책을 읽는 것만으로 인생이 변할 수 있기는 할지, 책을 읽는다는 것은 그저 지식을 쌓는 것 정도가 아닌지 하는 의구심이 일었다. 성공한 사람들은 책을 읽는 것 외에도 특출한 재능이 있는 사람, 흔히 말하는 난 사람이기에 그렇게 된 것이 아닐까 하는 의심이었다. 하지만 필자는 이제 더 이상 그런 의심을 하지 않는다. 매년 책을 읽으며 변화하는 자신을 마주하고 있기 때문이다. 단순히 지식의 양이 많아진 것이 아니다. 아직은 보잘것없지만, 정말 많은 것들이 변하고 있다. 지식을 넘어 지혜의 양이 많아졌고, 책을 쓰는 작가가 되었고 여러 모임을 진행하고 있으며, 강의를 하고 있다. 그리고 앞으로 더 많은 변화가 찾아오리라는 것을 이제는 안다.

나를 규명하는 독서

필자는 독서를 통해서 많이 변했지만, 독서가 필자를 만들었다고 생각하지는 않는다. 독서는 자기를 깨우는 과정일 뿐이다. 독서만 한다고 해서 책에 있는 지식이 내 것이 되거나 나를 변화시키지는 않는다. 독서는 내가 가지고 있는 것이 무엇인지를 아는 것이고, 내가 가지고 있지 않은 것이 무엇인지를 알려주는 것이다. 내가 가지고 있는 것은 내가 이미 경험한 것들이다. 우리는 살면서 충분히 많은 경험을 했다. 이미 우리는 충분히 잘해 왔고, 충분히 훌륭한 상태였다. 다만 자신이 그것을 명확히 보지 못하고 있을 뿐이다.

독서는 나를 깨우는 작업이다. 내가 이미 가지고 있는 경험을 통해서 지혜를 꺼내는 작업이다. 내가 가지고 있었지만, 무엇을 가지고 있는지 모르고 있던 내가 독서를 하며 깨어나기 시작한다. 내가 가지고 있던 경험의 파편들이 독서를 통해서 연결되면서, 점이 선이 되고 그 선이 면이 되는 순간, 우리는 깨어남을 맛볼 수 있다. 독서는 그런 경험의 점들을 선으로 그리고, 다시 면으로 만들어주는 것이다. 면으로 연결된 경험의 파편들은 엄청난 힘을 발휘한다. 자신도 믿을 수 없는 일들을 하거나 세상이 놀랄만한 것들을 만들어 낸다. 필자도 처음에는 이런 얘기를 처음 들을 때 사실일까 하는 의구심이 들었다. 하지만 이 제는 그렇지 않다. 책에서 나오는 성공한 사람들이 가던 길을 나도 가 고 있다는 것을 알기 때문이다.

독서로 나를 깨우는 과정, 방법

처음에는 어떤 대단한 것을 바라고 읽을 필요는 없다. 그냥 읽으면 된다. 하지만 한편으로는 그냥 읽어서는 안 된다. 시작할 때는 무언가 대단한 것을 바라지 않아도 되지만, 계속해서 바꾸어 나가야 한다. 필 자가 책에 대해서 무언가를 해야겠다는 생각이 들기 시작한 것은, 책 을 읽은 지 2년이 넘어가는 시점이었다. 200여 권의 책을 읽고 나니 변 화가 찾아오기 시작했다. 사람마다 차이는 있다. 하지만 일정 양이 채 워지면 변화는 분명히 찾아온다.

독서 3년 차가 되면서 글을 쓰기 시작했다. 글을 쓰면서 알게 된 것 은 내 생각이 명확하지 않다는 것이었다. 머릿속에 많은 생각이 있다 고 생각했지만, 막상 글로 쓰고 보니 생각이 그리 많지 않았던 것이 다. 글쓰기를 하면서 내 생각의 한계를 다시 한 번 알게 되었다. 글 쓰 는 능력이 부족한 것이 아니라, 내 생각이 깊지 않았다는 것을 그때서 야 알게 되었다. 매일 글을 쓰고 1년에 100개 이상의 서평을 쓰면서 글을 쓰는 능력이 향상되는 것을 느꼈고, 동시에 생각이 깊어진다는 것을 느꼈다. 글이라는 것은 신기하게도 생각을 변화하게 해준다. 그리고 생각이 변하면 다시 글쓰기도 변한다.

글만 쓴 것이 아니었다. 매일 조금씩 나아지기 위해 아침운동을 하고 명상을 하며 하루를 맞이했다. 책에서 그렇게 하라고 쓰여 있었기 때문에 시작한 것이었다. 새로운 사람을 만나고, 저자의 강의를 찾아다니고, 블로그를 보며 만나보고 싶은 사람을 만나고, 새로운 프로그램에 참여했다. 이 모든 것이 책에 쓰여 있던 것이었고, 나는 그 조언을 따랐을 뿐이었다. 그렇게 글을 쓰고, 생각이 바뀌고 행동이 변하니, 삶이 변하고 내가 변하기 시작했다. 매일 어제와 다른 나를 만나기 시작했고, 어제의 나보다 나은 내가 되는 것을 느낄 수 있었다.

변화의 시작

글을 쓰기 채 일 년이 안 되어서 나는 강의를 시작했다. 첫 책의 초고를 완성했고, 작가들과의 인맥이 생겼고, 몇 개의 독서모임 진행을 의뢰 받았다. 지금도 그렇지만, 필자는 평범한 직장인이다. 직장을 다니면서 이런 변화가 찾아왔다. 흔히들 습관처럼 핑계를 댄다. 습관처럼 핑계를 대는 이유는 핑계를 대는 것이 습관이기 때문이다. 우리는 너무나 자주 환경을 탓하는 것에 익숙해져 있다. 내가 지금 변하지 못하는 이유가 다른 누구 때문에 그렇다고 이야기한다. 정말 그럴까? 절대 그렇지 않다.

환경은 나에게 주어진 것인가? 아니면 내가 환경을 만든 것인가? 내가 처해 있는 모든 환경은 나의 선택에 의한 결과다. 내가 현재 처해 있는 환경을 겸허히 받아들여라. 이 모든 것은 나의 선택에 의한 것이다. 내가 만약 환경이 바뀌기를 기다린다면, 그 환경은 절대 오지 않을 것이다. 나의 환경을 바꾸기 위해서는, 내가 지금까지 해왔던 선택과는 다른 선택을 해야 한다. 다른 환경은 나의 다른 선택으로 찾아온다.

나의 가능성을 의심하라

꿈이 있고, 그 꿈을 이루고 싶다면 자신이 성장해야 한다. 꿈은 시간이 지나면 자연히 이루어지는 것이 아니다. 성장을 통해서 지금보다 나은 사람으로 계속해서 변화해야만 자신이 원하는 꿈에 다가설 수 있다. 삶의 목적을 발견하고, 자기 인식을 높여야 하며, 지금보다 더 많이 움직여야 한다. 지금까지와는 다른 사람을 만나야 하고, 계속해서 노력을 통해 매일의 성공을 계속해서 성취해야 한다.

알을 깨는 것은 비밀 상자를 여는 것과 같다. 아직은 나조차도 모르는 세상의 문을 여는 것이다. 그 문 뒤에 무엇이 있는지 아직은 알 수 없다. 하지만 한 번 그 문을 열고나면, 지나온 시간과 노력과 행동들이 명확히 보인다. 우리는 모두 뒤를 돌아볼 수는 있지만, 앞을 볼 수는 없다. 안개로 가득한 곳을 벗어나는 것은 그 길을 걸어가는 것뿐이다.

04 　명확해져라

마이클 조던의 눈물

1996년, NBA 우승컵을 거머쥔 마이클 조던Michael Jordan은 라커룸에 돌아와서 울음을 터트렸다. 1993년, 정신적 지주였던 아버지가 총에 맞아 사망한 후, 조던은 아버지가 원했던 야구를 하겠다며 돌연 농구계에서 은퇴를 선언한다. 그 후 조던은 MLB 마이너리그에서 선수로 뛰었다. 1994-95시즌 NBA에 복귀한 후, 1996년에 그는 다시 우승컵을 거머쥐었다. 그리고 그날은 바로 '아버지의 날'이었다.

조던은 시카고 불스에서 6차례 우승(91·92·93·96·97·98년)을 차지했고, 6번 모두 파이널 MVP에 선정됐다. 정규리그 MVP에 5번 뽑혔고, 득점왕에도 10번이나 올랐다. 조던은 NBA의 트레이드 마크이자 농구 황제였으며, 역사상 최고의 선수였고 앞으로도 그럴 것이다.

1994-95시즌 복귀 후, 그는 프리시즌 기간에 〈스페이스 잼〉이라는

영화를 찍기도 했는데, 촬영 중 다시 농구에 맞는 몸을 만들기 위해 영화 촬영지에 농구장과 헬스장을 만들어 줄 것을 제작진에게 요청했다. 15개월을 투자해서 야구에 맞는 몸을 만들어 놨는데, 이제는 다시 농구에 맞는 몸을 만들어야 했던 것이다. 몸을 바꾸는 것뿐만이 아니라, 농구 감각도 다시 찾아야 했다. 그는 촬영이 끝나면 매일 농구 선수들을 불러 게임을 했다. 아침 일곱 시부터 저녁 일곱 시까지 영화를 찍고, 중간에 두 시간의 휴식 시간에는 운동을 했다. 촬영이 끝난 일곱 시부터는 NBA 선수들과 서너 시간씩 농구를 했다.

레지 밀러Reggie Miller는 당시 상황에 대해 이런 말을 했다.

"나는 어떻게 그렇게 했는지 모르겠어요. 온종일 영화 촬영을 하고 세 시간 동안 뛸 에너지가 어디서 나왔는지 모르겠어요. 우리는 아홉 시 열 시까지 농구를 했었거든요. 거기에 웨이트 트레이닝까지 해야 했고, 아침 여섯 시 일곱 시에 일어나 영화 촬영을 했죠. 그걸 어떻게…. 무슨 뱀파이어인 줄 알았어요. 진짜로요."

조던이 시카고 불스에 복귀했을 때, 스카티 피펜Scottie Pippen을 제외하고는 모든 선수진이 바뀌어 있었다. 스티브 커는 당시 매일이 전투 같았고, 그해 프리시즌 훈련 강도는 믿을 수 없을 정도였다고 했다. 마이클 조던은 당시 상황에 대해서 이렇게 이야기한다.

"제가 복귀했을 때 불스는 똥통이었어요. 그런 상황에서 우승 능력이 있는 팀으로 발전해야만 했죠. 그러니 특정 기준을 갖고 훈련을 해야 했습니다. 대충 살살 뛰거나 장난치면서 키득거리는 게 아니라 준비된 자세로 와야 하는 거예요."[1]

마이클 조던이 이렇게 6번의 우승을 거머쥘 수 있었던 이유는 무엇일까? 15개월이나 농구코트를 떠나 야구선수 생활을 했던 마이클 조던이, 다시 NBA에서 우승할 수 있었던 힘은 어디에서 나왔을까? 마이클 조던이 명확한 목표를 가지고 있었기 때문이다. 바로 우승에 대한 집념이었다. 마이클 조던은 그 누구보다 우승의 집념이 강한 사람이었다고 지인들은 말한다. 마이클 조던은 매 게임마다 자신이 이겨야 하는 명확한 이유를 만들었고, 이유가 없으면 자신이 그 이유를 만들어서 이기고자 했다. 자신을 쫓아오지 못한 팀원과는 함께 농구를 할 수 없다고 하며 팀원들을 한계까지 몰아붙였다. 그는 누구보다 더 우승컵을 거머쥐고 싶어 했고, 우승에 대한 명확한 목표를 가지고 있었다. 그리고 마이클 조던 자신은 팀원 누구보다 강한 훈련을 했다. 그가 하지 못하는 것을 팀원에게 시키지 않았다.

망설이고 있다면

내가 정말 멋지고 그럴싸한 계획을 세우고도 지금 망설이고 있다면, 그것을 해야 하는 이유가 명확하지 않다는 뜻이다. 내가 군이 지금 그 일을 해야 하는가에 대해 불명확한 상태라는 반증이다. 명확하지 않으니, 할까 아니면 하지 말까 사이에서 망설이게 된다. 내가 가지고 있는 목표가 명확하다면, 그리고 그 목표를 이루기 위한 계획이 명확하다면, 다시 계획을 이루기 위해 해야 할 일들이 명확하다면, 그리고 지금 해야 하는 일들이 명확하다면, 그 일을 미룰 수도 없고 해야 할지 하지 말지 망설이지 않는다.

어떤 분이 브런치 작가를 신청해도 계속 떨어진다고 했다. 그분에게 쓰려고 하는 글 목차 좀 보여 달라고 했더니, 신청할 때마다 목차가 계속 변해서 지금은 가지고 있지 않다고 했다. 목차가 명확하지 않다는 것이다. 작가 신청할 때 불명확한 목차로 신청을 하는 것이었다. 브런치에 쓰고 싶은 글이 명확하다면, 신청할 때마다 변경할 것이 아니라 그 목차를 수정해서 발전 시켜 재신청을 하는 것이 맞다. 쓰고자 하는 내용도 명확하지 않은 상태에서 신청하니, 신청할 때마다 목차도 계속 변하게 되는 것이다. 이런 명확하지 않은 상태로 브런치 작가가 된다고 해서 과연 좋은 글을 쓸 수는 있을까? 자신이 쓰려고 하는 글도 명확하지 않은데, 군이 브런치 작가를 신청하는 이유는 무엇일까? 브런치 작가를 신청하기 전에 우선 내가 쓰고자 하는 글이 어떠한 것인지를 명확하게 해야 한다.

자신이 명확하지 않기 때문에 스스로 흔들리게 되고, 주위에 휘둘리게 되는 것이다. 필자가 만난 성공한 사람들은, 모두 목표와 계획과 행동이 명확했다. 명확할 뿐만 아니라, 관련된 숫자를 외우고 다닌다. 정확한 날짜, 정확한 금액, 지금까지 해온 것들의 숫자. 진척도까지 외우고 다닌다. 자신의 현재를 명확히 인지하고 있어야 한다. 자신이 가고자 하는 곳을 명확히 그려보자. 그리고 내가 하고 있는 선택을 살펴보자. 나의 선택들이 내가 가고자 하는 곳과 방향이 다르다면 그 방향을 수정해야 한다. 만약 내가 잘못된 길을 가고 있다는 것을 모른다면, 절대 방향을 바꿀 수도, 목적지에 도착할 수도 없다.

독서는 쉬운 일이다

내가 이루고자 하는 일이 있다면, 그 길을 가는 동안 벌어질 일 중에 책을 읽는 것은 쉬운 일이다. 엉덩이만 붙이고 있다면 누구나 할 수 있는 일이기 때문이다. 책을 읽다가 졸리면 잠시 자고 일어나서 읽으면 되고, 이런저런 생각이 나면 그 생각을 했다 다시 읽으면 된다. 독서를 하는 것보다 생각하는 것은 더 어려운 일이고, 행동을 하는 것은 그것보다 더 어려운 일이다. 지금 독서가 힘들고 시간이 부족해서 못한다고 한다면, 정말 자신이 원하는 것을 이룰 수 있을지 생각해보기 바란다. 내가 그것을 이루고 싶기는 한 것인지 명확한 생각을 가지고 있는지 스스로에게 물어보길 바란다.

독서가 힘들다면, 내가 가는 길에 있어 닥쳐올 수많은 장애물에 걸려 넘어져 다시 제자리로 돌아올지도 모른다. 실천하는 사람만이 꿈을 끌어당길 수 있다. 꿈을 꾸고 실천을 하지 않는다면, 꿈은 꿈속에서만 볼 수 있는 그런 것이다. 그리고 그 사람은 현재와 같은 내일을 맞이할 것이다. 모든 것은 명확해야만 힘이 생긴다. 그 힘은 추진력이 되고, 내가 앞으로 나아갈 힘을 준다. 명확해지는 것으로 나를 단단히 만들어야 한다. 강한 사람이 되어야 한다.

단단해져라

뿌리 깊은 나무는 바람에 흔들리지 않는다. 내가 단단한 마음을 가지고 있으면, 다른 사람의 말에 영향을 받지 않고 내가 가야 하는 길을 묵묵히 걸어갈 수 있다. 할 일이 명확하다는 것은 단단한 마음을 가지고 있다는 뜻이다. 그렇게 묵묵히 걸어가서 내가 원하는 목적지에 도착하면, 그동안에 다른 사람들로부터 불어오던 바람은 인정과 부러움으로 바뀌게 된다. 내가 가야 하는 방향과 길이 명확하다면, 그 길을 걸어가면 된다. 그 길을 가야 하는 이유도, 가야 하는 목적지도 명확하지 않으면 흔들리게 된다. 내가 원하는 것을 명확해져야 세상도 나의 질문에 명확하게 대답한다.

05 즐길 수 없다면, 즐길 수 있게 만들어라

몰입

미하이 칙센트미하이의 저서 『몰입flow』에서는 즐거움이 동일하게 가지고 있는 8가지의 요인을 제시한다.

첫째, 도전하여 성공할 가능성이 있는 과제여야 한다.
둘째, 본인이 하고 있는 행위에 집중할 수 있어야 한다.
셋째, 과제에 대한 명확한 목표가 있어야 한다.
넷째, 즉각적인 피드백을 받을 수 있어야 한다.
다섯째, 일상에 대한 걱정이나 좌절을 의식하지 않고, 자연스럽고도 깊은 몰입 상태로 행동해야 한다.
여섯째, 통제 가능하다고 느낄 수 있어야 한다.
일곱째, 자아의식이 사라진 상태가 된다.

여덟째, 시간의 개념이 왜곡된다.

도전과 응전

첫째와 둘째는 도전과 응전이라는 말로 대체할 수 있다. 즐거움이
되는 행위의 기본 조건은 내가 충분히 도전할 수 있는 과제여야 한다
는 것이다. 그리고 그 행위에 충분히 집중할 수 있는 것이어야 한다.

즐거워 보이기는 하지만 내가 도전을 해도 이루기 힘들다는 생각
이 먼저 든다면, 그 일은 즐거움이 반감되어 버린다. 내가 시도해서 충
분히 성공할 수 있다는 생각이 드는 행위일 때, 도전하고 싶은 욕구
가 생긴다. 그리고 그 성공 가능한 도전에 내가 응전을 하면서 집중하
게 된다. 지금 당장 도전해서 성공할 가능성이 충분한 것이어야 한다.
그리고 그 도전에 응하면서 충분히 집중을 할 수 있는 것이어야 한다.
즉 행위 자체에서 즐거움이 되는 것이어야 한다. 한 산악인이 왜 산에
오르느냐는 질문에 "산이 거기에 있으니까요."라고 했다. 그 행위 자체
가 충분히 집중이 가능해야 한다. 그래야 즐거움의 기본 조건이 완성
된다.

명확한 목표와 즉각적인 피드백

도전과 응전이 가능하다면, 목표 설정을 명확히 해야 한다. 음악을
하든, 그림을 그리든, 공부를 하든, 초보자가 지금 당장 전문가가 하는

것을 목표로 한다면 즐거움이 사라진다. 무언가를 배우고자 할 때는 도달 가능한, 쉽고 명확한 목표를 설정해야 한다. 도전 목표가 너무 쉬우면 지루해지고, 반대로 높으면 불안해진다.

목표는 내가 현재 할 수 있는 것보다 조금 더 어려운 것이 좋다. 그리고 그 목표에 도달했을 때 즉각적인 피드백이 있어야 한다. 사람들이 스포츠를 하며 즐거움을 느끼는 이유가 여기에 있다. 골프를 예로 들어보자. 사람들은 잘 맞은 공이 하늘을 날아갈 때 희열을 느낀다고 한다. 공을 치겠다는 작고 명확한 목표, 그리고 공이 맞았을 때 몸에 전달되는 진동, 멀리 날아가는 공의 모습이 즉각적인 피드백이 되는 것이다. 문제는 그 공이 날아가는 모습을 보며 즐거움을 느끼려고 고개를 돌리는 순간 자세가 흐트러지는 데에 있다. 그만큼 즉각적 피드백은 강력하다.

몰입과 통제 그리고 자아의식 없는 시간의 왜곡

첫째부터 넷째까지의 조건인 도전과 응전이 가능한 행위에 명확한 목표와 피드백이라는 조건이 갖추어지면, 그 행위를 하면서 우리는 즐거움을 느끼게 된다. 일정한 한계를 넘어선 전문가들이 성취를 이룬 다음에 하는 말이 있다.

"그 시간이 어떻게 흘러갔는지 모르겠어요. 시작했다고 생각하는 순간 바로 모든 것이 끝나버렸어요. 너무나 멋진 순간이었죠."

극도의 즐거움을 경험한 사람들은, 자아에 대한 의식이 사라지며 그 상황에 몰입하게 된다. 자아의식이 사라지는 것은, 인식의 경계 아래로 미끄러져 가는 것과 같다. 자신과 행위가 하나로 일치되어 주위의 모든 것을 잊고, 온전히 그 하나에만 집중하는 시간을 가지게 된다. 이때의 시간은 일반적인 시간처럼 흐르지 않는다. 어떤 장면에서는 한없이 늘어지고, 어떤 장면은 완전히 축소된다. 절대적 시간은 사라지고 상대적 시간으로 바뀌게 된다.

즐겁게 하라

이런 즐거운 일이 항상 대기하고 있는 것은 아니다. 하지만 즐거움의 요인을 통해 즐겁지 않은 일에도 즐거움을 부여할 수 있다. 내가 지금 게임을 하고 있다고 생각한다. 그리고 아주 작고 명확한 목표를 설정한다. 예를 들어 책을 읽을 때는 이런 목표들을 설정할 수 있다.

주요 단어 몇 번 반복되는지 찾기, 같은 부분 두 번 읽지 않기, 10분 내 읽을 수 있는 양을 늘리기, 질문거리 하나 찾기, 생각을 포스트잇으로 적기 5번 하기, 블로그 포스팅 할 소재 찾기, 책 내용 강의로 만들며 읽기, 독서모임 발표할 거리 3개 찾기, 30분 안에 몇 페이지 읽을 수 있는지 기록 경신하기, 책에서 가장 중요한 내용 한 문장으로 요약하기 등등…….

이런 목표를 설정하고 읽기 전에 자신에게 강하게 주지시키면, 그 목표에 따른 독서를 할 수 있다. 그리고 성공의 경험을 할 수 있다. 이런 목표가 독서를 하는 동안 몰입을 가능하게 하고, 자아에 대한 의식이 희미해지며, 시간마저 왜곡되는 경험을 한다. 필자도 이런 내용을 모르고 독서를 시작했지만, 시간이 지나자 목표가 있는 독서로 자연스럽게 연결되었다. 독서가 아닌 다른 일이라도 같은 행위를 반복적으로 계속하다 보면, 또 다른 것으로 점차 발전해 나간다. 그리고 자신만의 스킬도 생긴다. 발전하지 않는 이유는, 그 행위를 동일한 방식을 변화 없이 지속하기 때문이다. 동일한 행위도 매번 다른 생각을 가지고 하면, 분명 발전하고 즐거움이 생긴다.

06 인생 최고의 나를 만난다

나의 인생 책이 무엇인가?

좋은 지식을 얻기 위해서는 내가 변해야 한다. 얼마 전에 누군가가 이런 질문을 했다.

"작가님의 인생 책은 무엇인가요?"

그 질문에 할 말을 잃어버렸다. 몇 년 동안 꾸준히 좋아했던 책은 많았다. 그런데 인생 책이라니? 딱히 떠오르는 책이 없었다. 그 동안 정말 좋은 책들을 많이 만났다. 그 책들로 인해 나의 인생이 변했으며, 새로운 세상을 바라볼 힘이 되었다. 하지만 그런 생각이 몇 년 동안 계속 유지된 것은 거의 없다. 그 이유는 내가 변하고 있기 때문이었다. 이전에는 옳다고 생각하던 생각과 지식도, 또 다른 책을 통해서 더 좋은 생각이 나고 더 좋은 지식을 얻기 때문이었다.

나의 최고의 글이 있는가?

또 다른 분은 글쓰기에 대해 이렇게 질문했다.

"블로그를 시작한 지 얼마 안 되었는데요. 지금 너무 좋은 글을 썼는데 지금 이 글을 올려야 할까요? 아니면 이웃이 좀 더 늘어나면 올리는 게 나을까요?"

필자는 그분에게 지금 당장 올리라고 조언해 주었다. 글을 쓰고 나면 그럴 때가 있다. 내가 쓴 글이지만, 다시 봐도 너무 잘 썼다는 생각이 들 때가 있다. 어떻게 내가 이런 글을 썼는지, 내가 봐도 대견할 때가 있다. 하지만 그 글은 거기까지다. 그 당시만 대단해 보이지 나중에 시간이 지나서 다시 보면, 그냥 그런 글 중 하나일 때가 대부분이다. 마치 밤에 감수성이 예민해져 글을 썼을 때는 잘 쓴 것처럼 생각되지만, 아침이 되어 이성적으로 글을 다시 보면 낯부끄러운 글이 되는 것처럼 말이다.

생각도, 글도 그러하다. 시간이 지나서도 내 생각과 내 글이 처음과 같이 멋져 보인다면, 자신의 성장을 경계해야 한다. 시간이 지나서도 멋져 보인다는 것은 그 당시와 변화가 없었다는 뜻이다. 내가 매일 조금씩 성장하고 있다면, 이전의 생각과 글에 부족함이 보여야 한다. 글을 썼을 당시보다 지금 더 성장했기 때문이고, 지금 쓰는 글이 당시의 글보다는 나아졌기 때문이다.

매일 성장하기로 결정했다

매일 책을 읽는다는 것은 매일 공부하고 매일 성장하는 것이다. 매일 성장하는 사람은 어제보다 나은 나를 만나는 사람이다. 지금의 내가 전보다 나아졌다는 것에 큰 의미를 두지 말기 바란다. 지나고 나면 그 당시의 모습은 다시 작아 보인다는 것을 알기 때문이다. 매일 책을 읽고 자신이 설정한 길을 가면, 지난 시절의 내가 작아 보이는 경험을 계속해서 하게 된다. 일 년이 지나면 일 년 전의 내가 작아 보이고, 다시 일 년이 지나면 다시 일 년 전의 내가 작아 보인다. 하지만 어느 정도 성장을 했다는 생각이 들 때가 있다. 자존감이 높은 것은 장점이지만, 자만심이 높은 것은 위험하다. 더 이상의 성장을 멈추고 현재에 머무는 상태가 될 수 있다. 잔에 물이 가득 담기면, 아무리 물을 부어도 넘쳐흐르기 마련이다.

7할까지만 채워라

계영배는, 고대 중국에서 과욕을 경계하기 위해 하늘에 정성을 드리던 의기儀器였다. 술을 채우면 7할만 차고 나머지는 넘쳐버리도록 만들어진 잔이다. 과욕을 경계하기 위함이다. 공자가 제齊나라 환공桓公이 계영배를 늘 곁에 두고 자신의 과욕을 경계하는 것을 보고 이를 본받아 곁에 두고 자신을 가다듬었으며 과욕과 지나침을 경계했다고 한다.

계영배에 잔을 가득 채우면 물이 넘치듯, 지식도 가득 차 있으면 잃어버릴 수 있다. 내가 너무 하나만 집착하거나 자만심으로 가득하면, 그것이 자신을 집어삼킨다. 더 이상의 지식이 들어설 자리를 잃어버린 다. 어떤 좋은 말도, 그 어떤 좋은 생각도 들어설 자리를 잃게 된다. 다른 사람이 아무리 좋은 말을 해주어도, 책을 통해 새로운 지식을 알게 되어도 자기 생각에 매몰되어 아무것도 들리지 않는 귀머거리가 되어 버린다. 자만과 과욕은 오히려 모자란 것보다 못하다. 잔을 가득 채우는 사람은 계영배처럼 그 모든 것을 잃게 될 수 있다. 내가 잔을 너무 가득 채운 것은 아닌지 항상 경계해야 한다.

모든 것은 변한다

정말 좋은 책을 만났다고 생각되면, 그 책에서 배울 수 있는 모든 것을 배워 내 것으로 만들어라. 그리고 충분히 내 것이 되면 그것으로 나를 표현해 보자. 그 표현이 지겨워질 정도가 되면 이것으로는 충분하지 않다는 것을 비로소 알게 될 것이다. 그리고 그 책을 다신 펼쳐보면, 이전에 느꼈던 감정과는 사뭇 다르다는 것을 알게 된다. 하나에 매몰되어 있을 때는 다른 것이 보이지 않는다. 마치 사랑에 빠지면 상대방의 단점이 보이지 않는 것과 같다. 하지만 시간이 지나고 한 발 물러나서 다시 보면, 단점이 보인다.

사랑하고 매몰되어 있어야 하는 것은 지식이 아니다. 지식은 변할 수 있다. 지식을 사랑하지 말고 지식이 변할 수 있다는 사실을 사랑해야 한다. 변화하지 않는 모든 것은 죽은 것이다. 지식을 사랑하는 것은 죽은 것을 사랑하는 것이다. 변화에 열광하고 변화를 사랑해야 한다. 당신이 변하고자 한다면, 지금 당장 변하라. 지금의 그 마음이 내일까지 있을지는 아무도 모른다. 지금까지 당신의 삶을 보면 알 수 있을 것이다.

변하지 않는 것, 태도

변하지 않는 것은 오직 나의 태도밖에 없다. 매일 조금씩 나아지겠다는 태도는 변하지 말아야 한다. 항상 노력하는 자세, 배우려는 자세로 책이 주는 가르침과 다른 사람의 이야기에 귀를 기울여야 한다. 이런 태도만은 변하지 않아야 한다. 그 외의 모든 것들은 변해야 한다. 항상 변화의 중심에서 그 어느 쪽에도 치우치지 않는 중도의 삶을 택해야 한다.

07 생존력

욕망의 시작

필자가 인도에 거주할 때였다. 내 차를 운전하는 분은 지방에서 온 사람이었다. 학교는커녕 정규 교육을 받아본 적도 없는 사람이었다. 처음에는 부유한 집에서 요리하는 것으로 시작하여 운전사가 되었고, 결국 내가 있던 에이전트의 운전사가 되었다. 그는 바나나 잎으로 만든 가건물에서 살고 있었다. 제대로 된 집이 아니고, 벽과 지붕을 바나나 잎 몇 장을 이은 집이었다. 사용하는 언어도 달라서 다른 사람들과 말도 통하지 않았고, 대화도 짧은 단어 몇 개로만 소통했다. 아무런 욕심도 없이 살던 이 친구가 내 차를 운전하면서 조금씩 변하기 시작했다.

내가 사는 모습을 보면서 갖고 싶은 것이 하나 둘 늘어나기 시작했다. 처음에는 차 오디오를 사고 싶다면서 돈을 빌려달라고 몇 개월간

졸랐다. 결국 에이전트에서 라디오를 달아주었다. 얼마 후에는 텔레비전을 임대할 돈을 빌려달라고 했다. 에이전트에서 그 돈도 빌려주었다. 그리고 다시 얼마 지나자 벽돌로 된 집을 갖고 싶다면서 돈을 빌려달라고 했다. 다시 몇 개월이 지나 에이전트에서 돈을 빌려주었고, 그는 벽돌로 된 집을 지었다.

나를 만나기 전에는 자신의 현재 상황에 만족하던 사람이었다. 나와 함께 하면서 자신이 살아가는 세상과 다른 세상이 존재한다는 것을 인지하게 된 것이다. 그리고 자신도 조금씩 변하고 싶다는 욕망이 생긴 것이다. 그 욕망은 라디오에서 텔레비전으로, 그리고 집으로 발전되었으며, 결국에는 텔레비전이 있는 벽돌집에서 살 게 된 것이다. 만약 그가 나를 만나지 못했다면, 아직도 바나나 잎으로 된 가건물에서 살아가고 있을지도 모른다. 옆집도 그 옆집도, 동네 전체가 그렇게 비슷하게 살아가고 있는 상황에서 그 친구가 생각할 수 있는 한계는 딱 옆집의 삶 정도였던 것이다. 하지만 나를 만나고 나서 삶의 목표가 바뀌기 시작한 것이다. 자신이 생각할 수 있는 한계가 변해 버린 것이다.

모든 선택의 순간이 기회의 순간이다

그의 변화를 보면서 참 많은 생각이 들었다. 못살아도 마음이 행복했던 시절이 나은 것일까? 아니면 잘 살면서 행복도가 낮아지는 것이 나은 것일까? 아직도 어떤 것이 나은 것인지는 잘 모르겠다. 하지만 명확한 것은, 한 번이라도 자신의 삶보다 높은 수준의 삶이 있다는 것을 인지하고 나면, 다시는 예전으로 돌아갈 방법이 없다는 것이다.

그가 부잣집에서 일하지 않았다면 음식을 배울 기회가 없었을 것이다. 음식을 배우지 않았다면 운전을 하지 않았을 것이고, 결국 내 차 운전사도 되지 못했을 것이며, 지금도 인도의 작은 시골에서 살고 있을 것이다.

이처럼 미래는 선택에 따라 결정된다. 우리는 매일 수백 가지의 선택을 하고, 그 선택들에 의해 미래가 만들어진다. 내가 지금 내리는 선택으로 기회가 만들어지는 것이다. 기회가 찾아오기를 기다리지 마라. 기회가 찾아오지 않는다면 스스로 만들면 된다. 나의 선택으로 기회를 만들어라. 그리고 그렇게 만들어진 기회를 잡아라. 기회가 없는 이유는 당신이 기회를 두려워하기 때문이다.

자기계발에 실패하는 이유

코로나로 인해 지금 자기가 하고 있는 일 외에 자기계발을 위해 다른 활동을 하는 사람들이 점점 많아지고 있다. 독서, 블로그 포스팅, 유튜브, 부동산 공부, 영어 공부, 습관 만들기, 운동 등 그 분야도 다양해지고 있다. 처음 시작할 때는 대단한 목표를 세운다. 또 조만간 유명인이 되리라 여긴다. 하지만 이런 활동을 하는 대부분의 사람들이 곧 뚜렷한 성과를 내지 못하고 포기해 버린다. 그리고 또다시 다른 일에 도전하지만, 그 일 역시 뚜렷한 성과를 내지 못한다.

변화와 성장을 위해서 선택한 일을 얼마 지나지 않아 포기하는 이유는 무엇인가? 그 활동을 해야 하는 명확한 이유를 가지고 있지 않기 때문이다. 지금 하는 행위가 나의 생존력을 높이는 것과 연관되어 있지 않다면, 그 일을 지속해서 활동력을 가지고 있지 않다는 뜻이다.

생존력을 높이기 위한 자기계발

무엇을 해야 할지 결정을 하는 것은 어려운 일이 아니다. 주위에서 자기계발을 하는 사람들을 보고 그 사람들이 추천해주는 것, 그리고 미디어에 많이 나오는 것 중 자신이 할 수 있을 것 같은 쉬운 것을 선택하면 된다. 그리고 보통 그런 방법으로 자기계발에 대한 주제를 선택한다. 그리고 2~3개월도 채 되지 않아 대부분 포기한다.

포기하지 않고 지속해서 자기계발하는 소수의 사람이 있다. 그들은 조금씩 하지만 꾸준히 한다. 그 활동에 점차 익숙해지고 조금씩 실력도 상승한다. 그러면서 그것을 하는 것에 익숙해진다. 그런데 이상하게도 어느 정도 익숙해지다 보면 이런 생각이 든다.

'내가 이 일을 왜 하는 거지?'

그리고 하면 할수록 공허해진다. 그 생각이 점차 커지면 결국 그만두고 다른 일을 찾게 된다.

자기계발과 생존력

　지금까지 많은 자기계발 프로그램이나 강의를 듣고 실천해 봐도 매번 실패를 거듭하는 바람에 다시 새로운 것을 찾고 있다면, 그 일이 자신의 생존력과 연관되어 있지 않은지 의심해 봐야 한다. 다른 사람이 하니까 따라하거나, 시대가 변하니 나도 변해야 한다는 막연한 생각에서 시작한다면, 자신이 왜 그 일을 해야 하는지도 모르고 시작하는 것이나 마찬가지다. 나의 선택이 아니라 다른 사람에게 휘둘린 것일 뿐, 해야 할 이유도 없는 것이다. 내가 하는 활동에서 성과를 만들어 내기 위해서는 그 일을 하는 이유가 나의 생존력을 높이는 것과 연관되어 있어야 한다. 생존력을 높이는 것과 관련되어 있지 않으면 절실함도 없다.

　해도 되고 안 해도 상관없는 정도의 취미 활동밖에 되지 않는다. 처음에 있었던 목적도 잊어버리고 명확한 목표도 점점 희미해져 가며, 더 이상 지속해야 할 의미가 사라지는 순간 포기해 버리고 만다. 그 활동이 잘못된 것이 아니라, 그 활동을 통해 나의 생존력을 높이겠다는 생각이 없었던 것이다. 나의 활동이 나의 생존력을 높이는 것과 연결되면, 그 행위는 절실하게 되어 동력을 가진다. 그것을 가르치는 사람은 그 활동이 자신의 생존력을 높이는 것과 연결되어 있기 때문에 강의하고 가르쳐줄 수 있지만, 그렇다고 그것이 모두에게 적용되는 것은 아니다. 그 사람에게는 분명 생존력과 관련된 것이 맞지만, 나에게는 결코 생존력과 관련되지 않을 수 있는 것이다. 그래서 누군가에게 무엇을 배울 때, 그 당시에는 고개가 끄덕여지고 정말 필요하다는 생각

이 들지만, 막상 돌아와서 나의 삶에 적용을 해보려 하면 어색하고 나와는 잘 맞지 않는 것 같은 경험을 하게 되는 것이다.

왜 해야 하는지 알아야 한다

무엇을 해야 하는지 결정하는 일은 어려운 것이 아니다. 그보다 좀 더 어려운 것은, 어떻게 해야 하는지를 아는 것이며, 그보다 더 어려운 일은 왜 해야 하는지 아는 것이다.

내가 그 활동을 해야 하는 이유, 그 활동이 내 인생의 무엇과 관련이 되어 있어 내가 그것을 꼭 해야 하는지에 대한 이유를 알아야만, 어려움이 찾아와도 포기하지 않고 계속해 나갈 수 있게 된다. 그 이유는 활동이라는 것이 생존과 관련이 있어야 한다는 것이다. 나의 생존력을 높여주는 활동이어야 그 활동을 지속할 수 있는 동력이 생긴다. 남들이 좋다고 해서 하는 것이 아닌, 이 활동을 함으로써 나의 생존력이 높아지고, 다른 사람에게 종속된 삶에서 자유로워지며, 누군가에게 의지해서 살아가는 것이 아니라 나 혼자 힘으로 일어설 힘을 가지게 되는 것과 연관이 있어야 한다. 활동이란 그런 생존력을 높여주는 것과 연관이 있어야 한다. 그것이 바로 '내가 왜 이 일을 해야 하는가?'에 대한 답이자 이유이다. 블로그를 하고, 유튜브를 하고, 독서를 하고, 글을 쓰면서도 생존력을 높이는 것과 관련이 없으면 힘이 들고 지친다.

Why?, ' 왜 나는 왜 이 일을 하는가?', 활동에 대한 이유를 명확히 하는 것은 힘들다. 결코 쉽게 답을 내릴 수는 없다. 하지만 힘들기 때문에 해야 한다. 그것이 지금까지 내가 계속해서 시도에만 머물러 있었던 이유이며, 시간이 갈수록 지치는 이유이기 때문이다.

변화에 대한 열망

그렇다면 생존력을 높이려는 이유는 무엇일까? 현재의 편안함을 거부하고 다시 힘든 상황에 노출되어 생존력을 높이는 활동을 해야 하는 이유는 무엇일까? 생존력에 대한 인식의 출발은 어디서부터일까? 그 본질은 자신의 부족함에 대한 인식에서 시작한다. 모든 변화는 현재에 대한 불만족, 현재의 불안정으로부터 시작한다.

나의 부족을 인식해야 한다. 결국 내가 비어있다는 공(空)으로 시작해야 한다는 것이다. 나의 부족을 인식하고 인정하는 것이 모든 변화의 시작이다. 내가 부족하다는 것을 인정하면, 자연히 겸손해지고 배우려고 한다. 배우려는 것은, 변화를 추구한다는 것이다. 기존과는 다른 방식을 취하려는 것이다.

안정적인 상태는 에너지가 약한 상태이다. 불안정한 상태는 에너지가 높은 상태이다. 현재에 머무르려 하는 자, 변화를 싫어하는 자는 에너지가 약한 사람이다. 미래를 바라보며 하나라도 더 배우려고 하며, 항상 자신을 변화 속에 몰아넣는 자는 에너지가 높은 사람이다. 에너지가 있는 사람은 무언가를 할 수 있고, 무언가를 얻을 수 있다. 삶은 언제나 당신이 원하는 것을 준다. 문제는, 당신이 무엇을 염원하는가에 달려 있다.

인생의 목적은 행복도 성공도 아니다. 인생은 나로서 살아가는 방법을 배우는 과정이다. 인생의 목적은, 내가 만든 세상 속에서 내가 원하는 것을 하면서 기쁨을 누리는 데 있다. 언제나 배움을 갈망하는 사람, 무엇이든 배우려는 사람이 되어야 한다.

08 겸손하라

나는 알고 있다고 생각하는 것

책을 어느 정도 읽고 지식이 쌓이기 시작하면서, 마치 내가 대단한 지혜를 보유하고 있는 것만 같은 생각이 들었다. 그래서 사람들과 대화 중에 잘못된 부분이 보이면, 그 사람에게 내가 아는 선에서 올바른 것을 말해주는 것에 재미를 붙이고 있었다.

그 사람은 내 말을 듣고 변했을까? 내 말을 듣고 생각을 바꾼 사람을 나는 단 한 번도 보지 못했다. 사람들은 오히려 더욱더 날카로워졌고, 자신의 주장을 유지하기 위해서 또 다른 논거를 가지고 왔다. 결국 논리 싸움으로 번졌다. 내가 그 사람에게 정확한 지식을 가르쳐 줬다고 생각했을 때, 그 사람의 얼굴은 울그락 불그락 해졌다. 결국 내가 졌다. 마지막에는 내가 잘못 생각했으니 미안하다는 말로 그 논리 싸움은 끝이 나고 말았다.

지식이라는 것은, 오히려 위험한 것일 때가 있다. 내가 누군가에게 가르쳐 주려고 해도, 상대방에게 들어가지 않고 오히려 방어의 대상이 되기도 한다.

그런 경험 이후에는 나는 누군가가 나에게 조언을 요청하기 전까지는 판단하는 말을 하지 않으려고 노력한다. 항상 성공하는 것은 아니지만 최대한 노력한다. 그래서 어느 순간부터 책을 읽기 전보다 오히려 조용한 사람이 되었다. 잘못된 것을 알고 있어도 그 잘못된 사실을 말하고 지적하는 순간, 상대방은 오히려 대화의 문을 닫아버리기 때문이다.

자만과 성장

자만하는 순간, 배움은 그 자리에서 멈추어 서게 된다. 나를 계속 발전시켜 나가는 것의 기본은 실행이고 꾸준함이며, 지속적이 반복이다. 현재 나의 무지를 깨닫고 앎으로 바꾸는 시간을 지속해서 가지는 것이, 우리가 한 발짝 앞으로 나아가는 유일한 방법이다.

배움에서는 그보다 빠른 길은 없다. 그것이 밑바탕이고 기본이다. 다른 사람보다 조금 더 알고 있다는 생각으로 자만하지 마라. 분명 어딘가에는 당신보다 더 잘 알고 있는 사람이 있을 것이다. 지금 없다면 언젠가 생길 것이다. 그런 사람을 만나는 순간, 당신의 자만심은 부끄러움으로 바뀔 것이다. 그런 사람을 만났을 때 해야 하는 것은, 반성과 부끄러움으로 하나라도 더 배우려는 자세이다.

링컨의 결투

링컨은 젊은 시절 인디애나주 피전 크릭 밸리Pigeon Creek Valley에 살때, 다른 사람들을 조롱하거나 비판하는 편지나 시를 써서 그 사람들이 발견할 만한 곳에다 떨어뜨려 놓곤 했다. 1842년 가을, 그는 제임스 쉴스James Shields라는 허영으로 가득 차고 호전적인 아일랜드 출신 정치인을 조롱했다. 링컨은 〈스프링 필드 저널〉에 익명으로 그를 비웃으며 놀리는 글을 기고했다. 마을 사람 모두가 그를 조롱했다. 예민하고 자존심 강한 사람이었던 쉴스는 분노로 끓어올랐다.

그는 누가 편지를 썼는지 알아내자마자 링컨에게 결투를 신청했다. 링컨은 싸우고 싶지 않았다. 하지만, 결투하지 않고 명예를 지킬 방법은 없었다. 정해진 날이 되자, 링컨과 쉴스는 미시시피강 모래톱에서 서로를 마주했다. 다행히 싸움이 벌어지기 직전에 결투의 입회인들이 끼어들어 결투를 중단시켰다.[2] 이 사건은 링컨의 삶에 큰 충격을 주었고, 이 교훈을 바탕으로 링컨은 인간관계의 소중함을 배웠다.

비난은 날 선 칼날이 되어 돌아온다. 거만은 귀를 막아버리고 입만 남겨둔다. 귀가 막히면 나에게 도움이 되는 것들이 주변에 있어도 그걸 알아보지 못한다. 귀로 들어야 하는 시간에 입으로만 말하느라 들리는 것이 없어진다. 나의 귀가 열려 있으면, 내 삶 속의 작은 사건 하나하나가 나에게 변화의 시그널을 보낸다. 어떻게 살아가야 하는지에 대한 힌트를 준다. 그것을 알고, 지금과는 다른 나로 살아가기 위해서는 입을 닫고 귀를 열어 놓은 사람이 되어야 한다.

나의 무지를 알고, 내가 얼마나 부족한 사람인지를 알고, 항상 겸손한 자세로 배우려는 자세를 취하고 있어야 한다. 입을 통해 누군가를 비난하는 것은, 그 사람에게도 자신의 삶에도 아무런 도움도 되지 않는다. 링컨의 일화와 같이 죽음의 결투장에 나서야 할 수도 있다. 입을 통해 비난하는 것은 그 사람을 더 방어적으로 만들고, 자존감을 떨어트리며, 결국 다른 사람의 적이 되도록 만든다. 상대방의 행동이 잘못되었다면, 그냥 안타깝게 여기면 된다. '그 사람 참 안타깝구나!'라는 생각만 하면 그만이다. 대화란 자기 뜻을 관철시키는 것이 아니라, 상대방의 말을 관찰하는 것이다. 입을 닫고 자신에게도 그런 모습이 있지 않은지 돌이켜보고 자신을 고쳐나가면 그만이다.

아무리 친한 사람이 있다고 해도, 그 사람과 함께하는 시간은 나의 인생에서 불과 얼마 되지 않는 시간이다. 그 사람을 비난하고 고치려고 하면 할수록, 그 사람은 예정된 시간보다 내 삶에서 더 빨리 퇴장할 것이다. 나의 비난으로, 그 사람은 오늘 당장 퇴장할 수 있다. 결국 남아있는 것은 나 자신 뿐이다.

인생에는 블랙박스가 없다

얼마 전에 차 사고가 났다. 주차되어 있던 내 차를 다른 차가 받은 것이다. 블랙박스가 없던 시절에는 사고를 당하면 많은 생각을 해야했다. 하지만 이번에는 블랙박스가 있으니 크게 신경 쓰이지 않았다. 블랙박스에 모든 것이 기록되어 있다. 잘잘못은 블랙박스를 보면 알 것이고, 사고처리는 보험회사에서 할 것이기 때문이다. 인생은 어떠

할까? 인생의 사고와 실패에도 블랙박스가 있을까? 안타깝게도 인생에 블랙박스는 없다. 우리는 살면서 수많은 사고를 당하고 아픔을 겪지만, 아직도 그 원인이 무엇인지 잘 모른다. 원인과 결과도 알 수 없는 삶에서 우리가 할 수 있는 것은, 사고를 방지하는 것뿐이다. 인생의 사고와 실패를 대비하는 가장 좋은 방법은 우리의 태도를 바꾸는 것이다. 모든 일에 감사하고, 모든 것에 겸손한 삶의 태도를 가지는 것이다.

무지와 겸손

우리가 책을 읽어야 하는 이유는 모르는 것이 있기 때문이다. 내가 만약 모든 것을 알고 있다면, 읽을 필요나 성장할 필요가 없다. 내가 현재 부족한 상태이기 때문에 책을 읽어야 한다. 내가 원하는 것이 있고 원하는 삶이 있지만, 아직 그 방법을 알지 못하고 무엇을 해야 할지 모른다면 책을 손에 들어야 한다.

수천 년간 이미 나와 같은 고민하고 성장한 선인들의 지혜가 담긴 책을 통해 내 인생을 어떻게 살아야 하는지 배워야 한다. 거만하지 말고 겸손해야 한다. 입을 닫고 귀를 열어 항상 무언가를 배우려는 사람이 되어야 한다. 자신의 무지를 인정하는 사람은 겸손해진다. 겸손해지려고 하는 것이 아니라 자연히 겸손해진다. 그리고 항상 자신의 부족함을 채우기 위해 글을 통해 배우고, 동영상을 통해 배우고, 사람을 통해 배운다. 그리고 나를 성장시켜준 모든 사람들과 모든 것에 감사할 줄 안다.

모든 변화의 시작과 모든 성공의 시작은, 무지를 인정하는 것으로부터 시작한다. 무지를 인정하고 겸손하며 모든 것에 감사하는 사람, 그런 사람은 성공할 준비가 된 사람이다.

'하루라도 책을 읽지 않으면 입에 가시가 돋는다.'라는 말의 뜻을 기억하는가? 가시가 돋게 하지 않기 위해, 겸손하기 위해, 그리고 감사하기 위해 책을 읽자. 하루도 쉬지 말고 책을 읽자. 그것이 지금 당신이 해야 하는 그 모든 것이다.

현재에 대한 인지

내가 좋아하는 일을 해야 하는지 아니면 내가 잘하는 일을 해야 하는지에 대한 의문이 든다면, 지금 해야 하는 일은 둘 중에 아무거나 하는 것이다. 잘하든 좋아하든, 뭐라도 해야 결론이 난다. 그런데 하지도 않으면서 좋은 것, 잘하는 것을 생각만 하고 행동이 없다면 시간만 지나간다. 그렇게 시간만 보내다 보면, 결국 아무것도 안 된다. 아무리 좋은 아이디어도 하지 않고 시간만 보내면 결국 다른 사람이 먼저 한다. 그리고 남는 것은 후회다. 후회의 대부분은 , 내가 한 것에 대한 것보다 안 해본 것에 대한 후회다.

아직 부족해서 못한다고 생각하는 사람이 있다. 하지만 알아야 할 것은, 잘하면 안 해도 된다는 점이다. 잘하지 못하기에, 아직은 부족하기에, 시도하다가 실패도 맛보면서 배워나가야 한다. 공부는 못하는 사람이 하는 것이지, 잘하는 사람이 하는 것이 아니다. 잘하기 위해서는 우선 내가 부족하다는 것을 인정해야 한다. 내가 잘한다고 생각하면, 더 이상 배울 것이 없다. 부족함을 인지하고 인정해야 한다. 그래야 배우겠다는 마음이 들어선다. 좋아하는 일이든 잘하는 일이든 간에 일단 하고 봐야 한다. 일단 행동을 해봐야 내가 그것을 잘하는지 못하는지 알 수 있고, 재미가 있는지 없는지도 알 수 있다.

그렇게 해야, 내가 어떤 일을 잘하고 어떤 일이 즐거운지 알게 된다. 일단 잘하는 일을 해야 한다. 잘하는 일을 발전시키면 나의 무기가 된다. 즐겁지만 잘하지 못한다면 나의 무기가 되기가 될 수 없다. 잘하는 일로 우선 나의 무기를 만들어야 한다. 그리고 그 과정에서 잘하는 일이 즐거운 일로 변할 수도 있다. 마음은 항상 변하는 것이기 때문에 자신도 모른다. 그렇게 잘하는 일로 나의 무기를 만들었다면, 이제는 즐거운 일로 두 번째 무기를 만들면 된다. 생존에서 중요한 것은 남들보다 강한 무기를 가지는 것이다. 남들에 앞서고 남들보다 잘하는 것이어야 한다.

안다고 생각해도 아는 것이 아닐 수 있다

인도에 있을 당시, 모르는 곳에 갈 때는 길을 다섯 번 이상 물어보았다. 인도에 처음 온 사람은 나의 이런 모습을 이상하게 여겼다. 이미 물어본 길을 왜 다시 물어보느냐고 했다. 그리고 그 사람은 얼마 지나지 않아서 그 이유를 알았다고 했다. 처음에 물었을 때는 직진해서 쭉 가면 된다고 했다. 그리고 얼마 지나지 않아 다시 물어보니 길을 잘못

왔다고 되돌아가라고 했다. 그리고 다시 길을 가다 물어보니 직진으로 가다 좌회전을 하고, 10여 분을 가서 다시 좌회전하라고 했다. 어떤 곳에서는 한 사람은 우회전하라고 하는데, 옆에 있는 사람은 좌회전하라고 했다. 내가 길을 계속해서 물어보며 가는 이유는, 물어볼 때마다 다른 대답이 나오기 때문이었다. 여러 번에 걸쳐 길을 물어보면서 그중 가장 많이 나온 대답의 길로 가야만 내가 가고 싶은 곳에 도달할 수 있다. 물론 나도 처음에는 한 번 물어보고 갔지만, 약속에 몇 번 늦고 나서부터 그 이치를 터득했다. 인도에서는 길을 자주 물어야 틀리지 않고 갈 수 있다.

그때 알게 되었다. 인생의 길을 찾는 것도 이와 비슷하다. 모르는 길을 가야 한다면 물어봐야 한다. 안다고 생각하는 길도 다시 물어봐야 한다. 모든 것이 명확해질 때까지 계속해서 물어봐야 한다. 불명확했던 것에서 실수가 나온다. 명확해진 후에도 시간이 지나면 다시 물어보는 것도 좋다. 그동안에 더욱 빠른 길이 나왔거나 다른 방법이 나왔을 수도 있기 때문이다. 질문은 모르는 것을 알게 해주기도 하고 이미 알고 있는 것보다 더 좋은 방법을 찾는 최적의 길이다.

나는 오래된 책을 좋아한다

나는 한 번 읽은 책을 다시 읽는 것을 좋아한다. 처음 읽을 때는 새로운 지식을 배우기 위해 긴장하고 집중해서 읽지만, 두 번째 읽을 때는 여유를 가지고 읽을 수 있기 때문이다. 세 번째 읽을 때는 아주 편안한 마음으로 읽을 수 있다. 네 번째 읽을 때는 친구처럼 여러 생각과 대화할 수 있다. 그래서 다시 읽는 것을 좋아한다. 딱히 뭘 하고 싶지 않은 날에는 예전에 읽었던 책 중에서 그날의 기분에 맞는 책을 하나 꺼내 다시 읽는다. 읽은 책을 다시 읽는 시간은 나에게 휴식을 주는 시간이다. 마치 옛 친구를 만나 대화하는 시간과 같다.

아프리카의 어느 부족에서는 우울증에 걸린 사람에게 다음의 네 가지를 물어본다고 한다.

마지막으로 노래한 것은 언제인가?
마지막으로 춤을 춘 것은 언제인가?
마지막으로 자신의 이야기를 한 것이 언제인가?
마지막으로 고요히 앉아있던 것이 언제인가?

내가 지금 하는 일들을 바라보면서 생각해 보자.
정말 해야 할 일을 하는 것인가?
나를 즐겁게 하는 일을 마지막으로 한 것이 언제인가?
그렇게 나는 오늘도 조용한 곳에 앉아 커피 한 잔을 마시며 오래된 책을 읽고 있다.

참고

제 1 장

1　https://n.news.naver.com/article/009/0004475478 스마트폰 빠진 중학생들 '읽기' 미달 10년 새 3배
2　http://www.hani.co.kr/arti/society/schooling/905511.html '다섯 줄'만 넘어가도 읽기 힘들어 하는 아이들
3　https://newsis.com/view/?id=NISX20200311_0000951450&cID=10701&pID=10700 책 더 안 읽는다…성인 10명 중 4명, 1년 독서량 '0'

제 3 장

1　http://naver.me/5L0Ky2To [스마트폰]'바보상자'만 조심? '스크린 매체'들도 조심해야 …
2　http://naver.me/GBqcbqE1 디지털 시대의 육아, 아이 뇌가 망가지다!

제 6 장

1　에릭 캔델, 『기억을 찾아서』 전대호 옮김, 랜덤하우스, 2009.
2　https://blog.naver.com/eunyi8496/70091616137 [사회체육학과]-한국 아이큐 IQ 세계2위, 잘 사는 나라 국민 아이큐 테스트 지수 높다?

제 7 장

1　NETFLEX, 마이클 조던 더 라스트 댄스 시즌1 8화
2　데일 카네기 인간관계론 34p – 현대지성